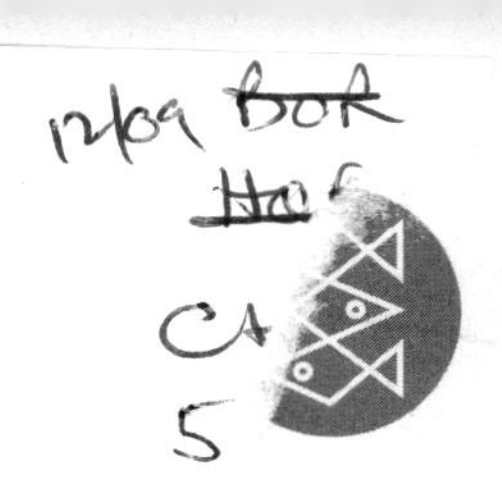

Rumänien in den achtziger Jahren: Eine Gruppe von Freunden leistet Widerstand gegen das Terrorregime Ceausescus, sie schreiben oppositionelle Gedichte und dokumentieren die alltägliche Überwachung durch die Securitate. Allmählich aber werden sie selbst Opfer der Verfolgung. Als drei von ihnen in den Westen ausreisen, geht dort der Terror weiter.
Herta Müllers zweiter Roman ›Herztier‹, 1994 erstmals erschienen, zeichnet ein unvergessliches Bild eines totalitären, menschenfeindlichen Staates und den elementaren Gefühlen seiner Bewohner: allgegenwärtige Angst und verzweifelte Liebe, gefährdete Freundschaft und schwarzer Hass. Zugleich entsteht unter den Augen des Lesers ein Sprachkunstwerk von ganz eigener Poesie und Schönheit – metaphernreiche, magische Prosa. Spätestens mit diesem Roman wurde Herta Müller zu einer der bedeutendsten und eigentümlichsten Autorinnen der deutschsprachigen Literatur und in ihr eine absolut unverwechselbare und originelle Stimme.

Herta Müller wurde 1953 in einem deutschsprachigen Dorf im Banat/Rumänien geboren. Nach einem Publikationsverbot und Repressionen durch die Securitate konnte sie 1987 nach Berlin ausreisen, wo sie auch heute lebt. Zu ihren bekanntesten Werken gehören der Erzählungsband ›Reisende auf einem Bein‹ und der Roman ›Der Fuchs war damals schon der Jäger‹. Für ›Herztier‹ erhielt Herta Müller 1998 den Impac Dublin Literary Award, den weltweit höchstdotierten Literaturpreis für ein einzelnes Werk. Darüber hinaus wurde sie mit zahlreichen weiteren Preisen ausgezeichnet, darunter der aspekte-Literaturpreis, der Kleist-Preis, der Franz-Kafka-Preis und der Walter-Hasenclever-Literaturpreis.

Unsere Adresse im Internet: www.fischerverlage.de

Herta Müller

HERZTIER

Roman

Fischer Taschenbuch Verlag

4. Auflage: Oktober 2009

Veröffentlicht im Fischer Taschenbuch Verlag,
einem Unternehmen der S. Fischer Verlag GmbH,
Frankfurt am Main, August 2007

Lizenzausgabe mit freundlicher Genehmigung
des Carl Hanser Verlags, München Wien

Druck und Bindung: CPI – Clausen & Bosse, Leck
Printed in Germany
ISBN 978-3-596-17537-6

jeder hatte einen Freund in jedem Stückchen Wolke
so ist das halt mit Freunden wo die Welt voll Schrecken ist
auch meine Mutter sagte das ist ganz normal
Freunde kommen nicht in Frage
denk an seriösere Dinge

Gellu Naum

Wenn wir schweigen, werden wir unangenehm, sagte Edgar, wenn wir reden, werden wir lächerlich.

Wir saßen schon zu lange vor den Bildern auf dem Boden. Vom Sitzen waren meine Beine eingeschlafen.

Mit den Wörtern im Mund zertreten wir so viel wie mit den Füßen im Gras. Aber auch mit dem Schweigen.

Edgar schwieg.

Ich kann mir heute noch kein Grab vorstellen. Nur einen Gürtel, ein Fenster, eine Nuß und einen Strick. Jeder Tod ist für mich wie ein Sack.

Wenn das jemand hört, sagte Edgar, hält man dich für verrückt.

Und wenn ich mir das denke, dann ist mir, als ob jeder Tote einen Sack mit Wörtern hinter sich läßt. Mir fallen immer der Frisör und die Nagelschere ein, weil Tote sie nicht mehr brauchen. Und, daß Tote nie mehr einen Knopf verlieren.

Sie spürten vielleicht anders als wir, daß der Diktator ein Fehler ist, sagte Edgar.

Sie hatten den Beweis, weil auch wir für uns selber ein Fehler waren. Weil wir in diesem Land gehen, essen, schlafen und jemanden lieben mußten in Angst, bis wir wieder den Frisör und die Nagelschere brauchten.

Wenn einer, nur weil er geht, ißt, schläft und jemanden liebt, Friedhöfe macht, sagte Edgar, dann ist er ein größerer Fehler als wir. Ein Fehler für alle, ein beherrschender Fehler ist er.

Das Gras steht im Kopf. Wenn wir reden, wird es gemäht. Aber auch, wenn wir schweigen. Und das zweite, dritte Gras wächst nach, wie es will. Und dennoch haben wir Glück.

Lola kam aus dem Süden des Landes, und man sah ihr eine armgebliebene Gegend an. Ich weiß nicht wo, vielleicht an den Knochen der Wangen, oder um den Mund, oder mitten in den Augen. Sowas ist schwer zu sagen, von einer Gegend so schwer wie von einem Gesicht. Jede Gegend im Land war arm geblieben, auch in jedem Gesicht. Doch Lolas Gegend, und wie man sie an den Knochen der Wangen, oder um den Mund, oder mitten in den Augen sah, war vielleicht ärmer. Mehr Gegend als Landschaft.

Die Dürre frißt alles, schreibt Lola, außer den Schafen, Melonen und Maulbeerbäumen.

Aber nicht die dürre Gegend trieb Lola in die Stadt. Was ich lerne, ist der Dürre egal, schreibt Lola in ihr Heft. Die Dürre merkt nicht, wieviel ich weiß. Nur was ich bin, also wer. Etwas werden in der Stadt, schreibt Lola, und nach vier Jahren zurückkehren ins Dorf. Aber nicht unten auf dem staubigen Weg, sondern oben, durch die Äste der Maulbeerbäume.

Auch in der Stadt standen Maulbeerbäume. Aber nicht auf den Straßen draußen. Sie standen in den Innenhöfen. Und nicht in vielen. Nur in den Höfen alter Leute standen sie. Und unter den Bäumen stand ein Zimmerstuhl. Sein Sitz war gepolstert und aus Samt. Aber der Samt war flekkig und zerrissen. Und das Loch war von unten zugestopft mit einem Bündel Heu. Das Heu war vom Sitzen zusammengepreßt. Unter dem Sitz hing es heraus wie ein Zopf.

Wenn man bis zu dem ausgemusterten Zimmerstuhl ging, sah man dem Zopf noch die einzelnen Halme an. Und daß sie einmal grün waren.

In den Höfen mit Maulbeerbäumen fiel der Schatten wie Ruhe auf ein altes Gesicht, das auf dem Stuhl saß. Wie Ruhe, weil ich für mich selber unerwartet in diese Höfe ging und nur selten wiederkam. In dieser Seltenheit zeigte ein Lichtfaden, der schnurgerade aus der Baumspitze in das alte Gesicht fiel, eine entfernte Gegend. Ich sah an diesem Faden hinunter und hinauf. Mich fröstelte am Rücken, weil diese Ruhe nicht aus den Maulbeerästen kam, sondern aus der Einsamkeit der Augen im Gesicht. Ich wollte nicht, daß mich in diesen Höfen jemand sieht. Daß mich jemand fragt, was ich hier tu. Ich tat nicht mehr als das, was ich sah. Ich sah die Maulbeerbäume lange an. Und dann, bevor ich wieder ging, noch einmal das Gesicht, das auf dem Stuhl saß. In dem Gesicht war eine Gegend. Ich sah einen jungen Mann oder eine junge Frau diese Gegend verlassen und einen Sack mit einem Maulbeerbaum hinaustragen. Ich sah die vielen mitgebrachten Maulbeerbäume in den Höfen der Stadt.

In Lolas Heft las ich später: Was man aus der Gegend hinausträgt, trägt man hinein in sein Gesicht.

Lola wollte vier Jahre Russisch studieren. Die Aufnahmeprüfung war leicht gewesen, denn Plätze gab es genug, an der Hochschule so viele wie in den Schulen im Land. Und Russisch war für wenige ein Wunsch. Wünsche sind schwer, schreibt Lola, Ziele sind leichter. Ein Mann, der etwas studiert, schreibt Lola, hat saubere Fingernägel. In vier Jahren kommt er mit mir, denn so einer weiß, daß er im Dorf ein Herr ist. Daß der Frisör zu ihm nach Hause kommt und die Schuhe auszieht vor der Tür. Nie wieder Schafe, schreibt Lola, nie wieder Melonen, nur Maulbeerbäume, denn Blätter haben wir alle.

Ein kleines Viereck als Zimmer, ein Fenster, sechs Mädchen, sechs Betten, unter jedem ein Koffer. Neben der Tür ein Schrank in die Wand gebaut, an der Decke über der Tür ein Lautsprecher. Die Arbeiterchöre sangen von der Decke zur Wand, von der Wand auf die Betten, bis die Nacht kam. Dann wurden sie still, wie die Straße vor dem Fenster und draußen der struppige Park, durch den niemand mehr ging. Das kleine Viereck gab es vierzigmal in jedem Heim.

Jemand sagte, die Lautsprecher sehen und hören alles, was wir tun.

Die Kleider der sechs Mädchen hingen dicht gedrängt im Schrank. Lola hatte die wenigsten Kleider. Sie zog die Kleider aller Mädchen an. Die Strümpfe der Mädchen lagen unter den Betten in den Koffern.

Jemand sang:

Meine Mutter sagt

sie gibt mir
wenn ich einmal heirate
zwanzig große Kissen
alle voll mit Stechmücken
zwanzig kleine Kissen
alle voll mit Ameisen
zwanzig weiche Kissen
alle voll mit faulen Blättern

und Lola saß auf dem Fußboden neben dem Bett und öffnete ihren Koffer. Sie wühlte in den Strümpfen und hob einen Klumpen aus verworrenen Beinen und Zehen und Fersen vor ihr Gesicht. Sie ließ die Strümpfe auf den Boden fallen. Lolas Hände zitterten, und ihre Augen waren mehr als zwei im Gesicht. Ihre Hände waren leer und mehr als zwei in der Luft. Fast so viele Hände standen in der Luft, wie auf dem Boden Strümpfe lagen.

Augen, Hände und Strümpfe ertrugen sich nicht in einem Lied, das gesungen wurde, über zwei Betten hinweg. Gesungen im Stehen von einem kleinen Kopf, der sich wiegte mit einer Kummerfalte auf der Stirn. Ein Lied, aus dem die Falte gleich wieder verschwunden war.

Unter jedem Bett stand ein Koffer mit verknäulten Baumwollstrümpfen. Sie hießen Patentstrümpfe im ganzen Land. Patentstrümpfe für Mädchen, die Strumpfhosen wollten, so glatt und dünn wie ein Hauch. Und Haarlack wollten die Mädchen, Wimperntusche und Nagellack.

Unter den Kissen der Betten lagen sechs Schachteln mit Wimperntusche. Sechs Mädchen spuckten in die Schachteln und rührten den Ruß mit Zahnstochern um, bis der schwarze Teig daran klebte. Dann schlugen sie groß die Augen auf. Der Zahnstocher kratzte am Lid, die Wimpern wurden schwarz und dicht. Doch eine Stunde später brachen in die Wimpern graue Lücken ein. Die Spucke war trocken, und der Ruß fiel auf die Wangen.

Die Mädchen wollten Ruß auf den Wangen, Wimpernruß im Gesicht, aber nie mehr Ruß von Fabriken. Nur viele hauchdünne Strumpfhosen, weil doch so leicht die Maschen liefen, und die Mädchen sie am Knöchel und am Schenkel fangen mußten. Fangen und kleben mit Nagellack.

Es wird schwer sein, die Hemden eines Herren weiß zu halten. Es wird meine Liebe sein, wenn er nach vier Jahren mit mir kommt in die Dürre. Wenn es ihm gelingt, mit weißen Hemden im Dorf die Gehenden zu blenden, wird es meine Liebe sein. Und wenn er ein Herr ist, zu dem der Frisör nach Hause kommt und vor der Tür die Schuhe auszieht. Es wird schwer sein, die Hemden weiß zu halten bei all dem Dreck, in dem die Flöhe springen, schreibt Lola.

Lola sagte, Flöhe sogar auf den Rinden der Bäume. Jemand sagte, es sind keine Flöhe, Läuse sind das, Blattläuse. Lola schreibt in ihr Heft: Blattflöhe sind noch schlimmer. Jemand sagte, die gehen nicht an Menschen, weil Menschen keine Blätter haben. Lola schreibt, die gehen an alles, wenn die Sonne brennt, sogar an den Wind. Und Blätter haben wir alle. Blätter fallen ab, wenn man nicht mehr wächst, weil die Kindheit vorbei ist. Und Blätter kommen wieder, wenn man schrumpelt, weil die

Liebe vorbei ist. Blätter wachsen, wie sie wollen, schreibt Lola, wie das tiefe Gras. Zwei, drei Kinder im Dorf haben keine Blätter, und sie haben eine große Kindheit. Es sind Einzelkinder, weil sie Vater und Mutter haben, die geschulte Leute sind. Die Blattflöhe machen aus älteren Kindern jüngere Kinder, aus einem vierjährigen ein dreijähriges, aus einem dreijährigen ein einjähriges. Und noch ein halbjähriges, schreibt Lola, und noch ein frischgeborenes. Und je mehr Geschwister die Blattflöhe machen, umso kleiner wird die Kindheit.

Ein Großvater sagt: Meine Rebenschere. Ich werde älter und täglich kürzer und dünner. Aber meine Nägel wachsen schneller und dicker. Er schnitt seine Nägel mit der Rebenschere.

Ein Kind läßt sich die Nägel nicht schneiden. Das tut weh, sagt das Kind. Die Mutter bindet das Kind mit den Gürteln ihrer Kleider an den Stuhl. Das Kind hat trübe Augen und schreit. Die Nagelschere fällt der Mutter oft aus der Hand. Für jeden Finger fällt die Schere auf den Boden, denkt sich das Kind.

Auf einen der Gürtel, auf den grasgrünen, tropft Blut. Das Kind weiß: Wenn man blutet, dann stirbt man. Die Augen des Kindes sind naß und sehen die Mutter verschwimmen. Die Mutter liebt das Kind. Sie liebt es wie eine Sucht und kann sich nicht halten, weil ihr Verstand genauso an die Liebe angebunden ist, wie das Kind an den Stuhl. Das Kind weiß: Die Mutter muß in ihrer angebundenen Liebe die Hände zerschneiden. Sie muß die abgeschnittenen Finger in die Tasche ihres Hauskleids stecken und in den Hof gehen, als wären die Finger zum Wegwerfen. Sie muß im Hof, wo sie keiner mehr sieht, die Finger des Kindes essen.

Das Kind ahnt, daß die Mutter abends lügen und nicken wird, wenn der Großvater sie fragt: Hast du die Finger weggeworfen.

Und was es selber am Abend tun wird, ahnt das Kind. Daß es, *sie hat die Finger*, sagen und alles beschreiben wird:

Sie ist mit den Fingern hinaus auf das Pflaster gegangen. Sie war auf dem Gras. Auch im Garten war sie, auf dem Weg und im Beet. Der Wand entlang ist sie gegangen und hinter der Wand. Sie war am Werkzeugschrank mit den Schrauben. Auch am Kleiderschrank. Sie hat in den Schrank geweint. Sie hat sich die Wangen gewischt mit einer Hand. Die andere Hand hat sie dabei aus der Tasche des Hauskleids in den Mund gesteckt. Immer wieder.

Der Großvater legt seine Hand auf den Mund. Vielleicht will er hier im Zimmer zeigen, wie man im Hof draußen Finger ißt, denkt sich das Kind. Aber die Hand des Großvaters rührt sich nicht.

Das Kind redet weiter. Beim Reden bleibt etwas auf der Zunge liegen. Das Kind denkt sich, es kann nur die Wahrheit sein, die sich auf die Zunge legt wie ein Kirschkern, der nicht in den Hals fallen will. Solange die Stimme beim Reden ins Ohr steigt, wartet sie auf die Wahrheit. Aber gleich nach dem Schweigen, denkt sich das Kind, ist alles gelogen, weil die Wahrheit in den Hals gefallen ist. Weil der Mund das Wort *gegessen* nicht gesagt hat.

Das Wort geht dem Kind nicht über die Lippen. Nur:

Sie war am Pflaumenbaum gewesen. Im Gartenweg die Raupe hat nicht sie zertreten, ihr Schuh ist ausgewichen.

Der Großvater schlägt die Augen nieder.

Die Mutter lenkt ab und nimmt jetzt Nadel und Zwirn aus dem Schrank. Sie setzt sich auf den Stuhl und streift das Hauskleid glatt, bis man die Tasche sieht. Sie macht einen Knoten in den Zwirn. Die Mutter schwindelt, denkt sich das Kind.

Die Mutter näht einen Knopf an. Der frischgenähte Zwirn bedeckt den alten Zwirn. Es ist etwas wahr an dem Schwindel der Mutter, weil der Knopf an ihrem Hauskleid locker ist. Der Knopf bekommt den dicksten Zwirn. Auch das Licht der Glühbirne hat Fäden wie Zwirn.

Dann drückt das Kind die Augen zu. Hinter seinen geschlossenen Augen hängen Mutter und Großvater an einem Strick aus Licht und Zwirn über dem Tisch.

Der Knopf mit dem dicksten Zwirn wird am längsten halten. Die Mutter wird ihn nie verlieren, denkt sich das Kind, eher wird er zerbrechen.

Die Mutter wirft die Schere in den Wäscheschrank. Am nächsten Tag und jeden Mittwoch seither kommt der Frisör des Großvaters ins Zimmer.

Der Großvater sagt: Mein Frisör.

Der Frisör sagt: Meine Schere.

Ich habe im Ersten Weltkrieg Haarausfall gehabt, sagt der Großvater. Als mein Kopf ganz kahl war, rieb der Kompaniefrisör mir die Kopfhaut mit Blättersaft ein. Meine Haare wuchsen wieder. Schöner als davor, sagte der Kompaniefrisör zu mir. Er spielte gerne Schach. Der Kompaniefrisör kam auf den Blättersaft, weil ich dickbelaubte

Äste brachte, aus denen ich ein Schachspiel schnitzte. Es waren aschgraue und rote Blätter an den Ästen des gleichen Baums. Und so verschieden wie die Blätter war auch das Holz. Ich schnitzte eine dunkle und eine helle Hälfte der Schachfiguren. Die hellen Blätter wurden erst im Spätherbst dunkel. Die Bäume hatten diese beiden Farben, weil die aschgrauen Äste im Wachsen jedes Jahr diese große Verspätung hatten. Die beiden Farben waren gut für meine Schachfiguren, sagte der Großvater.

Zuerst schneidet der Frisör dem Großvater die Haare. Der Großvater sitzt auf dem Stuhl, ohne den Kopf zu rühren. Der Frisör sagt: Wenn man die Haare nicht schneidet, wird der Kopf ein Gestrüpp. Die Mutter bindet das Kind während dieser Zeit mit den Gürteln ihrer Kleider an den Stuhl. Der Frisör sagt: Wenn man die Nägel nicht schneidet, werden die Finger zu Schaufeln. Nur die Toten dürfen sie tragen.

Losbinden, losbinden.

Von den sechs Mädchen im Viereck hatte Lola die wenigsten hauchdünnen Strumpfhosen. Und die wenigen waren an den Knöcheln und Schenkeln geklebt mit Nagellack. Auch an den Waden. Die Maschen liefen auch, wenn Lola sie nicht fangen konnte, weil sie auf der Straße selber laufen mußte, auf einem Gehsteig oder durch den struppigen Park.

Nachlaufen und weglaufen mußte Lola mit ihrem Wunsch nach weißen Hemden. Der blieb noch im äußersten Glück so arm wie die Gegend in ihrem Gesicht.

Manchmal konnte Lola die laufenden Maschen nicht fangen, weil sie in der Sitzung war. Beim Lehrstuhl, sagte Lola, ohne zu wissen, wie gut dieses Wort ihr gefiel.

Abends hängte Lola ihre Strumpfhosen mit den Füßen zum Fenster hinaus. Sie konnten nicht tropfen, denn sie waren nie gewaschen. Die Strumpfhosen hingen aus dem Fenster, als wären Lolas Füße und Beine drin, die Zehen und harten Fersen, die ausgebeulten Waden und Knie. Sie hätten ohne Lola durch den struppigen Park in die dunkle Stadt gehen können.

Jemand im Viereck fragte, wo ist meine Nagelschere. Lola sagte, in der Manteltasche. Jemand fragte, in welcher, in deiner, wieso hast du sie gestern wieder mitgenommen. Lola sagte, in die Straßenbahn und legte die Nagelschere auf das Bett.

Lola schnitt sich die Nägel immer in der Straßenbahn. Sie fuhr oft ohne Ziel. Sie schnitt und feilte im fahrenden Wagen und drückte mit den Zähnen die Nagelhaut zurück, bis der weiße Kreis an jedem Nagel so groß wie eine weiße Bohne war.

An den Haltestellen steckte Lola die Nagelschere in die Tasche und sah zur Tür, wenn jemand einstieg. Weil am Tag immer jemand so einsteigt, als würde man sich kennen, schreibt Lola in ihr Heft. Aber wenn es Nacht ist, dann steigt der gleiche so ein, als würde er mich suchen.

In der Nacht, wenn niemand mehr draußen auf dem Weg und durch den struppigen Park ging, wenn man den Wind hörte und der Himmel nichts anderes mehr war als sein Geräusch, zog Lola ihre hauchdünne Strumpfhose an. Und bevor sie die Tür von außen schloß, sah man im Licht des Vierecks, daß Lola Doppelfüße hatte. Jemand fragte, wo gehst du hin. Aber Lolas Schritte klapperten schon auf dem langen, leeren Flur.

Vielleicht hieß ich in den ersten drei Jahren in diesem Viereck jemand. Weil alle außer Lola damals jemand heißen konnten. Denn jemand in dem hellen Viereck liebte Lola nicht. Das waren alle.

Jemand ging ans Fenster und sah keine Straße unten und keine Lola vorbeigehn. Nur einen kleinen hüpfenden Fleck.

Lola ging zur Straßenbahn. Wenn jemand an der nächsten Haltestelle einstieg, schlug sie die Augen groß auf.

Es stiegen um Mitternacht nur Männer ein, die nach der Spätschicht aus der Waschpulverfabrik und aus dem Schlachthaus nach Hause fuhren. Sie steigen aus der Nacht ins Licht des Wagens, schreibt Lola, und ich sehe einen Mann, der so müde ist vom Tag, daß in seinen Kleidern nur ein Schatten steht. Und in seinem Kopf längst keine Liebe, in seiner Tasche kein Geld. Nur gestohlenes Waschpulver oder die Kleinigkeiten geschlachteter Tiere: Rinderzungen, Schweinenieren oder die Leber eines Kalbs.

Lolas Männer setzten sich auf den ersten Stuhl. Sie nickten ein im Licht, ließen die Köpfe hängen und zuckten im Kreischen der Schienen. Irgendwann ziehen sie die Taschen fest an sich, schreibt Lola, ich sehe ihre dreckigen Hände. Der Taschen wegen schauen sie kurz in mein Gesicht.

In diesem kurzen Blick zündete Lola in einem müden Kopf ein Feuer an. Sie schließen die Augen nicht mehr, schreibt Lola.

Eine Haltestelle später stieg ein Mann hinter Lola aus. Er trug in den Augen die Dunkelheit der Stadt. Und die Gier eines mageren Hundes, schreibt Lola. Lola sah sich nicht um, sie ging schnell. Sie lockte die Männer, indem sie die Straße verließ, auf dem kürzesten Weg in den struppigen Park. Ohne ein Wort, schreibt Lola, lege ich mich ins Gras, und er stellt die Tasche unter den längsten, niedrigsten Ast. Es gibt nichts zu reden.

Die Nacht jagte Wind, und Lola warf stumm den Kopf hin und her und den Bauch. Es raschelten Blätter über ihr Gesicht, solche wie damals vor Jahren einem halbjährigen, von niemandem als von der Armut gewollten, sechsten Kind. Und wie damals waren Lolas Beine zerkratzt vom Geäst. Aber nie ihr Gesicht.

Seit Monaten wechselte Lola einmal in der Woche die Wandzeitung im Glaskasten des Studentenheims. Sie stand neben der Eingangstür und bewegte die Hüften im Glaskasten. Sie blies die toten Fliegen heraus und putzte das Glas mit zwei Patentstrümpfen aus ihrem Koffer. Mit dem einen Strumpf machte sie das Glas naß, mit dem anderen rieb sie es trocken. Dann wechselte sie die Zeitungsausschnitte, zerknäulte die vorletzte Rede des Diktators und klebte die letzte Rede hinein. Wenn Lola fertig war, warf sie die Strümpfe weg.

Als Lola fast alle Patentstrümpfe aus ihrem Koffer für den Glaskasten benutzt hatte, nahm sie die Strümpfe aus den anderen Koffern. Jemand sagte, das sind nicht deine Strümpfe. Lola sagte, die zieht ihr ja doch nicht mehr an.

Ein Vater hackt den Sommer im Garten. Ein Kind steht neben dem Beet und denkt sich: Der Vater weiß was vom Leben. Denn der Vater steckt sein schlechtes Gewissen in die dümmsten Pflanzen und hackt sie ab. Kurz davor hat das Kind sich gewünscht, daß die dümmsten Pflanzen vor der Hacke fliehen und den Sommer überleben. Doch sie können nicht fliehen, weil sie erst im Herbst weiße Federn bekommen. Erst dann lernen sie fliegen.

Der Vater mußte nie fliehen. Er war singend in die Welt marschiert. Er hatte in der Welt Friedhöfe gemacht und die Orte schnell verlassen. Ein verlorener Krieg, ein heimgekehrter SS-Soldat, ein frischgebügeltes Sommerhemd lag im Schrank, und auf dem Kopf des Vaters wuchs noch kein graues Haar.

Der Vater stand frühmorgens auf, er legte sich gerne ins Gras. Er sah sich im Liegen die rötlichen Wolken an, die den Tag brachten. Und weil der Morgen noch so kalt war wie die Nacht, mußten die rötlichen Wolken den Himmel zerreißen. Am Himmel oben kam der Tag, unten im Gras kam in den Kopf des Vaters die Einsamkeit. Sie trieb den Vater rasch an die warme Haut einer Frau. Er wärmte sich. Er hatte Friedhöfe gemacht und machte der Frau schnell ein Kind.

Die Friedhöfe hält der Vater unten im Hals, wo zwischen Hemdkragen und Kinn der Kehlkopf steht. Der Kehlkopf ist spitz und verriegelt. So können die Friedhöfe nie hinauf über seine Lippen gehen. Sein Mund trinkt Schnaps aus den dunkelsten Pflaumen, und seine Lieder sind schwer und besoffen für den Führer.

Die Hacke hat einen Schatten im Beet, der hackt nicht

mit, der Schatten steht still und sieht in den Gartenweg. Da pflückt ein Kind sich die Taschen voll mit grünen Pflaumen.

Zwischen den abgehackten dümmsten Pflanzen sagt der Vater: Grüne Pflaumen soll man nicht essen, der Stein ist noch weich, und man beißt auf den Tod. Niemand kann helfen, man stirbt. Am hellen Fieber brennt dir von innen das Herz aus.

Die Augen des Vaters sind verschwommen, und das Kind sieht, daß der Vater es liebt wie eine Sucht. Daß er sich in seiner Liebe nicht halten kann. Daß er, der Friedhöfe gemacht hat, dem Kind den Tod wünscht.

Darum ißt das Kind die Taschen mit den Pflaumen später leer. Alle Tage, wenn der Vater das Kind nicht sieht, versteckt es im Bauch halbe Bäume. Das Kind ißt und denkt sich, dies ist zum Sterben.

Aber der Vater sieht das nicht, und das Kind muß nicht sterben.

Die dümmsten Pflanzen waren Milchdisteln. Der Vater wußte was vom Leben. So wie jeder, der was vom Tod sagt, weiß, wie es im Leben weitergeht.

Manchmal sah ich Lola im Duschraum stehen, am Nachmittag, wenn das Waschen für den Tag zu spät und für die Nacht noch zu früh war. Ich sah an Lolas Rücken eine grindige Schnur und über der Falte am Hintern einen grindigen Kreis. Die Schnur und der Kreis sahen aus wie ein Pendel.

Lola drehte schnell den Rücken weg, und ich sah das

Pendel im Spiegel. Es hätte schlagen müssen, weil Lola erschrocken war, als ich in den Duschraum kam.

Ich dachte mir, Lola trägt abgeschürfte Haut, aber nie eine Liebe. Nur Stöße im Bauch auf dem Boden des Parks. Und über ihr die Hundeaugen der Männer, die den ganzen Tag das Fallen des Waschpulvers hörten im dicken Rohr und das Röcheln der Tiere. Diese Augen brannten über Lola, weil sie den ganzen Tag erloschen waren.

Alle Mädchen, die in einem Stockwerk des Heims Tür an Tür in den kleinen Vierecken wohnten, hoben ihr Essen in einem Kühlschrank des Eßraums auf. Schafskäse und Wurst von zu Hause, Eier und Senf.

Wenn ich den Kühlschrank öffnete, lagen ganz hinten im Fach eine Zunge oder eine Niere. Vom Frost wurde die Zunge trocken, die Niere platzte braun auf. Nach drei Tagen war hinten im Fach der Platz wieder leer.

Ich sah Lola die armgebliebene Gegend im Gesicht an. Ob sie die Zungen und Nieren aß oder wegwarf, sah ich nicht, weder an den Knochen der Wangen noch um den Mund, noch mitten in den Augen.

Weder in der Kantine noch in der Turnhalle sah ich Lola an, ob sie die Kleinigkeiten der geschlachteten Tiere aß oder wegwarf. Ich wollte es wissen. Meine Neugierde brannte, um Lola zu kränken. Ich schaute mich blind. Aber ich konnte Lola lange oder flüchtig ansehen, ich sah immer nur die Gegend in ihrem Gesicht. Ich erwischte Lola nur, wenn sie auf dem heißen Bügeleisen Spiegeleier briet und sie mit einem Messer abkratzte und aß. Aber

Lola hielt mir eine Messerspitze hin zum Kosten. Das schmeckt gut, sagte Lola, weil es nicht so fettig ist wie in der Pfanne. Wenn Lola gegessen hatte, stellte sie das Bügeleisen in die Ecke.

Jemand sagte: Mach das Bügeleisen sauber, wenn du gegessen hast. Und Lola sagte: Damit kann man sowieso nicht mehr bügeln.

Diese Blindheit quälte mich. Wenn ich mit Lola mittags in der Kantine um Essen anstand, und nachher mit ihr am Tisch saß, dachte ich mir, diese Blindheit kommt daher, daß wir zum Essen nur Löffel bekommen. Nie eine Gabel und nie ein Messer. Daß wir das Fleisch im Teller nur mit dem Löffel durchdrücken können und dann mit dem Mund zerren und Stücke abreißen müssen. Diese Blindheit kommt daher, dachte ich mir, daß wir nie mit dem Messer schneiden und mit der Gabel stechen dürfen. Daß wir essen wie Tiere.

Alle sind hungrig in der Kantine, schreibt Lola in ihr Heft, ein drückender, schmatzender Haufen. Und jeder für sich genommen ein störrisches Schaf. Alle zusammen ein Rudel gefräßiger Hunde.

In der Turnhalle dachte ich mir, daß ich diese Blindheit habe, weil Lola nicht über den Bock springen kann, weil sie ihre Ellbogen unter dem Bauch biegt, statt sie hart zu strecken, weil sie ihr Knie weich hinaufzieht, statt die Beine zu spreizen wie eine Schere. Lola blieb hängen und rutschte mit dem Hintern über den Bock. Sie flog nie darüber. Sie fiel mit dem Gesicht auf die Matte, nicht mit den

Füßen. Sie blieb auf der Matte liegen, bis der Turnlehrer schrie.

Lola wußte, daß der Turnlehrer sie an den Schultern, am Hintern, an den Hüften hochheben würde. Daß er sie, wenn sein Wutanfall vorbei ist, anfassen würde, wo es kam. Und Lola machte sich schwer, damit er sie fester anfassen mußte.

Alle Mädchen blieben stehen hinter dem Bock, niemand sprang und niemand konnte fliegen, weil Lola vom Turnlehrer ein Glas kaltes Wasser bekam. Er brachte es aus der Garderobe und hielt es an ihren Mund. Lola wußte, daß er ihr den Kopf länger halten würde, wenn sie das Wasser langsam trank.

Nach der Turnstunde standen die Mädchen vor den schmalen Schränken in der Garderobe und zogen ihre Kleider wieder an. Jemand sagte, du hast meine Bluse an. Lola sagte, ich fresse sie nicht, ich brauch sie nur heute, ich habe was vor.

Jeden Tag sagte jemand in dem kleinen Viereck, die Kleider, verstehst du, gehören nicht dir. Doch Lola trug sie und ging in die Stadt. So wie die Tage damals kamen, zog Lola die Kleider an. Sie waren zerknittert und naß vom Schweiß, oder vom Regen und Schnee. Lola hängte sie dicht gedrängt zurück in den Schrank.

Im Schrank waren Flöhe, weil in den Betten Flöhe waren. In den Koffern mit den Patentstrümpfen, auf dem langen Flur. Auch im Eßraum und im Duschraum, in der Kantine waren Flöhe. In der Straßenbahn, in den Läden und im Kino.

Beim Beten müssen sich alle kratzen, schreibt Lola in

ihr Heft. Sie ging jeden Sonntagmorgen in die Kirche. Auch der Pfarrer muß sich kratzen. Vater unser, der du bist im Himmel, schreibt Lola, und in der ganzen Stadt sind Flöhe.

Es war Abend im kleinen Viereck, aber nicht spät. Der Lautsprecher sang seine Arbeiterlieder, auf der Straße draußen gingen noch Schuhe, es waren noch Stimmen im struppigen Park, das Laub war noch grau und nicht schwarz.

Lola lag auf dem Bett, sie hatte außer dicken Strümpfen nichts mehr an. Mein Bruder treibt abends die Schafe nach Hause, schreibt Lola, er muß quer durch ein Melonenfeld gehen. Er hat die Weide zu spät verlassen, es wird dunkel, und die Schafe gehen mit dünnen Beinen über die Melonen und brechen ein. Mein Bruder schläft im Stall, und die Schafe haben die ganze Nacht rote Füße.

Lola steckte sich eine leere Flasche zwischen die Beine, sie warf den Kopf hin und her und den Bauch. Alle Mädchen standen um ihr Bett. Jemand zog sie am Haar. Jemand lachte laut. Jemand stopfte sich die Hand in den Mund und sah zu. Jemand fing an zu weinen. Ich weiß nicht mehr, welche von ihnen ich war.

Aber ich weiß noch, daß mir an diesem frühen Abend schwindlig war, als ich lange zum Fenster sah. In der Scheibe baumelte das Zimmer. Ich sah uns alle sehr klein um Lolas Bett stehen. Und über unsere Köpfe hinweg sah ich Lola sehr groß durch die Luft und das geschlossene Fenster in den struppigen Park gehen. Ich sah Lolas Männer an der Haltestelle stehen und warten. In meinen Schläfen rauschte eine Straßenbahn. Sie fuhr wie eine Streichholzschachtel. Auch das Licht im Wagen brannte so verwackelt wie eine Flamme, vor die man draußen im Wind die Hand hält. Lolas Männer drängten und stießen sich. Ihre Taschen verschütteten das Waschpulver und die Kleinigkeiten geschlachteter Tiere neben den Schienen. Dann knipste jemand das Licht aus, und das Bild in der Scheibe war weg, nur die gelben Straßenlaternen hingen auf der anderen Straßenseite hintereinander. Dann stand ich wieder zwischen den Mädchen um Lolas Bett. Ich hörte unter Lolas Rücken auf dem Bett ein Geräusch, das ich nie mehr vergessen und mit anderen Geräuschen auf der Welt verwechseln konnte. Ich hörte Lola die Liebe mähen, die nie gewachsen war, jeden langen Halm auf ihrem dreckigweißen Leintuch.

Das grindige Pendel schlug damals, als Lola keuchte und nicht bei sich war, in meinem Kopf.

Nur einen von Lolas Männern hatte ich im Spiegelbild der Fensterscheibe nicht gesehen.

Lola ging immer öfter zum Lehrstuhl, und das Wort gefiel ihr noch immer so gut. Und sie sagte es immer öfter und wußte immer noch nicht, wie gut dieses Wort ihr gefiel. Sie redete immer öfter über Bewußtsein und Angleichung von Stadt und Dorf. Lola war seit einer Woche Mitglied in der Partei und zeigte ihr rotes Buch. Auf der ersten Seite war Lolas Bild. Das Parteibuch ging durch die Hände der Mädchen. Und auf dem Foto sah ich die armgebliebene

Gegend in Lolas Gesicht noch besser, weil das Papier so glänzte. Jemand sagte, du gehst doch in die Kirche. Und Lola sagte, das tun die anderen auch. Man darf es nur nicht zeigen, daß man den anderen kennt. Jemand sagte, Gott sorgt für dich oben und die Partei sorgt unten.

Neben Lolas Bett stapelten sich die Parteibroschüren. Jemand flüsterte im kleinen Viereck, und jemand schwieg. Die Mädchen flüsterten und schwiegen schon lange, wenn Lola im Viereck war.

Lola schreibt in ihr Heft: Die Mutter geht mit mir in die Kirche. Es ist kalt, doch vom Weihrauch des Pfarrers scheint es warm. Alle ziehen die Handschuhe aus und halten sie zwischen den gefalteten Händen. Ich sitze in der Kinderbank. Ich habe mich ganz an den Rand gesetzt, damit ich die Mutter sehen kann.

Schon seitdem Lola den Glaskasten putzte, machten die Mädchen sich mit den Augen und Händen Zeichen, wenn sie etwas vor Lola nicht sagen wollten.

Die Mutter sagt, sie betet auch für mich, schreibt Lola. Mein Handschuh hat ein Loch an der Daumenspitze, das Loch hat einen Kranz aus spitzen Maschen. Für mich ist es ein Dornenkranz.

Lola saß auf dem Bett und las in einer Broschüre über die Verbesserung der ideologischen Parteiarbeit.

Ich ziehe am Faden, schreibt Lola, der Dornenkranz dreht sich nach unten. Die Mutter singt, Gott erbarme dich unser, und ich ziehe am Handschuh den Daumen auf.

Lola unterstrich so viele Sätze in der dünnen Broschüre, als nähme ihr die Hand den Überblick. Lolas Broschürenstapel wuchs neben dem Bett hinauf wie ein schiefes Nachtkästchen. Beim Unterstreichen dachte Lola zwischen einem Satz und dem anderen lange nach.

Ich werfe die Wolle nicht weg, schreibt Lola, auch wenn sie ganz verworren ist.

Lola machte Klammern um die Sätze der Broschüren. Neben jede Klammer malte Lola ein dickes Kreuz an den Rand.

Die Mutter strickt mir den Daumen wieder, schreibt Lola, für die Daumenspitze nimmt sie neue Wolle.

Als Lola im vierten Jahr studierte, lagen an einem Nachmittag alle Kleider der Mädchen auf den Betten. Lolas Koffer stand aufgeklappt unter dem offenen Fenster, und ihre paar Kleider und Broschüren lagen im Koffer.

An diesem Nachmittag erfuhr ich, weshalb ich den einen von Lolas Männern damals im Fensterspiegel nicht sehen konnte. Er war anders als die Männer jeder Mitternacht und jeder Spätschicht. Er aß in der Parteihochschule, er stieg in keine Straßenbahn, er folgte Lola nie in den struppigen Park, er hatte ein Auto und einen Schofför.

Lola schreibt in ihr Heft: Nun ist er der erste im weißen Hemd.

So war es an dem Nachmittag kurz vor drei Uhr, als Lola schon im vierten Jahr studierte und fast etwas geworden war: Die Kleider der Mädchen lagen getrennt von Lolas Kleidern auf den Betten. Die Sonne fiel heiß in das Viereck, und der Staub saß auf dem Linoleum wie ein graues

Fell. Und neben Lolas Bett, wo die Broschüren fehlten, stand ein kahler, dunkler Fleck. Und Lola hing an meinem Gürtel im Schrank.

Und es kamen drei Männer. Sie fotografierten Lola im Schrank. Dann banden sie den Gürtel los und steckten ihn in eine durchsichtige Plastiktüte. Sie war hauchdünn wie die Strumpfhosen der Mädchen. Die Männer zogen aus ihren Jackentaschen drei kleine Schachteln. Sie klappten den Deckel von Lolas Koffer zu und öffneten die Schachteln. In jeder Schachtel war giftgrüner Staub. Sie streuten ihn auf den Koffer und dann auf die Schranktür. Er war so trocken wie die Wimperntusche ohne Spucke. Ich sah ihnen zu wie die anderen Mädchen. Ich wunderte mich, daß es auch giftgrünen Ruß gab.

Die Männer fragten uns nichts. Sie kannten den Grund.

Fünf Mädchen standen neben dem Eingang des Studentenheims. Im Glaskasten hing Lolas Bild, das gleiche, das im Parteibuch war. Unter dem Bild hing ein Blatt. Jemand las laut vor:

Diese Studentin hat Selbstmord begangen. Wir verabscheuen ihre Tat und verachten sie. Es ist eine Schande für das ganze Land.

In meinem Koffer fand ich am späten Nachmittag Lolas Heft. Sie hatte es unter meinen Strümpfen versteckt, bevor sie meinen Gürtel nahm.

Ich steckte das Heft in die Handtasche und ging zur Haltestelle. Ich stieg in die Straßenbahn und las. Ich fing mit der letzten Seite an. Lola schreibt: Der Turnlehrer hat mich abends in die Turnhalle gerufen und von innen zugesperrt. Nur die dicken Lederbälle schauten zu. Einmal hätte ihm gereicht. Ich aber bin ihm heimlich nachgegangen und hab sein Haus gefunden. Es wird unmöglich sein, seine Hemden weiß zu halten. Er hat mich beim Lehrstuhl angezeigt. Ich werde die Dürre nie los. Was ich tun muß, wird Gott nicht verzeihen. Aber mein Kind wird niemals Schafe mit roten Füßen treiben.

Am Abend legte ich Lolas Heft verstohlen in meinen Koffer zurück unter die Strümpfe. Ich schloß den Koffer zu und legte den Schlüssel unter mein Kissen. Am Morgen nahm ich den Schlüssel mit. Ich knotete ihn ans Hosengummi, denn es war Turnstunde morgens um acht. Wegen des Schlüssels kam ich ein wenig zu spät.

Die Mädchen standen schon in kurzen schwarzen Hosen und weißen Turnhemden am Kopfende der Sandgrube in einer Reihe. Zwei Mädchen standen am Fußende und hielten das Meßband. Der Wind fuhr in das dicke Laub der Bäume. Der Turnlehrer hob den Arm, schnipste mit zwei Fingern, und alle Mädchen flogen ihren Füßen nach durch die Luft.

Der Sand in der Grube war trocken. Nur wo die Zehen einbrachen, wurde er feucht. Er war so kühl an meinen Zehen wie der Schlüssel an meinem Bauch. Ich sah hinauf in die Bäume, bevor ich den Anlauf nahm. Ich flog meinen Füßen nach, meine Füße flogen nicht weit. Ich dachte beim Fliegen an den Kofferschlüssel. Die beiden Mädchen legten das Meßband an und sagten die Zahl. Der Turnlehrer schrieb den Sprung wie eine Uhrzeit in sein Heft. Ich sah den frischgespitzten Bleistift in seiner Hand und dachte mir, das paßt zu ihm, am Fußende messen kann man nur den Tod.

Und als ich zum zweiten Mal flog, war der Schlüssel so warm geworden wie meine Haut. Er drückte nicht mehr. Wenn meine Zehen im feuchten Sand eingebrochen waren, stand ich schnell auf, damit der Turnlehrer mich nicht anfaßt.

Die erhängte Lola wurde zwei Tage später am Nachmittag um vier Uhr in der großen Aula aus der Partei ausgeschlossen und von der Hochschule exmatrikuliert. Hunderte waren dabei.

Jemand stand hinter dem Rednerpult und sagte: Sie hat uns alle getäuscht, sie verdient es nicht, Studentin unseres Landes und Mitglied unserer Partei zu sein. Alle klatschten.

Am Abend sagte jemand im Viereck: Weil es allen zum Weinen war, klatschten sie zu lange. Niemand hat sich getraut, als erster aufzuhören. Jeder schaute beim Klatschen auf die Hände der anderen. Einige hatten kurz aufgehört und erschraken und klatschten wieder. Dann hätte die Mehrheit gerne aufgehört, man hörte, wie das Klatschen im Raum den Takt verlor, aber weil diese wenigen mit dem Klatschen ein zweites Mal begonnen hatten und feste Takte hielten, klatschte auch die Mehrheit weiter. Erst als in der ganzen Aula ein einziger Takt wie ein großer Schuh an den Wänden hinauf polterte, gab der Redner mit der Hand das Zeichen zum Aufhören.

Lolas Bild hing zwei Wochen im Glaskasten. Aber nach zwei Tagen war Lolas Heft aus meinem verschlossenen Koffer verschwunden.

Die Männer mit dem giftgrünen Ruß legten Lola aufs Bett und trugen es zum Viereck hinaus. Warum trugen sie das Bett mit dem Fußende voraus durch die Tür. Den Koffer mit den Kleidern und die Tüte mit meinem Gürtel trug einer hinter dem Kopfende her. Er trug Koffer und Gürtel in der rechten Hand. Warum schloß er hinter sich nicht die Tür, er hatte die linke Hand frei.

Fünf Mädchen blieben im Viereck zurück, fünf Betten, fünf Koffer. Als Lolas Bett draußen war, schloß jemand die Tür. In jede Bewegung im Zimmer verstrickten sich Staubfäden in der heißen, hellen Luft. Jemand stand an der Wand und kämmte sich. Jemand schloß das Fenster. Jemand fädelte die Schnürsenkel in seine Schuhe anders ein.

Keine Bewegung in diesem Zimmer hatte einen Grund. Alle waren stumm und taten etwas mit ihren Händen, weil niemand es wagte, die Kleider von seinem Bett zurück in den Schrank zu hängen.

Die Mutter sagt: Wenn du das Leben nicht aushältst, räume den Schrank auf. Dann gehen die Sorgen durch deine Hände, und der Kopf macht sich frei.

Aber die Mutter hat leicht reden. Sie hat fünf Schränke und fünf Truhen im Haus. Und wenn die Mutter drei Tage nacheinander die Schränke und Truhen aufräumt, sieht es immer noch wie Arbeit aus.

Ich ging in den struppigen Park und ließ den Kofferschlüssel ins Gestrüpp fallen. Es gab keinen Schlüssel, der den Koffer gegen fremde Hände schützte, wenn keines der Mädchen im Zimmer war. Vielleicht gab es auch keinen Schlüssel gegen bekannte Hände, die im Viereck mit dem Zahnstocher im Wimpernruß rührten, das Licht an- oder ausknipsten oder nach Lolas Tod das Bügeleisen putzten.

Vielleicht hätte niemand flüstern und schweigen müssen, wenn Lola im Zimmer war. Vielleicht hätte jemand Lola alles sagen können. Vielleicht hätte ich gerade Lola alles sagen können. Das Kofferschloß hatte sich selber zur Lüge gemacht. Es gab so viele gleiche Kofferschlüssel im Land wie Arbeiterchöre. Jeder Schlüssel war gelogen.

Als ich aus dem Park zurückkam, sang jemand im Viereck zum ersten Mal seit Lolas Tod:

Gestern abend schlug der Wind
mich dem Liebsten in den Arm
wenn er mehr geschlagen hätte
wär im Arm ich abgebrochen
so ein Glück der Wind blieb stehn.

Jemand sang ein rumänisches Lied. Ich sah durch den Abend im Lied, Schafe mit roten Füßen ziehen. Ich hörte, wie der Wind stehen blieb in diesem Lied.

Ein Kind liegt im Bett und sagt: Mach das Licht nicht aus, sonst kommen die schwarzen Bäume herein. Eine Großmutter deckt das Kind zu. Schlaf schnell, sagt sie, wenn alle schlafen, dann legt sich der Wind in den Bäumen.

Der Wind konnte nicht stehen. Er hat sich immer gelegt, in dieser Kinderbettsprache.

Nachdem das Klatschen in der Großen Aula durch die Hand des Rektors abgebrochen worden war, ging der Turnlehrer ans Rednerpult. Er trug ein weißes Hemd. Es wurde abgestimmt, um Lola aus der Partei auszuschließen und aus der Hochschule zu exmatrikulieren.

Der Turnlehrer hob als erster die Hand. Und alle Hände flogen ihm nach. Jeder sah beim Heben des Arms die erhobenen Arme der anderen an. Wenn der eigene Arm noch nicht so hoch wie die anderen in der Luft war, streckte so mancher den Ellbogen noch ein bißchen. Sie hielten die Hände nach oben, bis die Finger müde nach vorne fielen und die Ellbogen schwer nach unten zogen. Sie schauten um sich und stellten, da noch niemand den Arm herunterließ, die Finger wieder gerade und hoben die Ellbogen nach. Man sah die Schweißflecken unter den Armen, die Hemd- und Blusensäume rutschten heraus. Die Hälse waren langgestreckt, die Ohren rot, die

Lippen halboffen. Die Köpfe bewegten sich nicht, aber die Augen glitten hin und her.

Es war so still zwischen den Händen, sagte jemand im Viereck, daß man hörte, wie der Atem auf dem Holz der Bänke auf und ab ging. Und es blieb so still, bis der Turnlehrer seinen Arm auf das Pult legte und sagte: Wir müssen nicht zählen, selbstverständlich sind alle dafür.

Die durch diese Straßen gehen, dachte ich mir am nächsten Tag in der Stadt, sie alle wären in der Großen Aula, dem Arm des Turnlehrers nach, über den Bock geflogen. Sie alle hätten die Finger gerade gestellt, die Ellbogen gestreckt und in der Stille die Augen hin und her gedreht. Ich zählte alle Gesichter, die an mir vorbeigingen in dieser stechendheißen Sonne. Bis neunhundertneunundneunzig zählte ich. Dann brannten meine Fußsohlen, ich setzte mich auf eine Bank, zog die Zehen ein und lehnte den Rücken an. Ich legte den Zeigefinger auf meine Wange und zählte mich mit. Tausend, sagte ich zu mir und schluckte die Zahl.

Und es lief an der Bank eine Taube vorbei, und ich schaute ihr nach. Sie tappelte und ließ die Flügel hängen. Von der heißen Luft stand ihr Schnabel halboffen. Sie pickte, und das machte ein Geräusch, als wäre der Schnabel aus Blech. Sie fraß einen Stein. Und als die Taube den Stein schluckte, dachte ich mir: Auch Lola hätte die Hand gehoben. Aber das zählte nicht mehr.

Ich schaute Lolas Männern nach, die mittags aus der Frühschicht der Fabriken kamen. Sie waren Bauern, aus dem Dorf geholt. Nie wieder Schafe, hatten auch sie gesagt, nie wieder Melonen. Wie Narren waren sie dem

Ruß der Städte nachgestiegen und den dicken Rohren, die über Felder bis an jeden Dorfrand krochen.

Die Männer wußten, daß ihr Eisen, ihr Holz, ihr Waschpulver nichts zählten. Deshalb blieben ihre Hände klobig, sie machten Klötze und Klumpen statt Industrie. Alles, was groß und eckig sein sollte, wurde in ihren Händen ein Schaf aus Blech. Was klein und rund sein sollte, wurde in ihren Händen eine Melone aus Holz.

Das Proletariat der Blechschafe und Holzmelonen ging nach der Schicht in die erste Kneipe. Immer im Rudel in den Sommergarten einer Bodega. Während sich die schweren Körper auf die Stühle fallen ließen, wendete der Kellner das rote Tischtuch. Korken, Brotrinden und Knochen fielen auf den Boden neben die Blumenkübel. Das Grüne war verdorrt, die Erde aufgewühlt von eilig ausgedrückten Zigaretten. Am Zaun der Bodega hingen Geranientöpfe mit nackten Stielen. An den Spitzen wuchsen drei, vier junge Blätter nach.

Auf den Tischen dampfte der Fraß. Da lagen Hände und Löffel, nie Messer und Gabel. Zerren und Abreißen mit dem Mund, so aßen alle, wenn die Kleinigkeiten geschlachteter Tiere auf dem Teller lagen.

Auch die Bodega war gelogen, die Tischtücher und Pflanzen, die Flaschen und weinroten Kellneruniformen. Hier war niemand ein Gast, sondern ein Zugelaufener des sinnlosen Nachmittags.

Die Männer torkelten und schrien sich an, bevor sie sich leere Flaschen auf den Kopf schlugen. Sie bluteten.

Wenn ein Zahn zu Boden fiel, lachten sie, als hätte jemand einen Knopf verloren. Einer bückte sich, hob den Zahn auf und warf ihn in sein Glas. Weil das Glück brachte, kam der Zahn von einem Glas ins andere. Jeder wollte ihn.

Irgendwann war der Zahn weg, verschwunden wie Lolas Zungen und Nieren aus dem Kühlschrank des Eßraums. Irgendwann hatte einer von ihnen den Zahn geschluckt. Sie wußten nicht, wer. Sie rissen von den Geranienstielen die letzten jungen Blätter ab und kauten im Verdacht. Sie gingen die Gläser der Reihe nach durch und schrien mit den grünen Blätter im Mund: Pflaumen sollst du fressen, nicht Zähne.

Sie zeigten auf einen, alle zeigten auf den im hellgrünen Hemd. Und der leugnete. Er steckte sich den Finger in den Hals. Er erbrach und sagte: Jetzt könnt ihr suchen, da sind Geranienblätter, das Fleisch, Brot und Bier, aber kein Zahn. Die Kellner trieben ihn hinaus vor die Tür, die anderen klatschten.

Dann sagte einer im karierten Hemd: Ich wars. Er fing im Lachen zu weinen an. Alle waren still und sahen auf den Tisch. Hier war niemand ein Gast.

Bauern, dachte ich mir, nur sie fallen aus dem Lachen ins Weinen, aus dem Schreien ins Schweigen. Ahnungslos froh und abgründig wütend fuhren sie aus der Haut. In ihrer Lebensgier war jeder Augenblick imstande, mit einem Hieb das Leben auszulöschen. Sie alle wären in der Dunkelheit hinter Lola mit den gleichen Hundeaugen ins Gestrüpp gegangen.

Wenn sie am nächsten Tag nüchtern blieben, gingen

sie ganz allein durch den Park, um sich zu fassen. Ihre Lippen waren vom Suff weiß aufgesprungen. Ihre Mundwinkel eingerissen. Sie stellten die Füße bedächtig ins Gras und mahlten im Hirn jedes Wort noch einmal durch, das sie im Suff geschrien hatten. Sie saßen kindisch in den Gedächtnislücken des vergangenen Tages. Sie fürchteten, daß sie in der Bodega etwas geschrien hatten, was politisch war. Sie wußten, daß die Kellner alles melden.

Aber der Suff schützt den Schädel vor dem Unerlaubten, und der Fraß schützt den Mund. Wenn auch die Zunge nur noch lallen kann, verläßt die Gewöhnung der Angst die Stimme nicht.

Sie waren in der Angst zu Hause. Die Fabrik, die Bodega, Läden und Wohnviertel, die Bahnhofshallen und Zugfahrten mit Weizen-, Sonnenblumen- und Maisfeldern paßten auf. Die Straßenbahnen, Krankenhäuser, Friedhöfe. Die Wände und Decken und der offene Himmel. Und wenn es dennoch wie so oft passierte, daß der Suff an verlogenen Orten fahrlässig wurde, war es eher ein Fehler der Wände und Decken oder des offenen Himmels als Absicht im Hirn eines Menschen.

Und während die Mutter das Kind mit den Gürteln der Kleider an den Stuhl bindet, während der Frisör dem Großvater die Haare schneidet, während der Vater dem Kind sagt, grüne Pflaumen darf man nicht essen, während all dieser Jahre steht eine Großmutter in der Zimmerecke. Sie schaut so abwesend auf das Gehen und Reden im Haus, als hätte sich schon am Morgen draußen der

Wind gelegt, als wäre am Himmel der Tag eingeschlafen. Die Großmutter summt sich während all dieser Jahre ein Lied in den Kopf.

Das Kind hat zwei Großmütter. Die eine kommt am Abend mit ihrer Liebe ans Bett, und das Kind sieht zur weißen Zimmerdecke, weil sie gleich beten wird. Die andere kommt am Abend mit ihrer Liebe ans Bett, und das Kind schaut ihre dunklen Augen an, weil sie gleich singen wird.

Wenn das Kind die Zimmerdecke und die dunklen Augen nicht mehr sehen kann, stellt es sich schlafend. Die eine Großmutter betet nicht zu Ende. Sie steht mitten im Gebet auf und geht. Die andere Großmutter singt das Lied zu Ende, ihr Gesicht ist schief, weil sie so gerne singt.

Wenn das Lied zu Ende ist, glaubt sie, das Kind liegt tief im Schlaf. Sie sagt: Ruh dein Herztier aus, du hast heute so viel gespielt.

Die singende Großmutter lebt neun Jahre länger als die betende Großmutter. Und sechs Jahre lebt die singende Großmutter länger als ihr Verstand. Sie erkennt keinen mehr im Haus. Sie kennt nur noch ihre Lieder.

An einem Abend geht sie aus der Zimmerecke an den Tisch und sagt im Schein des Lichts: Ich bin so froh, daß ihr alle bei mir im Himmel seid. Sie weiß nicht mehr, daß sie lebt und muß sich zu Tode singen. An sie kommt keine Krankheit, die ihr beim Sterben helfen kann.

Nach Lolas Tod trug ich zwei Jahre keinen Gürtel mehr am Kleid. Die lautesten Geräusche in der Stadt waren leise in meinem Kopf. Wenn ein Lastauto oder eine Straßenbahn sich näherten und immer größer wurden, tat mir das Rasseln gut in der Stirn. Unter den Füßen zitterte der Boden. Ich wollte mit den Rädern etwas zu tun haben und sprang kurz vor ihnen über den Weg. Ich ließ es darauf ankommen, ob ich die andere Seite noch erreiche. Ich ließ die Räder für mich entscheiden. Der Staub schluckte mich eine Weile, meine Haare flogen zwischen Glück und Tod. Ich erreichte die andere Straßenseite, lachte und hatte gewonnen. Aber lachen hörte ich mich von draußen, von weitem.

Ich ging oft in den Laden, wo Aluminiumschalen mit Zungen, Leber und Nieren in der Vitrine standen. Der Laden war nie auf dem Weg, ich fuhr hin mit der Straßenbahn. Dort im Laden wurden die Gegenden in den Gesichtern der Leute am größten. Männer und Frauen hielten Taschen mit Gurken und Zwiebeln in den Händen. Aber ich sah sie Maulbeerbäume aus der Gegend hinaustragen, hinein ins Gesicht. Ich suchte mir jemanden aus, der nicht älter war als ich und ging ihm nach. Ich kam immer zu den Wohnblocks der Neubauviertel, durch hohe Disteln in ein Dorf. Zwischen den Disteln lagen Flecken mit schreiendroten Tomaten und weißen Rüben. Jeder Flecken war ein Stück mißglücktes Feld. Die Auberginen sah ich erst, wenn der Schuh schon neben ihnen stand. Sie glänzten wie zwei Hände voller schwarzer Maulbeeren.

Die Welt hat auf keinen gewartet, dachte ich mir. Ich

mußte nicht gehen, essen, schlafen und jemanden lieben in Angst. Ich brauchte weder den Frisör noch die Nagelschere und verlor keinen Knopf, bevor es mich gab. Der Vater hing noch im Krieg, lebte vom Singen und Schießen im Gras. Lieben mußte er nicht. Das Gras hätte ihn behalten sollen. Denn als er zu Hause den Dorfhimmel sah, wuchs wieder ein Bauer in seinem Hemd und fing wieder sein Handwerk an. Der Heimkehrer hatte Friedhöfe gemacht und mußte mich zeugen.

Ich wurde sein Kind und mußte wachsen gegen den Tod. Ich wurde im Zischton angeredet. Auf die Hände hat man mir geschlagen und blitzschnell ins Gesicht geschaut. Aber niemand hat je gefragt, in welchem Haus, an welchem Ort, an welchem Tisch, in welchem Bett und Land ich lieber als zu Hause gehen, essen, schlafen oder jemanden lieben würde in Angst.

Immer nur Anbinden, weil Losbinden so lange brauchte, bis es ein Wort war. Ich wollte über Lola reden, und die Mädchen im Viereck sagten, ich solle endlich schweigen. Sie hatten begriffen, daß ohne Lola der Kopf leichter war. Anstelle von Lolas Bett standen im Viereck jetzt ein Tisch und ein Stuhl. Und auf dem Tisch ein großes Einweckglas mit langen Ästen aus dem struppigen Park, weiße Zwergrosen mit feingezackten Blättern. Im Wasser schlugen die Äste weiße Wurzeln. Die Mädchen konnten im Viereck gehen und essen und schlafen. Sie hatten auch beim Singen vor Lolas Blättern keine Angst.

Ich wollte Lolas Heft im Kopf behalten.

Edgar, Kurt und Georg suchten jemanden, der mit Lola im Zimmer war. Und weil ich Lolas Heft nicht allein im Kopf behalten konnte, traf ich sie, seitdem sie mich in der Kantine angesprochen hatten, jeden Tag. Sie bezweifelten, daß Lolas Tod ein Selbstmord war.

Ich erzählte von Blattflöhen, Schafen mit roten Füßen, Maulbeerbäumen und der Gegend in Lolas Gesicht. Wenn ich allein an Lola dachte, fiel mir vieles nicht mehr ein. Wenn sie zuhörten, wußte ich es wieder. Ich hatte vor ihren starren Augen in meinem Kopf lesen gelernt. Ich fand im Schädelzerspringen jeden verschwundenen Satz aus Lolas Heft. Ich sagte ihn laut. Und Edgar schrieb viele Sätze in sein Heft. Ich sagte: Auch dein Heft wird bald verschwinden, weil Edgar, Kurt und Georg auch in einem Studentenheim wohnten auf der anderen Seite des struppigen Parks, in einem Heim für Jungen. Doch Edgar sagte: Wir haben einen sicheren Platz in der Stadt, ein Sommerhaus in einem wilden Garten.

Wir hängen das Heft, sagte Kurt, in einen Leinensack an die Unterseite des Brunnendeckels. Sie lachten und sagten immer: Wir. Georg sagte: An einen inneren Haken. Der Brunnen ist im Zimmer, das Sommerhaus und der wilde Garten gehören einem Mann, der nie auffällt. Dort sind auch die Bücher, sagte Kurt.

Die Bücher aus dem Sommerhaus kamen von weither, doch sie wußten um jede mitgebrachte Gegend in den Gesichtern dieser Stadt, um jedes Blechschaf, um jede Holzmelone. Um jeden Suff, um jedes Lachen in der Bodega.

Wer ist der Mann mit dem Sommerhaus, fragte ich und

dachte mir gleich: Ich will es nicht wissen. Edgar, Kurt und Georg blieben stumm. Ihre Augen standen schief, und in den weißen Winkeln, wo Äderchen zusammenliefen, glänzte unruhig das Schweigen. Ich fing schnell zu reden an. Ich erzählte von der großen Aula, vom Takt eines großen Schuhs, der beim Klatschen der Hände an der Wand hinaufstieg. Und vom Atem, der über das Holz der Bänke schlich, als sich beim Abstimmen die Arme hoben.

Und ich spürte beim Reden, daß mir etwas wie ein Kirschkern auf der Zunge liegen blieb. Die Wahrheit wartete auf die gezählten Menschen und den Finger auf meiner eigenen Wange. Doch das Wort Tausend ging mir nicht über die Lippen. Auch von dem Blechschnabel der Taube, die Steine pickte, sagte ich nichts. Ich redete weiter vom Bock und Sandfliegen, vom Anfassen und Wassertrinken, vom Kofferschlüssel am Hosengummi. Edgar hörte mir zu mit dem Stift in der Hand und schrieb kein Wort in sein Heft. Und ich dachte mir: Er wartet noch auf die Wahrheit, er spürt, daß ich im Reden schweige. Und dann sagte ich: Jetzt ist es der erste im weißen Hemd. Und Edgar schrieb. Und dann sagte ich: Blätter haben wir alle. Und Georg sagte: Das kann man im Kopf nicht fassen.

Lolas Sätze ließen sich sagen im Mund. Aufschreiben ließen sie sich nicht. Nicht von mir. Es war wie mit Träumen, die in den Mund passen, aber nicht aufs Papier. Beim Aufschreiben löschten sich Lolas Sätze in meiner Hand.

In den Büchern aus dem Sommerhaus stand mehr, als ich zu denken gewohnt war. Ich ging damit auf den Friedhof und setzte mich auf eine Bank. Es kamen alte Leute, sie gingen ganz allein zu einem Grab, das bald auch ihres wurde. Sie brachten keine Blumen mit, die Gräber waren voll davon. Sie weinten nicht, sie sahen ins Leere. Manchmal suchten sie ihr Taschentuch, bückten sich und wischten den Staub von den Schuhen und banden die Schnürsenkel fester und steckten das Taschentuch wieder ein. Sie weinten nicht, weil sie sich an ihren Wangen keine Arbeit machen wollten. Weil ihr Gesicht schon auf dem Grabstein war, Wange an Wange neben dem Toten, auf einem runden Foto. Sie hatten sich vorausgeschickt und warteten, wer weiß seit wann, daß die Begegnung auf dem Grabstein gültig wird. Ihre Namen und Geburtsdaten waren eingemeißelt. Eine glatte Stelle wartete handgroß auf ihren Todestag. Sie blieben nicht lange am Grab.

Wenn sie in den schmalen Wegen zwischen Blumen vom Friedhof gingen, schauten die Grabsteine und ich ihnen nach. Wenn sie aus dem Friedhof draußen waren, hängten sich die vielen glatten Stellen an diesen Sommertag, der vor Blumenhügeln schwer und träge war. Hier wuchs der Sommer anders als in der Stadt. Der Friedhofsommer hatte keine Lust auf heißen Wind. Er bog den Himmel still nach oben und hielt Ausschau nach Sterbefällen. In der Stadt hieß es: Frühjahr und Herbst sind gefährlich für alte Leute. Die erste Wärme und die erste Kälte nehmen die Alten mit. Aber hier sah man, daß es der Sommer war, der die Falle am besten öffnen konnte.

Der alle Tage wußte, wie man aus alten Leuten Blumen macht.

Blätter kommen wieder, wenn der Körper schrumpelt, weil die Liebe vorbei ist, schreibt Lola in ihr Heft.

Ich atmete leise, mit Lolas Sätzen im Kopf, damit die Sätze aus den Büchern nicht strauchelten, weil sie hinter Lolas Blättern standen.

Ich hatte das Streunen gelernt, ich nahm die Straßen unter die Füße. Ich kannte die Bettler, die Klagestimmen, Bekreuzigungen und Flüche, den nackten Gott und den lumpigen Teufel, die verkrüppelten Hände und halben Beine.

Ich kannte die Irrgewordenen in jedem Stadtteil:

Den Mann mit der schwarzen Fliege am Hals, der einen immergleichen dürren Blumenstrauß in der Hand hielt. Er stand seit Jahren am trockenen Springbrunnen und sah die Straße hinauf, an deren Ende das Gefängnis war. Wenn ich ihn ansprach, sagte er: Ich kann jetzt nicht reden, gleich kommt sie, vielleicht kennt sie mich nicht mehr.

Gleich kommt sie, sagte er seit Jahren. Und es kamen, wenn er das sagte, manchmal ein Polizist die Straße herunter und manchmal ein Soldat. Und seine Frau, das wußte die ganze Stadt, war aus dem Gefängnis schon längst draußen. Sie lag auf dem Friedhof im Grab.

Morgens um sieben Uhr fuhr eine Buskolonne mit grauen, zugezogenen Vorhängen die Straße herunter. Und abends um sieben fuhr sie die Straße wieder hinauf. Die Straße lief gar nicht hinauf, ihr Ende lag nicht höher als der

Platz am Springbrunnen. Aber man sah es so. Oder man sagte nur, daß sie hinaufläuft, weil dort das Gefängnis war, und nur Polizisten und Soldaten dort gingen.

Wenn die Busse am Springbrunnen vorbeifuhren, sah man in den Lücken der Vorhänge die Finger der Häftlinge. Beim Fahren hörte man keinen Motor, kein Stoßen und Brummen, keine Bremse, kein Rad. Nur das Bellen der Hunde. Es war so laut, als würden zweimal am Tag Hunde auf Rädern am Brunnen vorbeifahren.

Zu den Pferden mit Stöckelschuhen kamen die Hunde auf Rädern.

Eine Mutter fährt jede Woche einmal mit dem Zug in die Stadt. Ein Kind darf zweimal im Jahr mitfahren. Einmal am Anfang des Sommers und einmal am Anfang des Winters. In der Stadt fühlt das Kind sich häßlich, weil es in viele dicke Kleider eingewickelt ist. Die Mutter geht um vier Uhr morgens mit dem Kind zum Bahnhof. Es ist kalt, auch im frühen Sommer ist es morgens um vier noch kalt. Die Mutter will morgens um acht in der Stadt sein, weil die Geschäfte öffnen.

Von einem Geschäft zum anderen zieht das Kind ein paar Kleider aus und trägt sie in der Hand. Darum verliert das Kind ein paar Kleider in der Stadt. Auch deshalb nimmt die Mutter das Kind nicht gerne mit in die Stadt. Aber es gibt einen ärgeren Grund: Das Kind sieht die Pferde über den Asphalt laufen. Das Kind bleibt stehen und will, daß auch die Mutter stehenbleibt und wartet, bis wieder Pferde kommen. Die Mutter hat keine Zeit zum

Warten und kann allein nicht weitergehen. Sie will das Kind in der Stadt nicht verlieren. Sie muß das Kind ziehen. Das Kind läßt sich hängen und sagt: Hörst du, daß die Hufe anders klappern als bei uns.

Von einem Geschäft zum anderen, auf der Rückfahrt im Zug und Tage danach fragt das Kind: Warum haben die Pferde in der Stadt Stöckelschuhe an.

Ich kannte die Zwergin auf dem Trajansplatz. Sie hatte mehr Kopfhaut als Haar, sie war taubstumm und trug einen Graszopf wie die ausgemusterten Stühle unter den Maulbeerbäumen der alten Leute. Sie aß den Abfall des Gemüseladens. Jedes Jahr wurde sie schwanger von Lolas Männern, die um Mitternacht aus der Spätschicht kamen. Der Platz war dunkel. Die Zwergin konnte nicht rechtzeitig weglaufen, weil sie nicht hörte, wenn jemand kam. Und sie konnte nicht schreien.

Um den Bahnhof strich der Philosoph. Er verwechselte die Telefonmasten und Baumstämme mit Menschen. Er erzählte dem Eisen und Holz von Kant und dem Kosmos der fressenden Schafe. In den Bodegas ging er von Tisch zu Tisch, trank die Reste und wischte die Gläser trocken mit seinem langen weißen Bart.

Vor dem Marktplatz saß die Alte mit dem Hut aus Stecknadeln und Zeitungspapier. Sie zog seit Jahren im Sommer und Winter einen Schlitten mit Säcken die Straßen entlang. In einem Sack waren gefaltete Zeitungen. Die Alte machte sich jeden Tag einen neuen Hut. In einem anderen Sack waren die getragenen Hüte.

Nur die Irrgewordenen hätten in der Großen Aula nicht mehr die Hand gehoben. Sie hatten die Angst vertauscht mit dem Wahn.

Ich aber konnte auf den Straßen weiter Leute zählen, mich selber mitzählen, als würde ich mir zufällig begegnen. Ich konnte zu mir sagen: He du Jemand. Oder: He du Tausend. Nur verrückt werden konnte ich nicht. Ich war noch bei Trost.

Für den Hunger kaufte ich mir etwas, das man im Gehen aus der Hand essen konnte. Lieber riß ich das Fleisch mit dem Mund auf der Straße ab als in der Kantine am Tisch. Ich ging nicht mehr in die Kantine. Ich verkaufte meine Essenskarte und kaufte mir drei Paar hauchdünne Strumpfhosen.

Ins Viereck der Mädchen ging ich nur, um zu schlafen, aber ich schlief nicht. Mein Kopf wurde durchsichtig, wenn ich ihn im dunklen Zimmer aufs Kissen legte. Das Fenster war hell von den Straßenlaternen. Ich sah meinen Kopf in der Scheibe, die Haarwurzeln wie kleine Zwiebeln auf die Kopfhaut gepflanzt. Wenn ich mich umlege, dachte ich mir, fallen die Haare aus. Ich mußte mich umlegen, um das Fenster nicht mehr zu sehen.

Dann sah ich die Tür. Auch wenn der Mann mit Lolas Koffer und meinem Gürtel in der durchsichtigen Plastiktüte damals hinter sich die Tür geschlossen hätte, wäre der Tod hiergeblieben. Die geschlossene Tür war nachts im Schimmern des Straßenlichts Lolas Bett.

Alle schliefen tief. Ich hörte zwischen meinem Kopf und

dem Kissen die dürren Gegenstände der Irren rascheln: den trockenen Blumenstrauß des Wartenden, den Graszopf der Zwergin, den Zeitungshut der alten Schlittenfrau, den weißen Bart des Philosophen.

Beim Mittagessen legt ein Großvater schon beim letzten Bissen die Gabel aus der Hand. Er steht vom Tisch auf und sagt: Hundert Schritt. Er geht und zählt seine Schritte. Vom Tisch zur Tür geht er, über die Türschwelle in den Hof, auf das Pflaster und auf das Gras. Jetzt geht er weg, denkt sich das Kind, jetzt geht er in den Wald.

Dann sind die hundert Schritte gezählt. Der Großvater kommt, ohne zu zählen, aus dem Gras auf das Pflaster, auf die Türschwelle, an den Tisch. Er setzt sich und stellt seine Schachfiguren auf, zuletzt die beiden Königinnen. Er spielt Schach. Er legt die Arme breit auf den Tisch, er greift sich ins Haar, er stößt mit den Beinen einen eiligen Takt unterm Tisch, er drückt die Zunge von einer Wange in die andere, er zieht die Arme an sich. Der Großvater wird verbissen und einsam. Das Zimmer verschwindet, denn der Großvater spielt mit der hellen und dunklen Seite gegen sich selbst. Je weiter sich das Mittagessen aus seinem Mund hinunter in den Darm entfernt, umso faltiger wird sein Gesicht. So einsam, daß der Großvater alle Erinnerungen an den Ersten Weltkrieg mit der hellen und dunklen Königin stillen muß.

Der Großvater war aus dem ersten Krieg zurückgekehrt wie aus seinen hundert Schritt. In Italien sind die Schlangen so dick wie mein Arm, sagte er. Sie ringeln sich ein wie Wagenräder. Sie liegen auf Steinen zwischen den Dörfern und schlafen. Ich setzte mich auf so ein Wagenrad, und der Kompaniefrisör rieb mir die kahlen Flecken auf dem Kopf mit Blättersaft ein.

Die Schachfiguren des Großvaters waren so groß wie seine Daumen. Nur die Königinnen waren so groß wie seine Mittelfinger. Sie trugen ein schwarzes Steinchen unter der linken Schulter. Ich fragte: Wieso haben sie nur eine Brust. Der Großvater sagte: Die Steinchen sind ihr Herz. Ich habe die Königinnen für zuletzt gelassen, sagte der Großvater, zu allerletzt hab ich sie geschnitzt. Ich habe mir für sie viel Zeit genommen. Der Kompaniefrisör hat mir gesagt: Für die Haare, die noch auf deinem Kopf sind, wächst kein Blatt auf der Welt. Sie sind verloren und müssen den Kopf verlassen. Nur an den kahlen Flecken kann ich was tun, nur da zwingt der Blättersaft den Kopf, daß neue Haare wachsen.

Als die Königinnen fertig waren, waren meine Haare alle ausgefallen, sagte der Großvater.

Edgar, Kurt, Georg und ich redeten, wenn wir das Proletariat der Blechschafe und Holzmelonen den Schichten nach kommen und gehen sahen, über unser eigenes Weggehen von zu Hause. Edgar und ich kamen aus Dörfern und Kurt und Georg aus kleineren Städten.

Ich erzählte von Säcken mit den mitgebrachten Maulbeerbäumen, von den Höfen alter Leute und von Lolas Heft: aus der Gegend hinaus und hinein ins Gesicht. Edgar nickte und Georg sagte: Alle bleiben hier Dörfler. Wir sind mit dem Kopf von zu Hause weggegangen, aber mit den Füßen stehen wir in einem anderen Dorf. In einer Diktatur kann es keine Städte geben, weil alles klein ist, wenn es bewacht wird.

Man fährt von der einen Stadt in die andere, sagte Georg, und man wird von einem Dörfler zu einem anderen Dörfler. Man kann sich völlig weglassen, sagte Kurt, man steigt in den Zug, und es fährt nur ein Dorf in ein anderes Dorf.

Als ich wegfuhr, sagte Edgar, drehte sich das Feld vom Dorf bis in die Stadt vom Boden weg. Der Mais war noch grün und fächelte. Ich dachte, der Hausgarten verlängert sich und läuft dem Zug nach. Der Zug fuhr langsam.

Mir kam die Reise lang vor und die Entfernung weit, sagte ich. Die Sonnenblumen hatten kein Blatt mehr, und ihre schwarzen Stengel stellten eine sichere Trennung auf. Sie hatten so schwarze Kerne, daß die Leute im Abteil vom vielen Schauen müde wurden. Alle, die mit mir im Abteil saßen, packte der Schlaf. Eine Frau hielt eine graue Gans auf dem Schoß. Die Frau war eingeschlafen, und die Gans schnatterte noch eine Weile auf ihrem Schoß. Dann legte sie den Hals auf die Flügel und schlief auch.

Der Wald deckte immer die Scheibe zu, sagte Kurt, und als ich plötzlich einen Streifen Himmel sah, dachte ich, es ist ein Fluß da oben. Der Wald hatte die ganze Gegend weggewischt. Das paßte zum Kopf meines Vaters. Er war beim Abschied so besoffen, daß er glaubte, sein Sohn fährt in den Krieg. Er lachte und klopfte meiner Mutter auf die Schulter und sagte: Jetzt fährt unser Kurt in den Krieg. Meine Mutter hat geschrien, als er das sagte. Sie hat im Schreien zu weinen angefangen. Wie kann man so besoffen sein, hat sie geschrien. Aber geweint hat sie, weil sie glaubte, was er sagte.

Mein Vater schob das leere Fahrrad zwischen uns, sagte Georg. Meinen Koffer trug ich in der Hand. Als der Zug aus dem Bahnhof hinausfuhr, sah ich meinen Vater neben dem Fahrrad in die Stadt zurückgehen. Ein langer und ein kurzer Strich.

Mein Vater ist abergläubisch, meine Mutter näht ihm immer grüne Jacken. Wer das Grüne meidet, den begräbt der Wald, sagt er. Seine Tarnung kommt von keinem Tier, sagte Kurt, sie kommt aus dem Krieg.

Mein Vater, sagte Georg, hat das Fahrrad zum Bahnhof mitgenommen, damit er auf dem Hinweg nicht so nahe neben mir gehen muß und auf dem Rückweg nicht an seinen Händen spürt, daß er allein nach Hause geht.

Die Mütter von Edgar, Kurt und Georg waren Schneiderinnen. Sie lebten mit Steifleinwand, Futter, Scheren, Zwirn, Nadeln, Knöpfen und Bügeleisen. Wenn Edgar, Kurt und Georg von den Krankheiten ihrer Mütter erzählten, kam es mir vor, als hätten Schneiderinnen vom Bügeldampf etwas Aufgeweichtes an sich. Sie waren von innen krank: Edgars Mutter hatte es an der Galle, Kurts Mutter am Magen und Georgs Mutter an der Milz.

Nur meine Mutter war Bäuerin und hatte vom Feld etwas Verhärtetes an sich. Sie war von außen krank, sie hatte es im Kreuz.

Wenn wir statt über unsere heimgekehrten SS-Väter über unsere Mütter sprachen, staunten wir, daß diese Mütter, obwohl sie sich im Leben nie gesehen hatten, uns die gleichen Briefe mit ihren Krankheiten nachschickten.

Mit den Zügen, in die wir nicht mehr einstiegen, schickten sie uns den Schmerz ihrer Galle, ihres Magens, ihrer Milz, ihres Kreuzes nach. Diese aus dem Körper herausgehobenen Krankheiten der Mütter lagen in den Briefen, wie die gestohlenen Kleinigkeiten geschlachteter Tiere im Fach des Kühlschranks.

Die Krankheiten, dachten sich die Mütter, sind eine Schlinge für die Kinder. Sie bleiben in der Ferne angebunden. Sie wünschten sich ein Kind, das die Züge nach Hause sucht, durch Sonnenblumen oder Wald fährt und sein Gesicht zeigt.

Ein Gesicht sehen, dachten sich die Mütter, in dem die angebundene Liebe eine Wange oder eine Stirn ist. Und hier und da die ersten Falten sehen, die ihnen sagen, daß es uns im Leben schlechter geht als in der Kindheit.

Aber sie vergaßen dabei, daß sie dieses Gesicht nicht mehr streicheln und nicht mehr schlagen durften. Daß es ihnen nicht mehr möglich war, es zu berühren.

Die Krankheiten der Mütter spürten, daß Losbinden für uns ein schönes Wort war.

Wir gehörten ganz zu denen, die Maulbeerbäume mitbrachten und zählten uns in den Gesprächen nur halb dazu. Wir suchten Unterschiede, weil wir Bücher lasen. Während wir haarfeine Unterschiede fanden, stellten wir die mitgebrachten Säcke wie all die anderen hinter unsere Türen.

Aber in den Büchern stand zu lesen, daß diese Türen kein Versteck waren. Was wir anlehnen, aufreißen oder zuschlagen konnten, war nur die Stirn. Dahinter waren wir selber mit Müttern, die uns ihre Krankheiten in Briefen schickten und Vätern, die ihr schlechtes Gewissen in die dümmsten Pflanzen steckten.

Die Bücher aus dem Sommerhaus waren ins Land geschmuggelt. Geschrieben waren sie in der Muttersprache, in der sich der Wind legte. Keine Staatssprache wie hier im Land. Aber auch keine Kinderbettsprache aus den Dörfern. In den Büchern stand die Muttersprache, aber die dörfliche Stille, die das Denken verbietet, stand in den Büchern nicht drin. Dort, wo die Bücher herkommen, denken alle, dachten wir uns. Wir rochen an den Blättern und erwischten uns in der Gewohnheit, an unseren Händen zu riechen. Wir staunten, die Hände wurden beim Lesen nicht schwarz wie von der Druckerschwärze der Zeitungen und Bücher im Land.

Alle, die mit ihrer mitgebrachten Gegend durch die Stadt gingen, rochen an ihren Händen. Sie kannten die Bücher aus dem Sommerhaus nicht. Aber sie wollten dorthin. Wo diese Bücher herkamen, gab es Jeanshosen und Orangen, weiches Spielzeug für Kinder und tragbare Fernseher für Väter und hauchdünne Strumpfhosen und richtige Wimperntusche für Mütter.

Alle lebten von Fluchtgedanken. Sie wollten durch die

Donau schwimmen, bis das Wasser Ausland wird. Dem Mais nachrennen, bis der Boden Ausland wird. Man sah es ihren Augen an: Sie werden sich bald, für alles Geld, das sie haben, Geländekarten von Landvermessern kaufen. Sie hoffen auf Nebeltage im Feld und im Fluß, um den Kugeln und Hunden der Wächter zu entgehen, um wegzulaufen und wegzuschwimmen. Man sah es ihren Händen an: Sie werden sich bald Ballons bauen, brüchige Vögel aus Bettlaken und jungen Bäumen. Sie hoffen, daß der Wind nicht stehenbleibt, um wegzufliegen. Man sah es ihren Lippen an: Sie flüstern bald mit einem Bahnwärter für alles Geld, das sie haben. Sie werden in Güterzüge steigen, um wegzufahren.

Nur der Diktator und seine Wächter wollten nicht fliehen. Man sah es ihren Augen, Händen, Lippen an: Sie werden heute noch und morgen wieder Friedhöfe machen mit Hunden und Kugeln. Aber auch mit dem Gürtel, mit der Nuß, mit dem Fenster und mit dem Strick.

Man spürte den Diktator und seine Wächter über allen Geheimnissen der Fluchtpläne stehen, man spürte sie lauern und Angst austeilen.

Abends drehte sich das letzte Licht am Ende aller Straßen noch einmal um sich selber. Dieses Licht war aufdringlich. Es warnte die Umgebung, bevor die Nacht kam. Die Häuser wurden kleiner als die Menschen, die an ihnen vorbeigingen. Die Brücken kleiner als die Straßenbahnen, die darüber fuhren. Und die Bäume kleiner als die Gesichter, die einzeln unter ihnen gingen.

Es lag ein Heimweg überall und unbedachte Eile. Die wenigen Gesichter auf der Straße hatten keinen Rand. Und ich sah in ihnen ein Stück Wolke hängen, wenn sie auf mich zukamen. Und wenn sie schon fast vor mir standen, schrumpften sie beim nächsten Schritt. Nur die Pflastersteine blieben groß. Und statt der Wolke hingen beim übernächsten Schritt in einer Stirn zwei weiße Augäpfel. Beim überübernächsten Schritt, kurz bevor die Gesichter hinter mir waren, liefen die beiden Augäpfel zusammen.

Ich hielt mich an den Straßenenden fest, dort war es heller. Die Wolken, nichts als Klumpen aus zerknüllten Kleidern. Ich hätte gern gezögert, denn nur im Viereck bei den Mädchen stand für mich ein Bett. Ich hätte noch gewartet, bis die Mädchen im Viereck schlafen. Doch es kam in diesem starren Licht aufs Gehen an, und ich ging immer schneller. Die Seitenstraßen warteten die Nacht nicht ab. Sie packten ihre Koffer.

Edgar und Georg schrieben Gedichte und versteckten sie im Sommerhaus. Kurt stellte sich hinter Ecken und Gestrüpp und fotografierte die Buskolonnen mit den grauen zugezogenen Vorhängen. Morgens und abends fuhren sie die Häftlinge aus dem Gefängnis zu den Baustellen hinter die Felder. Es ist so gruslig, sagte Kurt, daß man glaubt, man wird auch auf den Bildern die Hunde bellen hören. Wenn die Hunde auf den Bildern bellen würden, sagte Edgar, könnten wir die Bilder nicht im Sommerhaus verstecken.

Und ich dachte mir, daß alles etwas nützt, was denen

schadet, die Friedhöfe machen. Daß Edgar, Kurt und Georg, weil sie Gedichte schreiben, Bilder machen und hier und da ein Lied summen, Haß anzünden in denen, die Friedhöfe machen. Daß dieser Haß den Wächtern schadet. Daß nach und nach alle Wächter und zuletzt auch der Diktator von diesem Haß den Kopf verlieren.

Ich wußte damals noch nicht, daß die Wächter diesen Haß für die tägliche Genauigkeit einer blutigen Arbeit brauchten. Daß sie ihn brauchten, um Urteile zu fällen für ihr Gehalt. Urteile geben konnten sie nur den Feinden. Die Wächter bewiesen ihre Zuverlässigkeit durch die Zahl der Feinde.

Edgar sagte, der Geheimdienst streut selber die Gerüchte über die Krankheiten des Diktators, um Leute zur Flucht zu treiben und sie zu erwischen. Um Leute zum Flüstern zu treiben und sie zu erwischen. Denen reicht es nicht, die Leute beim Stehlen von Fleisch oder Streichhölzern, Mais oder Waschpulver, Kerzen oder Schrauben, Haarnadeln oder Nägeln oder Brettern zu erwischen.

Beim Streunen sah ich nicht nur die Irren und ihre dürren Gegenstände. Ich sah auch die Wächter auf den Straßen auf und ab gehen. Junge Männer mit weißgelben Zähnen wachten vor großen Gebäuden, auf Plätzen, vor Läden, an Haltestellen, im struppigen Park, vor den Studentenheimen, in Bodegas, vor dem Bahnhof. Ihre Anzüge paßten nicht, sie schlotterten oder spannten. Sie wußten in jedem Revier, das sie bewachten, wo Pflaumenbäume standen. Sie gingen auch Umwege, um an Pflaumenbäumen vorbeizukommen. Die Äste hingen tief. Die Wächter pflückten sich die Taschen voll mit grünen Pflaumen. Sie pflückten schnell, füllten sich Beutel in die Jacken. Sie wollten nur einmal pflücken und lange davon essen. Wenn ihre Jackentaschen voll waren, entfernten sie sich schnell von diesen Bäumen. Denn Pflaumenfresser war ein Schimpfwort. Emporkömmlinge, Selbstverleugner, aus dem Nichts gekrochene Gewissenlose und über Leichen gehende Gestalten nannte man so. Auch den Diktator nannte man Pflaumenfresser.

Die jungen Männer gingen auf und ab und steckten die Hand in die Jackentasche. Sie nahmen sich eine Handvoll Pflaumen auf einmal, damit das Greifen nicht auffiel. Sie konnten die Finger erst schließen, wenn sie den Mund schon voll hatten.

Weil sie so viele Pflaumen auf einmal in die Hand nahmen, rollten beim Essen ein paar auf den Boden, und einige fielen in den Jackenärmel. Die Pflaumen vom Boden stießen die Wächter wie kleine Bälle mit der Schuhspitze ins Gras. Die Pflaumen aus dem Ärmel fischten sie aus der Armbeuge und stopften sie in die schon vollen Backen.

Ich sah den Schaum an ihren Zähnen und dachte mir: Grüne Pflaumen soll man nicht essen, der Stein ist noch weich, und man beißt auf den Tod.

Die Pflaumenfresser waren Bauern. Die grünen Pflaumen vernarrten sie. Sie fraßen sich weg von der Dienstpflicht. Sie schlüpften ins Stehlen der Kinder unter Dorfbäumen. Sie aßen nicht vor Hunger, sie gierten nur nach dem sauren Geschmack der Armut, in der sie noch vor einem Jahr wie vor der Hand des Vaters die Augen niederschlugen und den Nacken einzogen.

Sie fraßen ihre Taschen leer, streiften sie glatt und schleppten die Pflaumen im Magen. Sie kriegten kein Fieber. Sie waren vergrößerte Kinder. Weit weg von zu Hause tobte die innere Hitze sich aus in der Pflicht.

Einen schrien sie an, weil die Sonne brannte, weil der Wind blies, oder weil es regnete. Am zweiten zerrten sie und ließen ihn gehen. Den dritten schlugen sie nieder. Manchmal blieb die Hitze der Pflaumen ganz ruhig in ihrem Schädel liegen, sie führten einen vierten ab, entschlossen und ohne Wut. Nach einer Viertelstunde standen sie wieder im Revier.

Wenn junge Frauen kamen, starrten sie grübelnd auf deren Beine. Gehenlassen oder Zupacken entschied sich erst im letzten Augenblick. Man sollte sehen, daß es bei solchen Beinen keine Gründe brauchte, nur die Laune.

Die Passanten gingen schnell und leise an ihnen vorbei. Sie erkannten sich wieder von früher. Das machte die Schritte der Männer und Frauen so still. Die Uhren schlugen von den Kirchtürmen, teilten die Sonnen- oder Regentage in Vor- und Nachmittag. Der Himmel wechselte das Licht, der Asphalt die Farbe, der Wind die Richtung, die Bäume das Rauschen.

Auch Edgar, Kurt und Georg aßen als Kinder grüne Pflaumen. Ihnen war kein Pflaumenbild im Kopf geblieben, weil kein Vater sie beim Essen störte. Sie lachten mich aus, wenn ich sagte: Man stirbt und niemand kann helfen, vom hellen Fieber brennt dir von innen das Herz aus. Sie wiegten die Köpfe, wenn ich sagte: Ich mußte nicht auf den Tod beißen, weil mein Vater mich nicht essen sah. Die Wächter fressen öffentlich, sagte ich. Sie beißen nicht auf den Tod, weil die Passanten das Knacken der Äste beim Pflücken und das saure Aufstoßen der Armut kennen.

Edgar, Kurt und Georg wohnten im gleichen Heim, in verschiedenen Zimmern. Edgar im vierten, Kurt im zweiten, Georg im dritten Stock. In jedem Zimmer waren fünf Jungen, fünf Betten, fünf Koffer darunter. Ein Fenster, ein Lautsprecher über der Tür, ein Schrank in die Wand gebaut. In jedem Koffer lagen die Socken, unter den Socken Rasiercreme und ein Rasiermesser.

Als Edgar ins Zimmer kam, warf jemand Edgars Schuhe zum Fenster hinaus und schrie: Spring nach und zieh sie im Fliegen an. Im zweiten Stock stieß jemand Kurt an die Schranktür und schrie: Mach deinen Mist woanders. Im dritten Stock flog Georg eine Broschüre ins Gesicht, und jemand schrie: Wenn du Scheiße machst, friß sie selber.

Die Jungen drohten Edgar, Kurt und Georg mit Schlägen. Drei Männer waren gerade gegangen. Sie hatten die Zimmer durchsucht und zu den Jungen gesagt: Wenn euch dieser Besuch nicht gefällt, dann redet mit dem, der nicht da ist. Redet, hatten die Männer gesagt und die Faust gezeigt.

Als Edgar, Kurt und Georg ins Viereck kamen, brach die bestellte Wut zusammen. Edgar lachte und warf einen

Koffer durchs Fenster. Kurt sagte: Paß auf, du Wurm. Georg sagte: Du redest von Scheiße, dir faulen die Zähne im Mund.

In jedem Zimmer tobte von vier Jungen nur einer, sagten Edgar, Kurt und Georg. Der Zorn lief ins Leere, denn die anderen drei hatten sich das gleiche vorgenommen und den Tobenden, als Edgar, Kurt und Georg gekommen waren, im Stich gelassen. Sie standen da wie erloschen.

Der Zornige aus Edgars Zimmer schlug die Tür von außen zu. Er lief hinunter und kam mit seinem Koffer wieder, er brachte auch Edgars Schuhe mit.

Es gab nicht viel zu durchsuchen im kleinen Viereck. Edgar sagte: Sie haben nichts gefunden. Und Georg sagte: Sie haben die Flöhe aufgescheucht, die Leintücher sind voll mit schwarzen Tupfen. Die Jungen schlafen unruhig und steigen nachts durch das Zimmer.

Viel zu durchsuchen gab es bei den Eltern von Edgar, Kurt und Georg. Georgs Mutter schickte einen Brief mit dem Schmerz ihrer Milz, der sich durch die Angst vergrößert hatte. Die Mutter von Kurt schickte einen Brief mit dem Schmerz ihres Magens, der tobte. Die Väter schrieben in diesen Briefen zum ersten Mal eine Zeile an den Rand: Du darfst deiner Mutter das nie wieder antun.

Edgars Vater kam mit dem Zug in die Stadt, stieg in die Straßenbahn. Er ging von der Straßenbahn auf einem Umweg zum Studentenheim, er wich dem struppigen Park aus. Er bat einen Jungen, Edgar aus dem Zimmer zum Eingang zu schicken.

Als ich die Treppen herunter ging und meinen Vater von oben sah, stand ein kleiner Junge vor dem Schaukasten und las die Anschläge, sagte Edgar. Was gibt es da zu lesen, sagte ich, er gab mir eine Tüte mit frischgepflückten Haselnüssen von zu Hause. Er zog den Brief von meiner Mutter aus der Innentasche und sagte: Der Park ist verwahrlost, man geht dort nicht gerne. Edgar nickte und las in dem Brief, daß die Gallenschmerzen unerträglich sind.

Edgar ging mit seinem Vater durch den Park in die Bodega hinter der Haltestelle.

Drei Männer mit dem Auto, sagte Edgars Vater. Der eine ist draußen auf der Straße geblieben. Er hat sich auf die Grabenbrücke gesetzt und gewartet, er war nur Schofför. Zwei sind ins Haus gekommen. Der Jüngere hatte eine Glatze, der Alte hatte schon graues Haar. Edgars Mutter wollte die Rollos im Zimmer hochziehen, und der mit Glatze sagte: Laß sie zu und mach Licht. Der Alte hat das Bett ausgeräumt, Kissen und Decken, Matratze durchsucht. Er hat einen Schraubenzieher verlangt. Der mit Glatze hat das Bettgestell auseinandergeschraubt.

Edgar ging langsam, und sein Vater stelzte neben ihm auf dem Parkweg. Er schaute beim Reden ins Gestrüpp, als müßte er Blätter zählen. Edgar fragte: Was suchst du. Sein Vater sagte: Sie haben den Teppich weggezogen und die Schränke ausgeräumt, ich suche nichts, ich habe ja nichts verloren.

Edgar zeigte auf die Jacke seines Vaters. An der Jacke hatte schon, als der Vater den Brief aus der Innentasche nahm, ein Knopf gefehlt. Edgar lachte: Vielleicht suchst du deinen Knopf. Sein Vater sagte: Der liegt bestimmt im Zug.

Die Briefe von Edgars beiden Onkeln aus Österreich und Brasilien konnten sie nicht lesen, sagte Edgars Vater, weil sie auf Deutsch geschrieben sind. Sie nahmen die Briefe mit. Auch die Fotos, die in den Briefen waren. Auf den Fotos waren die Häuser der beiden Onkel, die Familienangehörigen und deren Häuser. Die Häuser waren gleich. Wie viele Zimmer haben die in Österreich, fragte der Alte. Und der mit Glatze fragte: Was sind das für Bäume. Er zeigte auf ein Foto aus Brasilien. Edgars Vater zuckte die Schultern. Wo sind die Briefe an deinen Sohn, fragte der Alte, die von seiner Kusine. Sie hat noch nie geschrieben, sagte Edgars Mutter. Er fragte: Bist du sicher. Edgars Mutter sagte: Nein, vielleicht schreibt sie, und er bekommt keine Briefe.

Der Alte leerte die Schachteln mit Knöpfen und Reißverschlüssen auf den Tisch. Der mit Glatze warf Stoffe, Steifleinwand, Futter durcheinander. Edgars Vater sagte: Deine Mutter weiß nicht mehr, welchem Kunden was gehört. Von wem habt ihr das Modeheft, fragten sie. Edgars Mutter zeigte auf ihre Aktentaschen, in denen die Briefe und Fotos waren: Von meinem Bruder aus Österreich. Wißt ihr, wie Streifen laufen, sagte der Alte, bald tragt ihr Gestreiftes.

In der Bodega setzte Edgars Vater sich so vorsichtig auf den Stuhl, als sitze da schon jemand. In Edgars Zimmer hat der mit Glatze den Saum des Vorhangs aufgerissen, die alten Bücher aus dem Schrank geworfen und mit den Blättern nach unten geschüttelt. Edgars Vater drückte die Hände flach auf dem Tisch, damit sie nicht zittern. Er sagte: Was soll in den alten Büchern schon drin sein, es ist nur Staub herausgefallen. Er vertropfte beim Schlucken den Schnaps aus dem Glas.

Die Blumen vom Fensterbrett haben sie aus den Töpfen gerissen und die Erde mit den Händen zerkrümelt, sagte Edgars Vater. Die Erde fiel auf den Küchentisch, und die dünnen Wurzeln hingen zwischen ihren Fingern. Der mit Glatze buchstabierte aus dem Kochbuch: Brasilianische Leber, Hühnerleber in Mehl pudern. Edgars Mutter mußte übersetzen. Ihr werdet Suppe schlürfen, sagte er, auf der zwei Ochsenaugen schwimmen. Der Alte war in den Hof gegangen und hat dort gesucht. Auch im Garten.

Edgar füllte seinem Vater Schnaps nach und sagte: Laß dir doch Zeit beim Trinken. Der Schofför ist aufgestanden und hat in den Graben gepißt, sagte Edgars Vater. Er stellte das leere Glas auf den Tisch, wieso Zeit, sagte er, ich beeil mich doch gar nicht. Der Schofför pißte, sagte Edgars Vater, und die Enten liefen zu ihm und schauten zu. Sie glaubten, sie kriegen wie jeden Nachmittag frisches Wasser. Der Schofför lachte, knöpfte seine Hose zu und brach ein Stück faules Holz vom Brückenrand ab. Er zerrieb das Holz in der Hand und warf es ins Gras. Die Enten dachten, sie kriegen wie jeden Nachmittag Weizen hingeworfen und fraßen zerriebenes Holz.

Auf dem Nachtkästchen neben dem Bett fehlte seit der Durchsuchung der kleine Holzmann, den Edgars Onkel aus Brasilien als Kind geschnitzt hatte.

Edgars Onkel waren ferngebliebene SS-Soldaten. Der verlorene Krieg trieb sie in fremde Richtungen. Sie hatten bei den Totenkopf-Verbänden Friedhöfe gemacht und trennten sich nach dem Krieg. Sie trugen im Schädel die gleiche Fracht. Sie suchten einander nie wieder. Sie griffen nach einer Frau aus der Gegend und bauten mit ihr in Österreich und Brasilien ein spitzes Dach, einen spitzen Giebel, vier Fenster mit grasgrünen Fensterkreuzen, einen Zaun aus grasgrünen Latten. Sie kamen der fremden Gegend bei und bauten zwei schwäbische Häuser. So schwäbisch wie ihre Schädel, an zwei fremden Orten, wo alles anders war. Und als die Häuser fertig waren, machten sie ihren Frauen zwei schwäbische Kinder.

Nur die Bäume vor dem Haus, die sie jedes Jahr schnitten wie zu Hause vor dem Krieg, wuchsen über das schwäbische Muster hinaus, dem anderen Himmel, Boden und Wetter nach.

Wir saßen im struppigen Park und aßen Edgars Haselnüsse. Edgar sagte: Die schmecken nach Galle. Er hatte seinen Schuh ausgezogen und klopfte die Schalen mit dem Absatz auf. Er legte die Nüsse auf eine Zeitung. Er selber aß keine. Georg gab mir einen Schlüssel und schickte mich zum ersten Mal ins Sommerhaus.

Ich nahm den Schlüssel aus dem Schuh. Ich schloß auf, ich machte kein Licht, ich zündete ein Streichholz an. Die Pumpe stand da, groß und dünn wie ein Mann mit einem Arm. Auf ihrem Rohr hing eine alte Jacke, darunter stand eine rostige Gießkanne. An der Wand lagen Hacken, Spaten, Rechen, eine Rebenschere, ein Besen. Es war Erde dran. Ich hob den Brunnendeckel hoch, der Leinensack baumelte über einem tiefen Loch. Ich nahm ihn vom Haken, steckte die Bücher hinein und hängte ihn wieder hin. Ich schloß die Tür hinter mir.

Ich ging quer durch das Gras auf dem Weg, den ich beim Kommen zertreten hatte. Malven aus lauter lila Fingerhüten, Königskerzen griffen in die Luft. Ackerwinden rochen süß in den Abend, oder war es meine Angst. Jeder Grashalm stach an den Waden. Dann piepste ein verirrtes, junges Huhn im Weg und verließ ihn, als meine Schuhe kamen. Das Gras war dreimal höher als sein Rücken und schloß sich über ihm. Es klagte in dieser blühenden Wildnis und fand nicht hinaus und lief um sein Leben. Die Grillen zirpten, aber das Huhn war viel lauter. Es wird mich verraten in seiner Angst, dachte ich mir. Jede Pflanze sah mir nach. Meine Haut klopfte von der Stirn bis in den Bauch.

Im Sommerhaus war niemand, sagte ich am nächsten Tag. Wir saßen im Garten der Bodega. Das Bier war grün, weil die Flaschen grün waren. Edgar, Kurt und Georg hatten mit den nackten Armen den Staub vom Tisch gewischt. Man sah auf der Tischplatte, wo ihre Arme gelegen hatten. Hinter ihren Köpfen hingen die grünen Blätter der Kastanie. Die gelben versteckten sich noch. Wir stießen an und schwiegen.

Auf einer Stirn, an einer Schläfe, neben einer Wange, die zu Edgar, Kurt und Georg gehörten, wurden die Haare durchsichtig, weil die Sonne darauf brannte. Oder weil das Bier gluckste, wenn mal der eine, mal der andere die Flasche auf den Tisch stellte. Manchmal fiel ein gelbes Blatt vom Baum. Mal drehte der eine, mal der andere von uns die Augen hinauf, als wolle er das Blatt noch einmal fallen sehen. Auf das nächste, das bald fiel, wartete er nicht. Unsere Augen hatten nicht die Geduld. Wir ließen uns nicht auf Blätter ein. Nur auf fliegende, gelbe Flecken, die unsere Gesichter voneinander ablenkten.

Die Tischplatte war heiß wie ein Bügeleisen. In den Gesichtern spannte die Haut. Der ganze Mittag fiel herein, die Bodega war leer. Die Arbeiter machten noch Blechschafe und Holzmelonen in der Fabrik. Wir bestellen noch einmal Bier, damit noch Flaschen da sind zwischen unseren Armen.

Und Georg senkte den Kopf und hatte unter dem Kinn ein zweites Kinn. Er sang sich in den eigenen Mund:

Gelber Kanarienvogel
gelb wie das Eigelb
mit weichen Federn
und abwesenden Augen.

Das Lied war sehr bekannt im Land. Aber seit zwei Monaten waren die Sänger über die Grenze geflohen, und das Lied durfte nicht mehr gesungen werden. Georg ließ das Lied in seinem Hals zulaufen mit Bier.

Der Kellner lehnte sich an einen Baumstamm, horchte und gähnte. Wir waren hier keine Gäste, wir sahen die schmierige Jacke des Kellners an, und Edgar sagte: Wenn es um Kinder geht, verstehen die Väter alles. Mein Vater versteht, daß die Kerle den kleinen Holzmann mitgenommen haben. Mein Vater sagt: Die haben auch Kinder, die gerne spielen.

Wir wollten das Land nicht verlassen. Nicht in die Donau, nicht in die Luft, nicht in Güterzüge steigen. Wir gingen in den struppigen Park. Edgar sagte: Wenn der Richtige gehen müßte, könnten alle anderen im Land bleiben. Er glaubte es selber nicht. Niemand glaubte, daß der Richtige gehen muß. Man hörte jeden Tag Gerüchte über die alten und neuen Krankheiten des Diktators. Auch ihnen glaubte niemand. Dennoch flüsterten alle in ein nächstes Ohr. Auch wir gaben die Gerüchte weiter, als wäre der Schleichvirus des Todes drin, der den Diktator zuletzt doch erreicht: Lungenkrebs, Rachenkrebs flüsterten wir, Darmkrebs, Gehirnschwund, Lähmung, Blutkrebs.

Er mußte wieder weg, flüsterten die Leute: Frankreich oder China, Belgien, England oder Korea, Libyen oder Syrien, Deutschland oder Kuba. Jede seiner Reisen war im Geflüster gepaart mit dem Wunsch, selber zu fliehen.

Jede Flucht war ein Angebot an den Tod. Deshalb hatte das Geflüster diesen Sog. Jede zweite Flucht scheiterte an den Hunden und Kugeln der Wächter.

Das fließende Wasser, die fahrenden Güterzüge, die stehenden Felder waren Todesstrecken. Im Maisfeld fanden Bauern beim Ernten zusammengedorrte oder aufgeplatzte, von Krähen leergepickte Leichen. Die Bauern brachen den Mais und ließen die Leichen liegen, weil es besser war, sie nicht zu sehen. Im Spätherbst ackerten die Traktoren.

Die Angst vor der Flucht machte aus jeder Reise des Diktators eine Dringlichkeitsreise zum Arzt: fernöstliche Luft gegen Lungenkrebs, Wildwurzeln gegen Rachenkrebs, Heizbatterien gegen Darmkrebs, Akupunktur gegen Gehirnschwund, Bäder gegen Lähmung. Nur für eine Krankheit, hieß es, fährt er nicht weg: Das Kinderblut gegen Blutkrebs bekommt er im Land. In den Geburtenkliniken wird es den Neugeborenen mit japanischen Saugnadeln aus der Stirn gepumpt.

Die Gerüchte über die Krankheiten des Diktators ähnelten den Briefen, die Edgar, Kurt, Georg und ich von den Müttern bekamen. Das Geflüster mahnte zum Abwarten mit der Flucht. Jedem wurde von der Schadensfreude heiß, ohne daß der Schaden jemals kam. Jedem schlich die Leiche des Diktators wie das eigene, verdorbene Leben durch die Stirn. Alle wollten ihn überleben.

Ich ging in den Eßraum und riß den Kühlschrank auf. Das Licht ging an, als hätte ich es von außen hineingeworfen.

Seit Lolas Tod lagen keine Zungen und Nieren im Kühlschrank. Aber ich sah und roch sie. Ich stellte mir vor dem offenen Kühlschrank einen durchsichtigen Mann vor. Der Durchsichtige war krank und hatte, um länger zu leben, die Eingeweide gesunder Tiere gestohlen.

Ich sah sein Herztier. Es hing eingeschlossen in der Glühbirne. Es war gekrümmt und müde. Ich schlug den Kühlschrank zu, weil das Herztier nicht gestohlen war. Es konnte nur sein eigenes sein, es war häßlicher als die Eingeweide aller Tiere dieser Welt.

Die Mädchen gingen durchs Viereck, lachten und aßen ohne Licht Trauben und Brot, obwohl es schon dunkel wurde. Dann knipste jemand das Licht an, um ins Bett zu gehen. Alle legten sich hin. Ich löschte das Licht. Der

Atem der Mädchen fiel schnell in den Schlaf. Mir war, als ob ich ihn sehen würde. Als ob dieser Atem schwarz, still und warm wäre, nicht die Nacht.

Ich lag aufgedeckt und sah die weißen Leintücher auf den Betten. Wie müßte man leben, dachte ich mir, um zu dem, was man gerade denkt, zu passen. Wie machen es die Gegenstände, die auf der Straße liegen und nicht auffallen, wenn man vorbeigeht, obwohl jemand sie verloren hat.

Dann starb der Vater. Seine Leber ist vom Saufen so groß wie die einer gestopften Gans, hatte der Arzt gesagt. Neben seinem Gesicht lagen Zangen und Scheren im Glasschrank. Ich sagte: Seine Leber ist so groß wie die Lieder für den Führer. Der Arzt legte den Zeigefinger auf den Mund. Er dachte an Lieder für den Diktator, ich aber meinte den Führer. Mit dem Finger auf dem Mund sagte er: Ein hoffnungsloser Fall. Er meinte den Vater, ich aber dachte an den Diktator.

Der Vater wurde aus dem Krankenhaus entlassen, um zu sterben. Er lächelte mit dem schmalsten Gesicht, das er je hatte. Er war so dumm, daß er sich freute. Der Arzt ist nicht gut, sagte er, das Zimmer ist schlecht, das Bett ist hart, in den Kissen sind Fetzen statt Federn. Darum geht es bergab mit mir, sagte der Vater. Seine Armbanduhr schlotterte an der Hand. Sein Zahnfleisch war geschrumpft. Er ließ sein Gebiß in die Rocktasche fallen, weil es nicht mehr in den Mund paßte.

Der Vater war dürr wie eine Bohnenstange. Nur seine

Leber war gewachsen, seine Augen und seine Nase. Und die Nase des Vaters war ein Schnabel, wie bei einer Gans.

Wir gehen in ein anderes Spital, sagte der Vater. Ich trug seinen kleinen Koffer. Dort sind die Ärzte gut, sagte der Vater.

An der Straßenecke trieb der Wind uns das Haar um den Kopf, und wir sahen uns an. Der Vater nutzte die Gelegenheit und sagte: Ich muß noch zum Frisör.

So dumm war er, daß der Frisör wichtig war, drei Tage vor seinem Tod. So dumm waren wir beide, daß er auf die schlotternde Uhr sah, und ich nickte. Daß er ein paar Minuten später stillsitzen und ich stillstehen konnte beim Frisör. So voneinander losgebunden waren wir drei Tage vor seinem Tod, daß wir beide zusehen konnten, wie der Frisör im weißen Kittel das Haar in die Schere nahm.

Ich trug den kleinen Koffer des Vaters in die Stadt. Es lagen eine Armbanduhr drin, ein Gebiß und weißbraun karierte Hausschuhe. Der Leichenpfleger hatte dem toten Vater die Straßenschuhe angezogen. Alles, was dem Vater gehört, müßte im Sarg sein, dachte ich mir.

Die weißbraun karierten Hausschuhe haben um die Knöchel einen braunen Kragen. Wo die Kragenhälften aneinanderstoßen, sitzen zwei weißbraun gescheckte Wollquasten. Der Vater trägt die Hausschuhe, seit es das Kind gibt. Wenn er hineinschlüpft, werden seine Knöchel dünner als barfuß. Bevor der Vater schlafen geht, darf das Kind die Quasten mit den Händen streicheln. Drauftreten darf das Kind nicht, auch wenn es barfuß ist.

Der Vater sitzt auf dem Bettrand, das Kind auf dem Boden. Das Kind hört das Pendel der Wanduhr und streichelt die Quasten in seinem Takt. Die Mutter ist schon eingeschlafen. Das Kind sagt beim Streicheln: Ticktack, ticktack. Der Vater tritt mit dem rechten Hausschuh auf den linken. Dazwischen ist die Hand des Kindes. Es tut weh. Das Kind hält die Luft an und bleibt stumm.

Als der Vater den Schuh von der Hand hebt, ist sie gequetscht. Der Vater sagt: Laß mich in Ruhe, sonst... Dann nimmt er die gequetschte Hand zwischen seine Hände und sagt: Sonst nichts.

Man sagt, es schneit nur dann, wenn gute Menschen sterben. Das ist nicht wahr.

Es fing an zu schneien, als ich nach dem Tod des Vaters mit dem kleinen Koffer in die Stadt ging. Wie Fetzen torkelten die Flocken in der Luft. Der Schnee blieb nicht auf den Steinen, Eisenschnörkeln der Zäune, Griffen der Gartentore und Deckeln der Briefkästen liegen. Nur im Haar der Männer und Frauen hielt er sich weiß.

Statt sich um den Tod zu kümmern, dachte ich mir, hat der Vater etwas mit dem Frisör angefangen. Er hat mit dem erstbesten Frisör an der ersten Straßenecke etwas Falsches angefangen, wie er mit dem Tod etwas Falsches angefangen hat. Er hat dem Frisör nichts vom Tod gesagt. Obwohl der Vater den Tod spürte, rechnete er mit dem Leben.

So dumm war ich, daß ich, weil Schneefetzen fielen, die sich nur im Haar der Männer und Frauen weiß hielten, das

Richtige mit mir anfangen mußte. Ich mußte mit dem kleinen Koffer einen Tag vor dem Begräbnis des Vaters zu meinem Frisör gehen und ihm etwas vom Tod sagen.

Ich blieb so lange wie möglich bei meinem Frisör und erzählte ihm alles, was ich vom Leben des Vaters wußte.

Im Erzählen vom Tod fing das Leben des Vaters in einer Zeit an, über die ich das meiste aus den Büchern von Edgar, Kurt und Georg und das wenigste vom Vater selber wußte: Ein heimgekehrter SS-Soldat, der Friedhöfe gemacht und die Orte schnell verlassen hat, sagte ich zum Frisör. Einer, der ein Kind zeugen und immer auf seine Hausschuhe aufpassen mußte. Während ich von seinen dümmsten Pflanzen, von seinen dunkelsten Pflaumen, von seinen besoffenen Liedern für den Führer und seiner zu großen Leber erzählte, bekam ich Dauerwellen für sein Begräbnis.

Bevor ich ging, sagte der Frisör: Mein Vater war in Stalingrad.

Ich stieg in den Zug und fuhr zum Begräbnis des Vaters und zu den Kreuzschmerzen der Mutter. Das Feld war weißbraun gescheckt.

Ich stand am Sarg. Die singende Großmutter kam mit einer Steppdecke ins Zimmer. Sie ging um den Sarg und legte die Decke auf das Schleiertuch. Ihre Nase ähnelte seinem Schnabel. Er nützt es aus, dachte ich mir, daß sie sich um ihn kümmert. Ihre Lippen waren eine heisere, einsame Pfeife, die ohne Verstand vor sich hin sang. Die singende Großmutter kannte seit Jahren niemanden mehr im Haus. Jetzt erkannte sie den Vater wieder, weil sie irr, und weil er tot war. Jetzt hauste sein Herztier in ihr.

Sie sagte zur Mutter: Laßt die Decke auf dem Sarg, die Schneegans kommt. Die Mutter drückte eine Hand an den Schmerz im Kreuz und riß mit der anderen die Decke vom Schleiertuch.

Edgar, Kurt und Georg gingen seit den Durchsuchungen mit der Zahnbürste und einem kleinen Handtuch in der Jackentasche herum. Sie rechneten damit, daß sie verhaftet werden.

Um zu sehen, ob jemand im Viereck an ihre Koffer geht, legten sie am Morgen zwei Haare auf den Kofferdeckel. Abends waren die Haare verschwunden.

Kurt sagte: Jeden Abend, wenn ich mich schlafen lege, glaube ich, es liegen kalte Hände unter meinem Rücken. Ich lege mich auf die Seite und ziehe die Beine an den Bauch. Es ist mir ein Greuel, daß ich schlafen soll. Ich schlafe so schnell ein, wie ein Stein ins Wasser fällt.

Ich habe geträumt, sagte Edgar, ich wollte ins Kino gehen. Ich hatte mich frisch rasiert, weil im Schaukasten am Eingang ein Gesetz hing, daß man das Studentenheim nur frisch rasiert verlassen darf. Ich ging zur Straßenbahn. Im Straßenbahnwagen lag auf jedem Sitz ein Zettel mit den Wochentagen. Ich las: Montag, Dienstag, Mittwoch, alle Tage bis Sonntag. Ich sagte zum Schaffner: Heute ist keiner dieser Tage. Der Schaffner sagte: Deshalb müssen alle stehen. Die Leute standen gedrängt an der hinteren Tür. Jeder hatte ein Kind auf dem Arm. Die Kinder sangen im

Chor. Sie sangen gleichmäßig, obwohl sie sich zwischen den Erwachsenen nicht sahen.

Die Vierecke von Edgar, Kurt und Georg und die Häuser ihrer Eltern wurden noch dreimal durchsucht. Nach jeder Durchsuchung schickten die Mütter Briefe mit ihren Krankheiten. Edgars Vater kam nicht in die Stadt, der Brief seiner Mutter kam mit der Post. Edgars Vater schrieb an den Rand: Du kränkst deine Mutter zu Tode.

Auch mein Zimmer wurde durchsucht. Als ich ins Viereck kam, räumten die Mädchen auf. Mein Bettzeug, die Matratze und mein Wimpernruß lagen auf dem Boden. Mein Koffer stand offen unter dem Fenster, die Patentstrümpfe lagen im Kofferdeckel. Auf den Strümpfen lag ein Brief von meiner Mutter.

Jemand schrie: Du hast Lola in den Tod getrieben. Ich riß den Brief auf und klappte mit dem Fuß den Kofferdeckel zu und sagte: Ihr verwechselt mich mit dem Turnlehrer. Jemand sagte ganz leise: Eben nicht. Lola hat sich mit deinem Gürtel erhängt. Ich hob meinen Wimpernruß auf und warf ihn durch das Zimmer. Er schlug an das Einweckglas mit Tannenzweigen, das auf dem Tisch stand. Die Astspitzen lehnten an der Wand.

Ich las den Brief. Hinter den Kreuzschmerzen meiner Mutter stand:

Es waren drei Herren mit dem Auto da. Zwei von ihnen haben im Haus ein großes Durcheinander gemacht. Der dritte war nur Schofför. Er hat mit der Großmutter geredet, damit sie die zwei anderen in Ruhe läßt. Der Schofför spricht Deutsch, nicht nur Hochdeutsch, sogar Schwäbisch. Er ist aus einem Nachbardorf, er wollte nicht sagen aus welchem. Die Großmutter hat ihn mit deinem Vater verwechselt, sie wollte ihn kämmen. Er hat ihr den Kamm weggenommen, dann hat sie gesungen. Er hat sich gewundert, wie schön sie singt. Ein Lied hat er mitgesungen:

Ihr Kinder kommet schnell nach Haus
Die Mutter bläst das Licht schon aus.

Er hat gesagt, er kennt die Melodie ein bißchen anders. Er hat das Lied so ähnlich wie die Großmutter gesungen, nur falsch.

Seit die Männer weg sind, findet der Großvater keine Ruhe. Die helle Königin ist verschwunden. Er hat schon überall gesucht und nichts gefunden. Sie fehlt ihm sehr. Er kann nicht Schach spielen, wenn er sie nicht findet. Er hat auf die Figuren so aufgepaßt. Sie haben den Krieg überlebt und die Gefangenschaft. Jetzt geht gerade die Königin im Haus verloren.

Der Großvater sagt, ich soll dir schreiben, daß andere Leute klatschen und Geld verdienen. Du darfst deinem Großvater das nicht mehr antun.

Es schneite. Was uns als Schnee ins Gesicht fiel, war auf dem Asphalt schon Wasser. Unsere Füße waren kalt. Der Abend hob das Glänzen der Straße hinauf in die Bäume. Zwischen den nackten Ästen wollten die Laternen ineinander schwimmen.

Der Mann mit der schwarzen Fliege am Hals stand noch einmal unter sich im Spiegelbild vor dem Springbrunnen.

Er sah die Gefängnisstraße hinauf. Auf seinem dürren Blumenstrauß hielt sich der Schnee wie in seinem Haar. Es war spät, die Häftlingsbusse waren längst in das Gefängnis zurückgefahren.

Der Wind streute uns den Schnee ins Gesicht, auch wenn Edgar, Kurt, Georg und ich in die andere Richtung gingen. Wir wollten ins Warme. Aber die Bodega war voller Geschrei. Wir gingen ins Kino, es lief die letzte Vorstellung an diesem Tag. Der Film hatte schon begonnen.

Auf der Leinwand summte eine Fabrikhalle. Edgar zählte, als wir uns ans Dunkle gewöhnt hatten, die Schatten auf den Sitzen. Außer uns waren neun Leute im Saal. Wir setzten uns in die letzte Reihe. Kurt sagte: Hier kann man reden.

Die Fabrik auf der Leinwand war dunkel, wir sahen uns nicht. Edgar lachte und sagte: Wir wissen ja, wie wir im Hellen aussehen. Georg sagte: Manche wissen das nicht. Er nahm seine Zahnbürste aus der Rocktasche und steckte sie in den Mund. Auf der Leinwand lief das Proletariat mit Eisenstangen durch die Halle. Es wurde ein Hochofen gestochen. Das flüssige Eisen warf Licht in den Saal. Wir sahen einander ins Gesicht und lachten. Kurt sagte: Nimm die Zahnbürste aus dem Mund. Georg steckte sie in die Tasche. Du schwäbische Arschgeige, sagte er.

Kurt sagte: Ich habe geträumt, ich kam zu unserem Frisör. Da saßen nur Frauen und strickten. Ich fragte: Was tun die hier. Der Frisör sagte: Sie warten auf ihre Männer. Er gab mir die Hand und sagte: Ich kenne Sie nicht. Ich dachte, er meinte die Frauen, aber er sah mich an. Ich sagte: Mich kennen Sie doch. Die Frauen kicherten. Ich bin der Student, sagte ich. Nicht daß ich wüßte, sagte der Frisör, ich habe gerade nachgedacht. Ich kenne so einen wie Sie, aber Sie kenne ich nicht.

Die Zuschauer pfiffen und schrien in den Saal: Lupu, fick sie, Lupule, fick sie doch. Ein Arbeiter und eine Arbeiterin küßten sich spät abends im Wind neben dem Fabriktor. Im nächsten Augenblick war es wieder Tag vor dem Fabriktor, und die geküßte Arbeiterin hatte ein Kind.

Als ich mich vor den Spiegel auf den Stuhl setzen wollte, sagte Kurt, schüttelte der Frisör den Kopf: Das geht nicht. Ich fragte: Wieso. Er klopfte mit dem Finger an den Spiegel. Ich sah mich an, ich hatte Schamhaare im Gesicht.

Georg zog mich am Arm und legte mir den Schlüssel des Sommerhauses in die Hand. Wo soll ich ihn hintun, fragte ich.

Auf der Leinwand liefen Kinder aus dem Schultor auf die Straße. Das Kind der geküßten Arbeiterin wurde vor der Schule von Vater Lupu erwartet. Er küßte das Kind auf die Stirn und nahm ihm den Schulranzen ab.

Georg sagte: Ich hatte schlechte Noten in der Schule. Mein Vater sagte: Es ist an der Zeit, dem Direktor etwas zu nähen, am besten eine Hose. Meine Mutter kaufte am nächsten Tag grauen Stoff, Saumband und Taschenleinwand und Knöpfe, auch für den Schlitz, denn es gab nur rote Reißverschlüsse im Geschäft. Mein Vater ging in die Schule und rief den Direktor zum Maßnehmen. Er wartete schon lange auf dieses Angebot, er kam gleich mit.

Der Direktor stellte sich neben die Nähmaschine. Meine Mutter fing an seinen Schuhen an zu messen. Die Beine ganz locker lassen, Herr Direktor, sagte sie. Sie fragte: Wie lang, etwas länger. Wie breit, etwas enger. Wollen Sie Aufschläge, Herr Direktor. Sie fragte sich an der Hose, die er anhatte, hinauf: Und die Taschen, Herr Direktor. Am Hosenlatz nahm sie tief Luft und fragte: Auf welcher Seite tragen Sie den Kellerschlüssel, Herr Direktor. Er sagte: Immer auf der rechten. Und die Hausapotheke, fragte sie, wollen Sie Knöpfe oder Reißverschluß. Was meinen Sie, fragte der Direktor. Reißverschluß ist praktisch, aber Knöpfe geben mehr Persönlichkeit, sagte mein Vater. Der Direktor sagte: Knöpfe.

Nach dem Kino ging ich zu meiner Schneiderin. Ihre Kinder schliefen schon. Wir blieben in der Küche. Es war das erste Mal, daß ich so spät zu ihr kam. Sie wunderte sich nicht. Wir aßen gebratene Äpfel. Sie rauchte, zog die Wangen ein und hatte ein Gesicht wie die Schachköniginnen des Großvaters. Der Halunke ist jetzt in Kanada, sagte sie, ich habe heute seine Schwester getroffen. Der Mann der Schneiderin war durch die Donau geflohen, ohne ihr ein Wort zu sagen. Ich hatte der Schneiderin von der dunklen und hellen Königin und vom Kompaniefrisör des Großvaters erzählt, auch von der betenden und singenden Großmutter. Auch von den dümmsten Pflanzen des Vaters, von den Kreuzschmerzen der Mutter.

Deine beiden Großmütter kommen mir vor wie die beiden Schachköniginnen deines Großvaters, hatte sie gesagt. Die Betende gleicht der dunklen und die Singende der hellen Königin. Beten ist immer dunkel.

Ich widersprach nicht, aber für mich war es umgekehrt.

Die singende Großmutter ist die Dunkle. Sie weiß, daß jeder ein Herztier hat. Sie nimmt einer anderen Frau den Mann weg. Dieser Mann liebt die andere Frau, die singende Großmutter liebt er nicht. Aber sie bekommt ihn, weil sie ihn haben will. Nicht ihn, sondern sein Feld. Und sie behält ihn. Er liebt sie nicht, aber sie kann ihn beherrschen, indem sie zu ihm sagt: Dein Herztier ist eine Maus.

Dann war alles umsonst, weil das Feld nach dem Krieg vom Staat enteignet wird.

Vor diesem Entsetzen fing die Großmutter zu singen an.

Der Schneiderin fiel nicht auf, wie wenig sie über mich selber wußte. Ihr schien es zu genügen, daß ich Studentin war und keine Gürtel trug.

Ich legte den Schlüssel des Sommerhauses auf das Fensterbrett der Schneiderin und vergaß ihn dort. Ich dachte mir, einen Schlüssel wirft niemand weg.

Edgar, Kurt und Georg hielten die Schneiderin für unzuverlässig. Ich sagte: Ihr seid mißtrauisch, weil eure Mütter Schneiderinnen sind. Ich mußte versprechen, die Schneiderin in nichts hineinzuziehen, was uns betraf. Edgar, Kurt und Georg hätten nicht zugelassen, daß der Schlüssel dort auf dem Fensterbrett liegenbleibt. Sie hätten wie so oft, wenn sie mißtrauisch waren, das Gedicht gesagt:

Jeder hatte einen Freund in jedem Stückchen Wolke
so ist das halt mit Freunden wo die Welt voll
 Schrecken ist
auch meine Mutter sagte das ist ganz normal

Freunde kommen nicht in Frage
denk an seriösere Dinge

Ich ging spät in der Nacht zu Fuß ins Studentenheim. Ich traf drei Wächter auf dem Weg, sie wollten nichts von mir. Sie hatten mit sich selbst zu tun, sie aßen grüne Pflaumen wie am Tag.

Es war so still in der Stadt, daß ich sie kauen hörte. Ich trat leise auf, um sie beim Essen nicht zu stören. Am liebsten wäre ich auf Zehenspitzen gegangen, aber es wäre ihnen aufgefallen. Ich machte mich beim Gehen so leicht wie ein Schatten, man hätte mich gar nicht anfassen können. Ich ging nicht zu langsam und nicht zu schnell. Die grünen Pflaumen in den Händen der Wächter waren schwarz wie der Himmel.

Zwei Wochen danach ging ich am frühen Nachmittag zu der Schneiderin. Sie sagte gleich: Du hast deinen Schlüssel vergessen, ich habe ihn am Tag darauf gesehen. Ich habe den ganzen Tag gedacht, es war Nacht und du konntest nicht ins Heim.

Das Meßband hing um den Hals der Schneiderin. Der Schlüssel ist nicht vom Heim, er ist von zu Hause, sagte ich. Und ich dachte mir: Sie trägt das Meßband wie einen Gürtel am Hals.

Dann kochte der Tee in der Kanne. Sie sagte: Ich sehe meine Kinder wachsen und möchte, daß sie später den Schlüssel von zu Hause öfter brauchen als du. Sie verschüttete den Zucker neben meiner Tasse. Kannst du das verstehen, fragte sie. Ich nickte.

Weil wir Angst hatten, waren Edgar, Kurt, Georg und ich täglich zusammen. Wir saßen zusammen am Tisch, aber die Angst blieb so einzeln in jedem Kopf, wie wir sie mitbrachten, wenn wir uns trafen. Wir lachten viel, um sie voreinander zu verstecken. Doch Angst schert aus. Wenn man sein Gesicht beherrscht, schlüpft sie in die Stimme. Wenn es gelingt, Gesicht und Stimme wie ein abgestorbenes Stück im Griff zu halten, verläßt sie sogar die Finger. Sie legt sich außerhalb der Haut hin. Sie liegt frei herum, man sieht sie auf den Gegenständen, die in der Nähe sind.

Wir sahen, wessen Angst an welcher Stelle lag, weil wir uns schon lange kannten. Wir konnten uns oft nicht ertragen, weil wir aufeinander angewiesen waren. Wir mußten uns kränken.

Du mit deiner schwäbischen Vergeßlichkeit. Du mit deiner schwäbischen Eile oder Warterei. Mit deinem schwäbischen Geldzählen. Mit deiner schwäbischen Klobigkeit. Du mit deinem schwäbischen Schluckauf oder Niesen, mit deinen schwäbischen Socken oder Hemden, sagten wir.

Du schwäbisches Arschkappelmuster, du schwäbisches Mondskalb, du schwäbisches Kampelsackel. Wir brauchten Wut aus langen Wörtern, die uns trennten. Wir erfanden sie wie Flüche als Abstand gegeneinander. Das Lachen war hart, wir bohrten den Schmerz an. Es ging schnell, denn wir kannten uns von innen. Wir wußten genau, was den anderen verletzt. Es reizte uns, wenn er litt. Er sollte unter der rohen Liebe zusammenbrechen und spüren, wie wenig er aushielt. Jede Beleidigung fädelte die nächste ein, bis der Getroffene schwieg. Und noch eine Weile danach. Noch eine Weile fielen Worte in sein stummes Gesicht wie Heuschrecken in kahlgefressenes Feld.

Wir hatten in der Angst einer in den anderen so tief hineingesehen, wie es nicht erlaubt ist. Wir brauchten in diesem langen Vertrauen die Umkehrung, die unerwartet kam. Der Haß durfte treten und vernichten. In großer Nähe zueinander die Liebe mähen, weil sie nachwuchs wie das tiefe Gras. Entschuldigungen nahmen die Kränkung so schnell zurück, wie man im Mund die Luft anhält.

Der gesuchte Streit war immer Absicht, nur was er antat, blieb ein Versehen. Am Ende der Wut wurde jedesmal, ohne Worte zu erfinden, die Liebe ausgesprochen. Es gab sie immer. Aber im Streit hatte die Liebe Krallen.

Edgar sagte einmal, als er mir den Schlüssel zum Sommerhaus gab: Du mit deinem schwäbischen Lächeln. Ich spürte die Krallen und weiß nicht, wieso mir damals der Mund nicht aus dem Gesicht fiel. Im Rückgriff aller Tage fühlte ich mich so im Stich gelassen, daß mir kein Wort zum Widersprechen einfiel. Vielleicht wurde mein Mund eine reife Erbsenschote. So dürr und schmal stellte ich mir Lippen vor, die ich nicht haben wollte. Ein schwäbisches Lächeln war wie der Vater, den ich mir nicht aussuchen konnte. Wie die Mutter, die ich nicht haben wollte.

Auch damals saßen wir im Kino, in der letzten Reihe. Auch damals stand auf der Leinwand eine Fabrikhalle.

Eine Arbeiterin spannte Wollfäden auf eine Strickmaschine. Eine andere Arbeiterin kam mit einem roten Apfel zu ihr und sah ihr zu. Die Arbeiterin strich die Fäden auf der Strickmaschine glatt und sagte: Ich glaube, ich habe mich verliebt. Sie nahm der anderen den Apfel aus der Hand und biß hinein.

Während dieses Films legte Kurt seine Hand auf meinen Arm. Er erzählte auch damals einen Traum. In diesem Traum waren Männer beim Frisör. An der Wand oben hing eine Schiefertafel, sie war ein Kreuzworträtsel. Alle Männer zeigten mit Kleiderbügeln auf die noch leeren Würfel und sagten Buchstaben. Der Frisör stand auf der Leiter und trug die Buchstaben ein. Kurt setzte sich vor den Spiegel. Die Männer sagten: Bevor das nicht gelöst ist, gibt es keine Frisur. Wir waren eher da. Als Kurt aufstand und ging, rief der Frisör ihm nach: Bringen Sie morgen Ihr Messer von zu Hause mit.

Wieso träume ich von diesem Messer, fragte Kurt in mein Ohr, obwohl er wußte, weshalb. Edgar, Georg und Kurt hatten keine Rasiermesser mehr. Sie waren aus ihren verschlossenen Koffern verschwunden.

Ich war mit Edgar, Kurt und Georg zu lange am Fluß gewesen. Noch einmal schlendern, sagten sie, als wäre es ein unbekümmertes Gehen gewesen neben dem Fluß. Langsam und schnell gehen, schleichen oder hetzen konnten wir noch. Schlendern, das hatten wir verlernt.

Die Mutter will aus dem Garten die letzten Pflaumen pflücken. Doch eine Leitersprosse ist locker. Der Großvater geht Nägel kaufen. Die Mutter wartet unter dem Baum. Sie hat die Schürze mit den größten Taschen an. Es wird dunkel.

Als der Großvater die Schachfiguren aus den Rocktaschen auf den Tisch stellt, sagt die singende Großmutter: Die Pflaumen warten, und du gehst Schach spielen zum Frisör. Der Großvater sagt: Der Frisör war nicht zu Hause, das hat mich aufs Feld getrieben. Morgen früh gehe ich Nägel kaufen, heute war ich strabanzen.

Kurt stellte die Schuhe beim Gehen nach innen, er warf einen Stock ins Wasser und sagte:

Jeder hatte einen Freund in jedem Stückchen Wolke
so ist das halt mit Freunden wo die Welt voll
Schrecken ist
auch meine Mutter sagte das ist ganz normal
Freunde kommen nicht in Frage
denk an seriösere Dinge.

Immer wieder sagten Edgar, Kurt und Georg dieses Gedicht auf. In der Bodega, im struppigen Park, in der Straßenbahn oder im Kino. Auch auf dem Weg zum Frisör.

Edgar, Kurt und Georg gingen oft zusammen zum Frisör. Wenn sie zur Tür hereinkamen, sagte der Frisör: Immer schön der Reihe nach, zweimal rot und einmal schwarz. Kurt und Georg wurden immer vor Edgar geschoren.

Das Gedicht stand in einem der Bücher aus dem Sommerhaus. Auch ich konnte das Gedicht auswendig sagen. Aber nur in Gedanken, um mich dran zu halten, wenn ich mit den Mädchen im Viereck sein mußte. Vor Edgar, Kurt und Georg schämte ich mich, das Gedicht aufzusagen.

Ich versuchte es einmal im struppigen Park und wußte nach der zweiten Zeile nicht mehr weiter. Edgar lallte es zu Ende, und ich nahm vom feuchten Boden einen Regenwurm, zog Edgar am Nacken den Kragen weg und ließ den kalten roten Wurm in sein Hemd fallen.

Ein Stückchen Wolke gab es immer in der Stadt oder einen leeren Himmel. Und die Briefe von meiner, deiner oder seiner Mutter, die nichts zu sagen hatten. Das Gedicht versteckte seine lachende Kälte. Diese paßte zur Stimme von Edgar, Kurt und Georg. Sie war einfach herzusagen. Aber diese lachende Kälte täglich zu halten war schwer. Vielleicht mußte das Gedicht deshalb so oft gesagt werden.

Verlaß dich nicht auf falsche Freundlichkeit, warnten mich Edgar, Kurt und Georg. Die Mädchen im Zimmer versuchen alles, sagten sie, genau wie die Jungen im Zimmer. Mit der Frage, wann kommst du wieder, meinen sie: Wie lange bleibst du weg.

Der Hauptmann Pjele, der so hieß wie sein Hund, verhörte Edgar, Kurt und Georg das erste Mal wegen dieses Gedichts.

Der Hauptmann Pjele hatte das Gedicht auf einem Blatt. Er zerknüllte das Blatt, der Hund Pjele bellte. Kurt mußte den Mund öffnen, und der Hauptmann stopfte ihm das Blatt hinein. Kurt mußte das Gedicht essen. Beim Essen mußte er würgen. Der Hund Pjele sprang ihn zweimal an. Er zerriß ihm die Hose und zerkratzte ihm die Beine. Beim dritten Sprung hätte der Hund Pjele bestimmt gebissen, meinte Kurt. Aber der Hauptmann Pjele sagte müde und ruhig: Pjele, es reicht. Der Hauptmann Pjele klagte über seine Nierenschmerzen und sagte: Du hast Glück mit mir.

Edgar mußte eine Stunde bewegungslos in der Ecke stehen. Der Hund Pjele saß vor ihm und schaute ihn an. Seine Zunge hing aus dem Mund. Ich dachte mir, ich tret ihm in die Schnauze, daß er liegenbleibt, sagte Edgar. Der Hund spürte, was ich mir dachte. Wenn sich an Edgars Hand nur ein Finger rührte, wenn er mit dem Mund tiefer Luft holte, damit die Füße ruhig blieben, knurrte der Hund Pjele. Bei der kleinsten Bewegung wäre er gesprungen, sagte Edgar. Ich hätte das nicht überlebt, ich hätte mich nicht beherrschen können. Es wäre zu einem Gemetzel gekommen.

Bevor Edgar gehen durfte, klagte der Hauptmann Pjele über seine Nierenschmerzen, und der Hund Pjele leckte Edgars Schuhe ab. Der Hauptmann Pjele sagte: Du hast Glück mit mir.

Georg mußte sich auf den Bauch legen und die Arme auf dem Rücken verschränken. Der Hund Pjele roch an seiner Schläfe und an seinem Nacken. Dann leckte er an seinen Händen. Georg wußte nicht, wie lange das gedauert hat. Auf dem Tisch des Hauptmanns Pjele stand ein Zyklamentopf, sagte Georg. Als Georg zur Tür hereinkam, war an der Zyklame nur eine Blüte offen. Als er gehen durfte, waren zwei Blüten offen. Der Hauptmann Pjele klagte über seine Nierenschmerzen und sagte: Du hast Glück mit mir.

Der Hauptmann Pjele sagte zu Edgar, Kurt und Georg, das Gedicht fordere zur Flucht auf. Sie sagten: Es ist ein altes Volkslied. Der Hauptmann Pjele sagte: Es wäre besser, einer von euch hätte das selber geschrieben. Das wäre schlimm genug, aber so ist es noch schlimmer. Diese Lieder waren vielleicht einmal Volkslieder, das waren jedoch andere Zeiten. Das bürgerlich-gutsherrliche Regime ist längst überwunden. Heute singt unser Volk andere Lieder.

Edgar, Kurt und ich gingen den Bäumen des Ufers nach und dem Reden. Edgar hatte dem Mann, der nie auffällt, den Schlüssel vom Sommerhaus zurückgegeben. Wir hatten die Bücher, Fotos und Hefte untereinander aufgeteilt.

Aus jedem Mund kroch der Atem in die kalte Luft. Vor unseren Gesichtern zog ein Rudel fliehender Tiere. Ich sagte zu Georg: Schau, dein Herztier zieht aus.

Georg hob mein Kinn mit dem Daumen hoch: Du mit deinem schwäbischen Herztier, lachte er. Seine Speicheltropfen spritzten mir ins Gesicht. Ich senkte den Blick und sah Georgs Finger unter meinem Kinn stehen. Seine Fingergelenke waren weiß und seine Finger blau vor Kälte. Ich wischte die Speicheltropfen von der Wange. Lola hatte zur Spucke im Wimpernruß Affenfett gesagt. Ich sagte, um mir zu helfen: Du bist aus Holz.

Unsere Herztiere flohen wie Mäuse. Sie warfen das Fell hinter sich ab und verschwanden im Nichts. Wenn wir kurz nacheinander viel redeten, blieben sie länger in der Luft.

Beim Schreiben das Datum nicht vergessen, und immer ein Haar in den Brief legen, sagte Edgar. Wenn keines mehr drin ist, weiß man, daß der Brief geöffnet worden ist.

Einzelne Haare, dachte ich mir, in den Zügen durchs Land. Ein dunkles Haar von Edgar, ein helles von mir. Ein rotes von Kurt und Georg. Beide wurden von den Studenten Goldjunge genannt. Ein Satz mit Nagelschere für Verhör, sagte Kurt, für Durchsuchung einen Satz mit Schuhe, für Beschattung einen mit erkältet. Hinter die Anrede immer ein Ausrufezeichen, bei Todesdrohung nur ein Komma.

Die Uferbäume hingen ins Wasser. Es waren Kopfweiden und Bruchweiden. Als ich ein Kind war, wußten die Namen der Pflanzen für das, was ich tat, einen Grund. Diese Bäume wußten nicht, warum Edgar, Kurt, Georg und ich den Fluß entlanggingen. Alles um uns herum roch nach Abschied. Keiner von uns sagte das Wort.

Ein Kind hat Angst vor dem Sterben und ißt noch mehr grüne Pflaumen und weiß nicht warum. Das Kind steht im Garten und sucht in den Pflanzen den Grund dafür. Auch die Pflanzen, Stiele und Blätter verstehen nicht, weshalb das Kind Hände und Mund essend gegen sein Leben gebraucht. Nur die Namen der Pflanzen wissen warum: Wasserklee, Wollgras, Milchdistel, Hahnenfuß, Fingerkraut, schwarze Susanne, Königskerze, Faulbaum, Stechapfel, Eisenhut.

Ich räumte als letzte das Viereck im Studentenheim. Die Betten der Mädchen waren schon kahl, als ich vom Fluß kam. Ihre Koffer waren weg, im Schrank hingen nur meine Kleider. Der Lautsprecher war stumm. Ich zog das Bettzeug ab. Ohne Kissen war der Bezug ein Sack für den Kopf. Ich faltete ihn. Ich steckte die Schachtel mit dem Wimpernruß in die Manteltasche. Ohne Decke war der Bezug ein Leichensack, ich faltete ihn.

Als ich die Decke weghob, um das Leintuch abzuziehen, lag mitten auf dem Leintuch ein Schweineohr. Das war der Abschied der Mädchen. Ich schüttelte das Leintuch, das Ohr blieb hängen, es war in der Mitte angenäht wie ein Knopf. Ich sah die Nadelstiche durch den bläulichen Knorpel und den schwarzen Zwirn. Ich war nicht imstande, mich zu ekeln. Mehr als das Schweineohr fürchtete ich den Schrank. Ich nahm alle Kleider auf einmal heraus und warf sie in den Koffer. Lidschatten, Augenstift, Puder und Lippenstift lagen im Koffer.

Ich wußte nicht, was vier Jahre sind. Ob sie in mir oder in den Kleidern hingen. Das letzte Jahr hing im Schrank. Ich hatte mich jeden Morgen geschminkt im letzten Jahr. Umso lieber geschminkt, je weniger ich leben wollte.

Ich faltete das Leintuch, das Ohr blieb drin.

Am Ende des Gangs lag ein Berg aus Bettzeug. Davor stand eine Frau im hellblauen Kittel. Sie zählte Kissenbezüge. Als ich ihr mcin Bettzeug gab, unterbrach sie das Zählen. Sie kratzte sich mit einem Bleistift, ich sagte meinen Namen. Sie zog eine Liste aus der Kitteltasche, suchte und machte ein Kreuz. Sie sagte: Du bist die Vorletzte. Die Letzte, sagte ich, die Vorletzte ist tot.

An diesem Tag hätte Lola mit hauchdünnen Strumpfhosen in den Zug steigen können. Und am nächsten Tag hätte einer, der die Schafe durch den Schnee nach Hause treibt, geglaubt, seine Schwester steigt in dieser Kälte barfuß aus dem Zug.

Ich muß noch einmal vor dem leeren Schrank gestanden haben, bevor ich den Koffer aus dem Viereck trug. Kurz davor hatte ich noch einmal das Fenster geöffnet. Die Wolken am Himmel waren wie Schneeflecken auf geackerten Feldern. Die Wintersonne hatte Zähne. Ich sah mein Gesicht in der Scheibe und wartete, daß die Sonne, weil da oben schon Schnee und Erde genug waren, die Stadt aus ihrem Licht hinauswirft.

Als ich mit dem Koffer auf die Straße ging, war mir, als müßte ich umkehren, um die Schranktür zu schließen. Das Fenster war offen geblieben. Der Schrank vielleicht zu.

Ich fuhr zum Bahnhof, stieg in den Zug, mit dem die Briefe meiner Mutter kamen. Vier Stunden später war ich zu Hause. Die Pendeluhr stand, der Wecker stand. Die Mutter hatte Sonntagskleider angezogen, oder mir schien es so, weil ich sie lange nicht gesehen hatte. Sie streckte den Zeigefinger aus, um über meine hauchdünnen Strumpfhosen zu fahren. Sie tat es nicht. Sie sagte: Ich habe so rauhe Hände, jetzt bist du Übersetzerin. An ihrer Hand war die Armbanduhr des Vaters. Die Uhr stand.

Seit der Vater tot war, zog die Mutter alle Uhren im Haus ohne Gefühl auf. Die Federn waren gerissen. Ich habe beim Aufziehen das Gefühl, sagte sie, daß ich jetzt aufhören müßte, aber dann höre ich nicht auf.

Der Großvater stellte seine Schachfiguren aufs Brett. Die Königinnen muß ich mir dazudenken, sagte er. Ich habe schon gesagt, du sollst dir neue schnitzen, sagte die Mutter. Wir haben Holz genug. Der Großvater sagte: Ich will nicht.

Die singende Großmutter ging um meinen Koffer. Sie sah mir ins Gesicht und fragte: Wer ist gekommen. Die Mutter sagte: Du siehst sie doch. Die singende Großmutter fragte: Wo ist dein Mann. Ich sagte: Ich habe keinen. Die singende Großmutter fragte: Hat er einen Hut.

Edgar war weit weggezogen in eine dreckige Industriestadt. Alle in dieser Stadt machten Blechschafe und nannten sie Metallurgie.

Ich besuchte Edgar im Spätsommer. Und ich sah die dicken Schornsteine, die roten Rauchschwaden und Losungen. Die Bodega mit trübem Maulbeerschnaps und das Nachhausetorkeln in die nackten Wohnblockviertel. Dort hinkten die Alten durchs Gras. Die kleinsten zerlumpten Kinder aßen Malvensamen am Wegrand. Ihre Arme reichten noch nicht zu den Maulbeerästen hinauf. Die Alten nannten den Malvensamen Herrgottsbrot. Sie sagten, daß von ihm der Verstand wächst. Die mageren Hunde und Katzen ließen sich beim Lauern und Springen nach Käfern und Mäusen nicht stören.

Wenn im Hochsommer die Sonne brennt, sagte Edgar,

liegen alle Hunde und Katzen unter den Maulbeerbäumen und schlafen. Wenn die Sonne ihr Fell wärmt, sind sie zu schwach, um den Hunger zu stillen. Die Schweine im dürren Gras fressen die gärenden Maulbeeren und verlieren das Gleichgewicht. Sie sind besoffen wie Menschen.

Wenn der Winter kam, wurden die Schweine zwischen den Wohnblocks geschlachtet. Wenn es wenig schneit, bleibt das Gras den ganzen Winter blutig, sagte Edgar.

Edgar und ich gingen zu der zerfallenen Schule. Die Sonne blinzelte, wo sie hinschien, saßen Fliegen. Sie waren klein, aber nicht stumpfgrau und hilflos, wie zu spät geschlüpfte Fliegen aussehen. Sie glänzten grün und brummten, wenn sie sich in mein Haar setzten. Sie ließen sich ein paar Schritte tragen und brummten wieder in die Luft.

Im Sommer sitzen sie auf den schlafenden Tieren, sagte Edgar. Sie lassen sich gleichmäßig heben und senken von den Atemzügen unter dem Fell.

Edgar war Lehrer in dieser Stadt. Vierhundert Schüler, die kleinsten sind sechs, die größten zehn Jahre alt, sagte Edgar. Sie essen Maulbeeren, damit sie für die Parteilieder eine gute Stimme haben und Herrgottsbrot für den Verstand beim Einmaleins. Sie spielen Fußball für die Muskulatur an den Beinen und üben das Schönschreiben als Fingerfertigkeit. Von innen kommt der Durchfall, von außen Krätze und Läuse.

Die Pferdewagen fuhren schneller durch die Straßen als die Busse. Die Wagenräder rasselten, die Hufe klangen dumpf. Hier trugen die Pferde keine Stöckelschuhe, sondern grüne und rote Wollquasten an den Augen. Die gleichen Quasten hingen an den Peitschen. Die Pferde werden so hart geschlagen, sagte Edgar, daß sie sich die Peitschenquasten merken. Dann werden die gleichen Quasten an ihre Augen gehängt. Die Pferde fürchten sich und laufen.

In den Bussen, sagte Edgar, sitzen die Leute mit gesenkten Köpfen. Man glaubt, sie schlafen. Die ersten Tage habe ich mich gefragt, wieso die an der richtigen Haltestelle aufwachen und aussteigen können. Wenn man mit ihnen im Bus fährt, senkt man den Kopf wie sie. Der Boden ist zerbrochen. Durch die Löcher sieht man den Weg.

Ich sah diese Stadt gespiegelt in Edgars Gesicht, mitten in seinen Augen, am Rand seiner Wangen und neben seinem Mund. Sein Haar war lang, sein Gesicht kam mir darin vor wie ein kahler Platz, der das Licht nicht mag. An seinen Schläfen schienen Adern durch, seine Augen zuckten ohne Grund, senkten die Lider, als würde ein Fisch verschwinden. Diese Augen wechselten den Blick, nur weil man sie ein bißchen ansah.

Edgar wohnte mit dem Turnlehrer zusammen, zwei Zimmer, eine Küche und ein Bad. Vor den Fenstern standen Maulbeerbäume und hohe Klettensträucher. Durch den Abfluß der Badewanne kam jeden Tag eine Ratte. Der Turnlehrer hat sie seit Jahren im Haus, sagte Edgar, er legt ihr Speck in die Wanne. Sie heißt Emil. Sie frißt auch Maulbeeren und junge Kletten.

Ich sah Lolas Gegend in Edgars Gesicht. Ich wollte

meine Angst um Edgar abtun. Sie bildete sich ein, daß man hier, wo Edgar lebte, nicht drei Jahre bleiben kann. Doch Edgar mußte drei Jahre hierbleiben. Er war als Lehrer hierher geschickt vom Staat. Deshalb sagte ich nichts über diesen Ort. Aber Edgar sagte spät abends, als wir durch sein Fenster den halben Mond ansahen: Hier siehst du überall Lolas Heft. Es ist so groß wie der Himmel.

Der Schrank in Edgars Zimmer war leer. Seine Kleider lagen im Koffer, als könnte er jederzeit den Ort verlassen, ohne zu packen. Ich richte mich hier nicht ein, sagte Edgar. Ich sah zwei Haare überkreuz auf dem Kofferdeckel liegen. Edgar sagte: Der Turnlehrer schnüffelt in meinem Zimmer.

Auf dem Weg zu der zerfallenen Schule wollte ich Klettenstiele pflücken, weil Edgar eine leere Vase hatte, und weil die verspäteten Triebe noch blühten. Ich knickte sie und zerrte daran. Ich konnte sie nicht abreißen. Geknickt, wie sie waren, ließ ich sie am Wegrand hängen. Sie hatten Fasern wie Draht in den Stielen. Die stachligen, verblühten Kletten, die ich nicht pflücken wollte, hingen an meinem Mantel.

Die Jungen machen sich aus Kletten Schulterklappen, sagte Edgar. Sie wollen Polizisten und Offiziere werden. Diese Schornsteine schwemmen sie in die Fabrik. Nur ein paar, die zähesten von ihnen, hängen schon jetzt mit den Zähnen am Leben. Wie die Kletten an deinen Mantel werden sie auf Züge springen, sagte Edgar, und als Wächter, zu allem bereit, irgendwo im Land am Wegrand stehen.

Georg war für drei Jahre als Lehrer zugeteilt in eine Industriestadt, in der alle Holzmelonen machten. Die Holzmelonen hießen holzverarbeitende Industrie.

Edgar hatte Georg besucht. Die Stadt lag in den Wäldern. Es fuhren keine Züge und Busse hin. Nur Laster mit einsilbigen Fahrern, denen ein paar Finger an den Händen fehlen, hatte Edgar gesagt. Die Laster kommen leer an und fahren beladen mit Baumstämmen zurück.

Die Arbeiter stehlen Holzabfälle und machen daraus Parkett, hatte Georg zu Edgar gesagt. Wer nicht stiehlt, wird in der Fabrik nicht ernstgenommen. Darum können sie, wenn schon in der ganzen Wohnung Parkettfußböden sind, nicht aufhören zu stehlen und Parkett zu legen. Sie legen es die Wände hoch bis zur Decke.

In der Stadtmitte zischten zwei Sägewerke. Durch die Straßenenden hörte man Äxte hacken im Wald. Und von Zeit zu Zeit hörte man, daß irgendwo hinter der Stadt ein schwerer Baum auf den Boden fiel. Allen Männern in den Straßen fehlen Finger an den Händen, hatte Edgar gesagt, auch den Kindern.

Als ich den ersten Brief von Georg bekam, war das Datum zwei Wochen alt. So alt wie das Datum in Edgars Brief, der drei Tage vorher ankam.

Ich öffnete Georgs Brief so langsam wie drei Tage zuvor Edgars Brief. In der Falte des Briefbogens lag ein rotes Haar. Drei Tage zuvor hatte in Edgars Brief ein schwarzes Haar gelegen. Hinter der Anrede stand ein Ausrufezeichen. Ich schluckte beim Lesen, ich half mir mit den Lippen, damit auf dem Blatt keine Sätze mit erkältet, Nagelschere oder Schuhe kämen. Das Schlucken half nicht. Die

Sätze kamen. Beim Lesen von Edgars Brief waren sie auch gekommen.

Hier haben die Leute Holzmehl im Haar und in den Augenbrauen, schrieb Georg.

Mit dem Wort im Mund soviel zertreten wie mit den Füßen im Gras, dachte ich mir. Ich dachte an den letzten Spaziergang mit Edgar, Kurt und Georg am Fluß. An Georgs Speicheltropfen auf meinen Wangen, an seine Finger unter meinem Kinn. Ich hörte mich zu Georg sagen: Du bist aus Holz.

Der Satz war nicht von mir. Mit Holz hatte der Satz nichts zu tun. Damals. Ich hatte ihn oft von anderen gehört, wenn jemand zu ihnen grob war. Er war auch nicht von anderen. Wenn jemand grob zu ihnen war, fiel er ihnen ein, weil auch sie ihn oft von anderen gehört hatten, zu denen jemand grob war. Wenn der Satz jemals mit Holz zu tun gehabt hätte, wäre es wichtig gewesen, von wem er war. Aber er hatte nur mit Grobheit zu tun. Wenn die Grobheit vorbei war, war auch der Satz vorbei.

Monate waren vorbei, und der Satz war nicht vorbei. Mir war, als hätte ich zu Georg gesagt: Du wirst aus Holz.

Mein Haar fällt nicht auf, weil es auch ohne Holzmehl rötlich ist, stand im Brief. Ich gehe ohne Ziel durch die Stadt. Und vor mir geht jemand ohne Ziel. Wenn der gemeinsame Weg länger ist, stimmen sich unsere Schritte aufeinander ab. Man hält hier die Entfernung von vier großen Schritten ein, um einander nicht zu stören. Sie achten vorne darauf, daß meine Schritte nicht zu dicht an sie herankommen. Ich achte hinten darauf, daß ihre Rücken nicht zu dicht an mich herankommen.

Aber schon zweimal passierte es anders: Der vor mir steckte plötzlich beide Hände in die Hosentaschen. Er blieb stehen, machte seine Taschen links und schüttelte das Holzmehl heraus. Er klopfte den Staub aus den Taschen, und ich überholte ihn. Kurz danach hörte ich ihn weiter als vier Schritte hinter mir, dann vier Schritte entfernt. Dann aber dicht in meinem Nacken. Er überholte mich und fing zu laufen an. Als kein Holzmehl in seinen Taschen war, hatte er ein Ziel.

Die Alten schnitten sich junge Äste ab, zerstückelten sie und bohrten eine Rinne und Löcher hinein. Das vordere Ende schnitten sie flach, es wurde ein Mundstück. Aus jedem Ast, den sie anfassen, schrieb Georg, machen sie eine Pfeife.

Es gibt Pfeifen, die nicht länger als ein Kinderfinger sind, hatte Edgar gesagt, und es gibt Pfeifen, so lang wie ein ausgewachsener Mensch.

Die Alten pfiffen in die Wälder und machten die Vögel verrückt. Die Vögel irrten sich in den Bäumen und Nestern. Und wenn sie außerhalb des Waldes flogen, verwechselten sie das Wasser der Pfützen mit Wolken. Sie stürzten sich tot.

Hier hat nur ein Vogel sein eigenes Leben, schrieb Georg, der Neuntöter. Seine Stimme unterscheidet sich von allen Pfeifen. Er macht die Alten verrückt. Sie schneiden sich Äste vom Sanddorn und stechen sich die Hände an den Dornen blutig. Sie machen fingerkleine und kinderlange Pfeifen aus dem Holz, aber der Neuntöter wird nicht verrückt.

Edgar hatte gesagt, daß der Neuntöter, wenn er satt ist,

weiter jagt. Die Greise schleichen um den Sanddorn und pfeifen. Der Vogel fliegt über ihren Köpfen ins Gestrüpp und setzt sich. Er läßt sich nicht stören. Er spießt seine Beute ruhig auf Dornen für den Hunger am nächsten Tag.

So einer müßte man sein, schrieb Georg. Ich bin so einer, ich habe mir zwei Paar Schuhe in einer Woche gekauft.

In Edgars Brief hatte ich drei Tage vorher gelesen: Ich habe in dieser Woche schon zweimal meine Schuhe nicht gefunden.

Wenn ich an Schuhläden vorbeiging, dachte ich an Durchsuchung. Ich beeilte mich. Die Schneiderin sagte: Kinderschuhe sind zu teuer. Da sie von Schuhen, nur von Schuhen sprach, mußte ich lachen. Sie sagte: Du hast keine Kinder. Ich habe an etwas anderes gedacht, sagte ich.

Kurt kam jede Woche in die Stadt. Er war Ingenieur in einem Schlachthaus. Es lag am Rand eines Dorfes, nicht weit von der Stadt. Die Stadt liegt zu nahe, um im Dorf zu wohnen, sagte Kurt. Die Busse fahren verkehrt. Morgens, wenn ich ins Dorf zur Arbeit muß, fährt ein Bus aus dem Dorf in die Stadt. Nachmittags, nach der Arbeit, fährt ein Bus aus der Stadt ins Dorf. Das hat seinen Grund, die wollen nicht, daß im Schlachthaus Leute arbeiten, die täglich in die Stadt fahren können. Die wollen nur Dörfler, die das Dorf selten verlassen. Wenn Neue hinzukommen, werden sie schnell zu Komplizen. Sie brauchen nur einige Tage, bis sie wie die anderen schweigen und warmes Blut saufen.

Kurt beaufsichtigte zwölf Arbeiter. Sie legten auf dem Gelände des Schlachthauses Heizungsrohre. Kurt war seit drei Wochen erkältet. Ich sagte jede Woche: Du mußt im Bett bleiben. Die Arbeiter sind genauso verrotzt wie ich und bleiben nicht im Bett, sagte er. Wenn ich fehle, arbeiten sie nichts und stehlen alles.

Wir gebrauchten das Wort erkältet nicht, denn es stand in den Briefen. Georg trank drei Tassen Tee in der halben Stunde, in der ich eine trank. Ich sah in die Tasse und dachte mir: Er trinkt dreimal soviel und schlürft. Dann sagte er: Die Kinder aus Georgs Schule wollen von der Fabrik und dem Parkett ihrer Eltern und von den Pfeifen ihrer Großeltern nichts wissen. Sie machen sich Pistolen und Gewehre aus Brettern. Sie wollen Polizisten und Offiziere werden.

Wenn ich morgens ins Schlachthaus gehe, gehen die Kinder im Dorf zur Schule, sagte Kurt. Sie haben kein Heft und kein Buch, nur ein Stück Kreide. Damit malen sie Wände und Zäune voll mit Herzen. Es sind lauter verschlungene Herzen, eines ins andere. Rinder- und Schweineherzen, was sonst. Diese Kinder sind schon Komplizen. Die riechen, wenn sie abends geküßt werden, daß ihre Väter im Schlachthaus Blut saufen und wollen dorthin.

Ich hatte Edgar geschrieben: Ich bin seit einer Woche erkältet und finde meine Nagelschere nicht.

Georg hatte ich geschrieben: Ich bin seit einer Woche erkältet, und meine Nagelschere schneidet nicht.

Vielleicht hätte ich erkältet und Nagelschere nicht in einem Satz schreiben dürfen, vielleicht hätte ich erkältet und Nagelschere im Brief verteilen müssen. Vielleicht hätte ich zuerst Nagelschere und dann erkältet schreiben müssen. Aber erkältet und Nagelschere waren nur noch ein Klopfen gewesen, größer als mein Kopf, nachdem ich einen ganzen Nachmittag Sätze mit erkältet und Nagelschere vor mich hingesagt hatte, um den richtigen zu finden.

Erkältet und Nagelschere hatten mich herausgeworfen aus ihrem eigenen und unserem vereinbarten Sinn. Ich fand nichts mehr darin und ließ sie stehen in einem Satz, der vielleicht gut und bestimmt schlecht war. Erkältet oder Nagelschere in diesem einen Satz durchzustreichen und ein paar Sätze später wieder hinzuschreiben wäre noch schlechter gewesen. Ich hätte in beiden Briefen jeden anderen Satz durchstreichen können. Nur erkältet und Nagelschere durchzustreichen, wäre ein Hinweis gewesen und dümmer als ein schlechter Satz.

Ich mußte zwei Haare in die Briefe legen. Vor dem Spiegel war mein Haar weit von mir entfernt und zum Greifen nah, wie das Fell eines Tieres, das der Jäger durch sein Fernglas sieht.

Ich mußte zwei Haare ausreißen, die nicht verlorengingen, zwei Briefhaare. Wo wuchsen sie, über der Stirn, an der linken oder an der rechten Schläfe, oder auf der Kopfmitte.

Ich kämmte mich, es hingen Haare im Kamm. Ich tat eines in Edgars und eines in Georgs Brief. Wenn der Kamm sich geirrt hatte, waren es keine Briefhaare.

Auf der Post leckte ich die Briefmarken ab. Neben dem Eingang telefonierte ein Mann, der mir jeden Tag folgte. Er trug eine weiße Leinentasche und hielt einen Hund an der Leine. Die Tasche war leicht, obwohl sie halbvoll war. Er trug sie, da er nicht wußte, wohin mein Weg ging.

Ich ging in den Laden. Er kam ein wenig später in die Schlange, er mußte den Hund anbinden. Zwischen mir und ihm standen vier Frauen. Als ich aus dem Laden draußen war, ging er mit dem Hund wieder hinter mir her. Die Leinentasche in seiner Hand war nicht voller als vorher.

Beim Telefonieren hatte er Hundeleine und Hörer in einer Hand gehalten. Die Leinentasche in der anderen. Er sprach und schaute, wie meine Zunge an den Briefmarken leckte. Ich klebte die Briefmarken auf, obwohl die Ecken noch nicht naß waren. Ich warf die Briefe vor seinen Augen in den Briefkasten, als ob sie da vor seinen Händen sicher wären.

Der Mann war nicht Hauptmann Pjele. Der Hund war vielleicht Pjele. Aber nicht nur Hauptmann Pjele hatte einen Wolfshund.

Ich war von Hauptmann Pjele ohne Hund Pjele verhört worden. Vielleicht hatte der Hund Pjele eine Pause zum Fressen oder Schlafen. Vielleicht wurde der Hund Pjele in einem Raum dieses verschachtelten Gebäudes abgerichtet und lernte etwas Neues dazu, oder übte das Alte, während der Hauptmann Pjele mich verhörte. Vielleicht war der Hund Pjele mit dem Mann und der Leinentasche auf der Straße hinter jemand anderem her. Vielleicht mit einem anderen Mann ohne Leinentasche. Vielleicht war der Hund Pjele hinter Kurt her, als der Hauptmann Pjele mich verhörte. Wie viele Männer gab es, wie viele Hunde. So viele wie Haare auf einem Hund.

Auf dem Tisch lag ein Blatt. Der Hauptmann Pjele sagte: Lesen. Auf dem Blatt stand das Gedicht. Laut lesen, damit wir uns beide vergnügen, sagte der Hauptmann Pjele. Ich las laut:

Jeder hatte einen Freund in jedem Stückchen Wolke
so ist das halt mit Freunden wo die Welt voll
  Schrecken ist
auch meine Mutter sagte das ist ganz normal
Freunde kommen nicht in Frage
denk an seriösere Dinge

Der Hauptmann Pjele fragte: Wer hat das geschrieben. Ich sagte: Niemand, es ist ein Volkslied. Dann ist es Volkseigentum, sagte der Hauptmann Pjele, also darf das Volk weiterdichten. Ja, sagte ich. Dann dichte mal, sagte der Hauptmann Pjele. Ich kann nicht dichten, sagte ich. Aber ich, sagte der Hauptmann Pjele. Ich dichte und du schreibst, was ich dichte, damit wir uns beide vergnügen:

Ich hatte drei Freunde in jedem Stückchen Wolke
so ist das halt mit Huren wo die Welt voll Wolken ist
auch meine Mutter sagte das ist ganz normal
drei Freunde kommen nicht in Frage
denk an seriösere Dinge

Ich mußte singen, was Hauptmann Pjele gedichtet

hatte. Ich sang, ohne meine Stimme zu hören. Ich fiel aus der Angst in die sichere Angst. Die konnte singen, wie das Wasser singt. Vielleicht war die Melodie aus dem Wahn meiner singenden Großmutter. Vielleicht kannte ich Lieder, die ihr Verstand vergessen hatte. Vielleicht mußte mir das über die Lippen gehen, was in ihrem Kopf brach lag.

Der Frisör des Großvaters ist so alt wie der Großvater. Seit Jahren und Jahren ist er schon Witwer, obwohl seine Anna so jung wie meine Mutter war. Er hat sich mit dem Tod seiner Anna lange nicht abfinden können.

Als Anna noch lebte, sagte meine Mutter: Die hat ein lockeres Mundwerk. Anna hatte, als das Feld des Großvaters enteignet wurde, zur singenden Großmutter gesagt: Jetzt hast du, was du verdienst.

Als die Hakenkreuzfahne auf dem Sportplatz des Dorfes wehte, hatte die singende Großmutter Annas Verlobten beim Ortsgruppenführer angezeigt. Sie hatte gesagt: Annas Verlobter kommt nicht zum Fahnenappell, weil er gegen den Führer ist.

Zwei Tage später kam ein Auto aus der Stadt, das Annas Verlobten mitnahm. Er war seither verschwunden.

Als der Krieg schon lange vorbei war, sagte meine Mutter, kriegte der Frisör diese junge Anna. Der Frisör bedankt sich noch heute bei der Großmutter, daß er die bildschöne Frau gekriegt hat. Wenn er dem Großvater die Haare schneidet oder mit ihm Schach spielt, sagt er: Bildschöne Frauen werden nicht alt, bevor sie häßlich werden, sterben sie.

Aber es gibt keinen Grund, dankbar zu sein, sagte die Mutter. Die Großmutter wollte der Anna nichts Böses und dem Frisör nichts Gutes. Sie hat das gemeldet, weil ihr Sohn längst im Krieg war und Annas Verlobter nicht einrücken wollte.

Der Hauptmann Pjele nahm das Blatt und sagte: Schön hast du gedichtet, deine Freunde werden sich freuen. Ich sagte: Das haben Sie gedichtet. Na, na, sagte der Hauptmann Pjele, das ist doch deine Schrift.

Als ich gehen durfte, klagte der Hauptmann Pjele über seine Nierenschmerzen und sagte: Du hast Glück mit mir.

Beim nächsten Verhör sagte der Hauptmann Pjele: Heute singen wir ohne Blatt. Ich sang, der sicheren Angst fiel die Melodie wieder ein. Ich vergaß sie nie wieder.

Der Hauptmann Pjele fragte: Was tut eine Frau mit drei Männern im Bett. Ich schwieg. Das muß ja ein Gewusel sein wie auf der Hundehochzeit, sagte der Hauptmann Pjele. Aber heiraten wollt ihr ja nicht, das können nur Paare, nicht Rudel. Welchen nimmst du dir zum Vater für dein Kind.

Ich sagte: Vom Reden kriegt man keine Kinder. Na, na, sagte der Hauptmann Pjele, einen Goldjungen kriegt man schnell.

Bevor ich gehen durfte, sagte der Hauptmann Pjele: Ihr seid eine böse Saat. Dich stecken wir ins Wasser.

Böse Saat, dachte ich mir, das sah der Vater, wenn er

die Milchdisteln unter die Hacke nahm. Ich schrieb zwei Briefe mit einem Komma hinter der Anrede:

Lieber Edgar,

Lieber Georg,

Das Komma sollte schweigen, wenn der Hauptmann Pjele die Briefe las, damit er die Briefe wieder zuklebte und weiterschickte. Aber wenn Edgar und Georg die Briefe öffneten, sollte das Komma schreien.

Ein Komma, das schweigt und schreit, gab es nicht. Das Komma hinter der Anrede war viel zu dick geworden.

Ich konnte die verschnürte Schachtel mit den Büchern und Briefen nicht länger im Büro hinter den Mappen stehenlassen. Ich ging mit ihr zu meiner Schneiderin, um sie dort zu vergessen, bis ich einen sicheren Platz in der Fabrik dafür gefunden hatte.

Die Schneiderin bügelte. Das Meßband lag geringelt auf dem Tisch. Die Uhr tickte im Zimmer. Auf dem Bett lag ein großgeblümtes Kleid. Auf dem Stuhl saß eine junge Frau. Die Schneiderin sagte: Tereza. Ich kenne sie aus der Fabrik, sagte ich, sie hatte lange einen Gipsarm. Erst als Tereza lachte, sah ich sie an. Jetzt ist mein rechter Arm von der Sonne braun und der linke ganz weiß, sagte Tereza. Wenn man langärmlig geht, sieht man es nicht. Die Uhr tickte im Zimmer. Tereza zog sich aus und schlüpfte mit dem braunen Arm in das geblümte Kleid. Sie fluchte, weil sie nicht gleich hineinfand. Die Schneiderin sagte: Das Kopfloch wird kein Ärmel, auch wenn du fluchst.

Als Tereza das Kleid anhatte, sagte sie: Vor einem Jahr

habe ich mir jeden Fluch, den ich hörte, vorgestellt. Die Kollegen im Büro haben das gesehen. Immer, wenn jemand fluchte, habe ich die Augen zugemacht. Sie sagten: Damit du den Fluch genauer siehst. Ich machte sie zu, um ihn nicht mehr zu sehen. Wenn ich morgens zur Arbeit kam, lagen auf meinem Schreibtisch Blätter. Darauf waren Flüche gemalt, Himmelfahrten von Mösen und Schwänzen. Wenn jemand fluchte, stellte ich mir die Himmelfahrten auf den Blättern vor und mußte lachen. Sie sagten, ich mache auch beim Lachen die Augen zu. Dann fing auch ich zu fluchen an. Zuerst nur in der Fabrik.

Die Uhr tickte im Zimmer. Ich ziehe das Kleid nicht mehr aus, sagte Tereza, es hält warm. Die Schneiderin sagte: Weil du fluchst. Weil es dick ist, sagte Tereza. Geblümter Stoff ist immer Sommerstoff, sagte die Schneiderin, ich würde im Winter nicht damit gehen. Jetzt fluche ich überall, sagte Tereza. Sie zog das Kleid aus.

Auch im Spiegel tickte die Uhr. Terezas Hals war zu lang, ihre Augen zu klein, ihre Schulterblätter zu spitz, ihre Finger zu dick, ihr Hintern zu flach, ihre Beine zu krumm. Alles, was ich an Tereza sah, schaute im Ticken der Uhr häßlich zurück. Seitdem ich die Wollquasten an den Hausschuhen des Vaters nicht mehr streicheln durfte, hatte keine Uhr so laut getickt.

Würdest du mit diesem Kleid im Winter gehen, fragte Tereza. Das Kleid hatte keinen Gürtel. Ich sagte, ja, und sah, daß Tereza häßlich war, weil das Ticken der Uhr sie zerteilte. Gleich danach, ohne Spiegel, wurde das gewöhnlich Häßliche an Tereza ungewöhnlich. Schöner als bei Frauen, die sofort schön waren.

Die Schneiderin fragte: Wie geht es deiner Großmutter.
Ich sagte: Sie singt.

Die Mutter steht vor dem Spiegel und kämmt sich. Die singende Großmutter stellt sich neben die Mutter. Die singende Großmutter faßt mit der einen Hand den schwarzen Zopf der Mutter und mit der anderen ihren grauen Zopf. Sie sagt: Jetzt habe ich zwei Kinder bekommen, und keines ist von mir. Ihr habt mich beide betrogen, ich dachte, ihr seid blond. Sie nimmt der Mutter den Kamm weg, schlägt die Tür zu und geht mit dem Kamm in den Garten.

Als Tereza die Karten vom Spiegeltisch nahm, wußte ich, weshalb die Uhr im Zimmer so laut tickte. Alle hier im Zimmer warteten. Aber nicht auf das gleiche. Die Schneiderin und Tereza wollten, daß ich gehe, bevor sie die Karten aufschlagen. Ich wollte, daß sie die Karten aufschlagen, bevor ich gehe. Erst wenn die Schneiderin Tereza das Glück aus den Karten las, konnte ich die Schachtel aus dem Sommerhaus vergessen, ohne aufzufallen.

Die Schneiderin war für ihr Kartenlesen bekannter als für das Kleidernähen. Die meisten Kunden verrieten ihr nicht, weshalb sie kamen. Aber die Schneiderin sah ihnen an, daß sie Glück brauchten für die Flucht.

Um manche tut es mir leid, sagte die Schneiderin, sie

zahlen viel Geld, aber das Schicksal kann ich nicht ändern. Die Schneiderin nahm sich ein Glas Wasser und trank einen Schluck. Ich spüre, wer an seine Karten glaubt, sagte sie und stellte das Glas auf den Tisch. Du glaubst an deine Karten, aber du fürchtest, daß mir die Patience gelingt. Die Schneiderin sah mein Ohr an. Mir wurde heiß. Du kennst deine Karten nicht, sagte sie, aber leben mußt du damit. Ich sehe das Unglück vorher und muß es manchmal nicht schlucken.

Die Schneiderin hob das Glas. Der Wasserring auf dem Tisch lag nicht dort, wo das Glas gestanden hatte, sondern vor meiner Hand. Mir wurde kalt. Ich schwieg, die Schneiderin trank einen Schluck Wasser.

Der Fluß und die Steine am Fluß. Der untere Lauf, wo der Spazierweg aufhört. Dort mußte man umkehren, wenn man mit sich zurück in die Stadt wollte. Gewöhnlich kehrten dort alle um, weil sie die spitzen Steine nicht durch die Schuhsohlen spüren wollten.

Hier und da kehrte einer nicht um, weil er ins Wasser wollte. Der Grund dafür, sagten die Leute, sei nicht der Fluß, er sei für alle gleich. Der Grund, sagten die Leute, sei derjenige selber, der nicht umkehren wollte. Er sei eine Ausnahme.

Weil ich nicht mehr umkehren wollte, ging ich in die spitzen Steine mitten hinein. Das war ein Ziel. Nicht eines, das, wie Georg geschrieben hatte, mit leeren Taschen kam. Ich füllte meine Taschen mit zwei dicken Steinen. Mein Ziel war umgekehrt.

Am Tag davor war ich in einen fremden Wohnblock gegangen, um aus dem Fenster des Flurs vom fünften Stock auf den Boden zu schauen. Es war niemand da, es war tief genug, ich hätte springen können. Doch über dem Kopf war der Himmel zu nahe. Sowie nachher am Fluß das Wasser zu nahe war. Ich war wie die Vögel der Alten vom Pfeifen verrückt geworden. Mir pfiff der Tod. Weil ich nicht springen konnte, kam ich am nächsten Tag zum Fluß zurück. Und am übernächsten.

Hintereinander wie die Tage, an denen ich am Fluß war, lagen drei Paar Steine am Ufer. Ich hatte mir jedesmal zwei andere Steine genommen. Ich suchte nicht lange, vom Gewicht her boten sich viele an, die mit mir sinken wollten. Aber es waren die falschen. Sie kamen aus den Manteltaschen wieder zurück auf den Boden. Und ich ging wieder zurück in die Stadt.

Ein Buch aus dem Sommerhaus hieß: Hand an sich legen. Darin stand, daß nur eine Todesart in einen Kopf paßt. Ich aber lief im kalten Kreis zwischen Fenster und Fluß hin und her. Der Tod pfiff mir von weitem, ich mußte Anlauf nehmen zu ihm. Ich hatte mich fast in der Hand, nur ein winziges Teil machte nicht mit. Vielleicht war es das Herztier.

Nach Lolas Tod hatte Edgar gesagt: Das war eine sichere Bewegung. Verglichen mit Lola war ich lächerlich. Noch einmal ging ich zum Fluß, um die gepaarten Steine am Ufer zwischen anderen Steine zu verteilen. Lola wußte sofort, wie man den Sack mit dem Gürtel bindet. Wenn sie den Sack mit dem Fluß gewollt hätte, hätte Lola gewußt, wie man Steine paart. So etwas stand in keinem Buch. Ich dachte damals beim Lesen: Wenn ich den Tod einmal brauche, weiß ich Bescheid.

In dem Buch waren die Sätze so nahe, als würden sie später das Nötige tun. Als ich sie dann über meine Haut zog, zerrissen sie und ließen mich laufen. Ich lachte laut, als ich die gepaarten Steine am Ufer voneinander trennte. Ich hatte mit dem Tod etwas Falsches angefangen.

So dumm war ich und vertrieb mit dem Lachen das Weinen. So stur, daß ich mir dachte: Der Fluß ist nicht mein Sack. Dich stecken wir ins Wasser gelingt dem Hauptmann Pjele nicht.

Edgar und Georg kamen erst im Sommer, als die großen Ferien waren. Weder sie noch Kurt erfuhren, daß mir der Tod gepfiffen hatte.

Kurt erzählte jede Woche vom Schlachthaus. Die Arbeiter tranken beim Schlachten warmes Blut. Sie stahlen Eingeweide und Hirn. Gegen Abend warfen sie Schinken von Rindern und Schweinen über den Zaun. Ihre Brüder oder Schwager warteten im Auto und luden sie ein. Sie spießten Kuhschwänze auf Haken und ließen sie trocknen. Manche Kuhschwänze wurden beim Trocknen starr, andere blieben biegsam.

Ihre Frauen und Kinder sind Komplizen, sagte Kurt. Die steifen Kuhschwänze werden von den Frauen als Flaschenbürsten benutzt, die biegsamen von den Kindern als Spielzeug.

Daß ich dem Hauptmann Pjele vorsingen mußte, erschreckte Kurt nicht. Er sagte: Ich habe das schöne Gedicht schon fast vergessen. Ich komme mir vor wie der Kühlschrank mit Lolas Zungen und Nieren. Aber da, wo ich bin, ist jeder Lolas Kühlschrank. Da ist der Eßraum so groß wie das Dorf.

Ich versuchte, böse Saat und Hundehochzeit mit der Stimme von Hauptmann Pjele auszusprechen. Kurt traf den Ton von Hauptmann Pjele besser als ich. Er fing an zu lachen, so laut zu lachen an, daß sein verschleimter Hals röchelte. Plötzlich schluckte Kurt und fragte: Wo war der Hund, wieso war der Hund Pjele nicht dabei.

Der Sack mit dem Fluß gehörte mir nicht. Er gehörte niemandem von uns.

Der Sack mit dem Fenster gehörte nicht mir. Er gehörte später Georg.

Der Sack mit dem Strick gehörte noch später Kurt.

Edgar, Kurt, Georg und ich wußten es damals noch nicht. Man müßte sagen können: Niemand wußte es damals. Aber der Hauptmann Pjele war ja nicht niemand. Vielleicht dachte der Hauptmann Pjele sich schon damals zwei Säcke aus: Zuerst den Sack für Georg. Dann den Sack für Kurt.

Vielleicht dachte der Hauptmann Pjele damals noch nicht an den ersten Sack und noch lange nicht an den zweiten. Oder der Hauptmann Pjele dachte an beide und verteilte sie auf Jahre.

Wir konnten uns die Gedanken von Hauptmann Pjele

nicht vorstellen. Je mehr wir darüber nachdachten, umso weniger verstanden wir.

So wie ich lernen mußte, erkältet und Nagelschere in einem Brief zu verteilen, mußte der Hauptmann Pjele lernen, den Tod von Georg und Kurt auf Jahre zu verteilen. Vielleicht.

Ich wußte nie, was über Hauptmann Pjele zu sagen wäre, was richtig war. Und was über mich zu sagen wäre, wußte ich nur nacheinander, manches dreimal. Aber dann war es immer noch falsch.

Zwischen Winter und Frühjahr hörte ich von fünf Flußleichen, die sich hinter der Stadt im Wassergestrüpp verfangen hatten. Alle sprachen davon, als ginge es um die Krankheiten des Diktators. Sie wiegten die Köpfe und schauderten. Auch Kurt.

Neben dem Schlachthaus im Gestrüpp hatte Kurt einen Mann gesehen. Die Arbeiter hatten Pause und liefen in die große Halle, um sich aufzuwärmen. Kurt ging nicht mit, weil er nicht sehen wollte, wie sie Blut trinken. Er ging im Hof hin und her und schaute den Himmel an. Als er umkehrte, hörte er eine Stimme. Sie verlangte Kleider. Als die Stimme schwieg, sah Kurt einen kahlgeschorenen Mann im Gestrüpp. Er trug nur Winterunterwäsche.

Erst nach der Pause, als die Arbeiter bis zum Hals im Graben standen, ging Kurt wieder zum Gestrüpp. Er pißte und legte eine Hose und eine Jacke hin. Der Kahlgeschorene war weg.

Am Abend ging Kurt noch einmal am Gebüsch vorbei,

die Kleider waren verschwunden. Polizei und Armee suchten die Gegend ab. Am nächsten Morgen auch das Dorf. Die Arbeiter im Schlachthaus sagten, auf dem Rübenfeld hinter dem Schlachthaus wurde eine Häftlingsmütze gefunden.

Wahrscheinlich lag der Mann noch am gleichen Abend im Fluß, sagte Kurt. Wenn nur nicht er es ist, den sie gefunden haben, er hat meine Kleider an.

Ich hatte einen bitteren Geschmack im Mund. Für drei Flußleichen hatte ich Steinesuchen geübt. Vielleicht auch für ihn. Er muß es nicht sein, sagte ich.

Ich übersetzte in der Fabrik Anleitungen für hydraulische Maschinen. Für mich waren die Maschinen ein dickes Wörterbuch. Ich saß am Schreibtisch. Ich ging selten in die Hallen. Das Eisen der Maschinen und das Wörterbuch hatten miteinander nichts zu tun. Die technischen Zeichnungen kamen mir vor wie Vereinbarungen zwischen Blechschafen und Schichtarbeitern: Tagarbeiter, Nachtarbeiter, Vorarbeiter, Bestarbeiter, Hilfsarbeiter. Was sie mit den Händen werkelten, brauchte im Kopf keinen Namen. So wurden sie alt, wenn sie nicht vorher flüchteten oder umfielen und starben.

Zwischen den Deckeln des Wörterbuchs waren alle Maschinen dieser Fabrik eingeschlossen. Ich war ausgeschlossen von allen Rädchen und Schrauben.

Der Wecker ist kurz nach Mitternacht stehengeblieben. Die Mutter wird gegen Mittag wach. Sie zieht den Wecker auf, er tickt nicht. Die Mutter sagt: Ohne Wecker wird es nicht Morgen. Die Mutter wickelt den Wecker in eine Zeitung. Sie schickt das Kind mit dem Wecker zum Uhrmachertoni. Der Uhrmachertoni fragt: Wann braucht ihr den Wecker wieder. Das Kind sagt: Ohne Wecker wird es nicht Morgen.

Dann ist es wieder Morgen. Gegen Mittag wacht die Mutter auf und schickt das Kind den Wecker holen. Der Uhrmachertoni wirft zwei Hände voll Wecker in eine Schüssel und sagt: Mit dieser Maschine ist es aus.

Auf dem Heimweg greift das Kind in die Schüssel und schluckt das kleinste Rädchen, den kürzesten Stift, die dünnste Schraube. Das zweitkleinste Rädchen...

Seit Tereza das geblümte Kleid hatte, kam sie jeden Tag zu mir ins Büro. Sie wollte nicht in die Partei eintreten. Mein Bewußtsein ist nicht so entwickelt, hatte sie in der Sitzung gesagt, und außerdem fluche ich zuviel. Alle haben gelacht, sagte Tereza. Ich kann mich weigern, weil mein Vater hier in der Fabrik eine Instanz war. Jedes Denkmal in der Stadt hat er gegossen. Jetzt ist er alt.

Ich sah eine kahle Gegend in Terezas Gesicht, an den Knochen ihrer Wangen, oder mitten in ihren Augen, oder um ihren Mund. Ein Stadtkind, das die Wörter und die Hände beim Reden noch zusammenbrachte.

Wo in mir die Leere war, ging Tereza bei sich nicht hin.

Vielleicht nur einmal, als ich ihr ohne Grund gefiel. Vielleicht, weil ich aus den Gesten meiner Hände draußen war. Und aus vielen Wörtern. Es waren nicht nur jene, die Edgar, Kurt, Georg und ich für die Briefe vereinbart hatten. Im Wörterbuch warteten andere, die Arbeiter und Blechschafe miteinander vereinbart hatten. Ich schrieb sie Edgar und Georg: Schraubenmutter, Schwanenhals, Schwalbenschwanz.

Tereza sprach arglos. Sie redete viel und dachte wenig nach. Schuhe, sagte sie, und es waren nur Schuhe. Wenn der Wind die Tür zuschlug, fluchte sie genauso lange, wie wenn jemand auf der Flucht gestorben war.

Wir aßen zusammen, und Tereza zeigte mir die Himmelfahrten der Flüche auf dem Papier. Tereza lachte sich die kleinen Augen feucht. Sie wollte mich im Lachen mitreißen und sah mich an. Ich sah auf den Blättern die Eingeweide geschlachteter Tiere. Ich konnte nicht weiteressen. Ich mußte erzählen von Lola.

Tereza zerriß die Himmelfahrten. Ich war auch in der Großen Aula, sagte Tereza, wir mußten alle hin.

Wir aßen jeden Tag zusammen, und Tereza hatte jeden Tag ein anderes Kleid an. In dem geblümten Kleid ging Tereza nur einen Tag. Sie hatte Kleider aus Griechenland und Frankreich. Pullover aus England und Jeans aus Amerika. Sie hatte Puder, Lippenstifte und Wimperntusche aus Frankreich, Schmuck aus der Türkei. Und hauchdünne Strumpfhosen aus Deutschland. Die Frauen aus den Büros mochten Tereza nicht. Man sah, woran sie dachten, wenn sie Tereza sahen. Sie dachten: Alles was Tereza trägt, ist eine Flucht wert. Sie wurden neidisch und traurig. Sie sangen mit verdrehten Hälsen:

Wer liebt und verläßt
den soll Gott strafen
Gott soll ihn strafen
mit dem Schritt des Käfers
dem Surren des Windes
dem Staub der Erde.

Die Melodie sangen sie für sich und die Flucht. Der Fluch des Liedes galt aber Tereza.

Die Leute in der Fabrik aßen gelblichen Speck und hartes Brot.

Tereza legte auf meinem Schreibtisch mit ihren dicken Fingern hauchdünne Schinken-, Käse-, Gemüse- und Brotscheiben übereinander. Sie sagte: Ich mache dir kleine Soldaten, damit du auch was ißt. Sie hob die Türmchen zwischen Daumen und Zeigefinger vom Tisch, drehte sie um und schob sie in den Mund.

Ich fragte: Wieso sind das kleine Soldaten. Tereza sagte: Die heißen so.

Terezas Essen paßte zu ihr. Es hatte den Beigeschmack ihres Vaters. Er bestellte es in der Parteikantine. Es wird ihm jede Woche im Auto vor die Haustür gebracht, sagte Tereza. Mein Vater muß nicht einkaufen, er geht seine Denkmäler besuchen und trägt die Einkaufstasche sinnlos durch die Stadt.

Ich fragte: Hat er einen Hund.

Die Kinder der Schneiderin sagten: Unsere Mutter ist bei einer Kundin. Ich sah die Kinder zum ersten Mal. Ich war nicht neugierig auf sie. Sie fragten: Wer bist du. Ich sagte: Eine Freundin. Ich zuckte in dem Moment, weil ich spürte, daß ich keine war.

Die Kinder hatten dunkelblaue Lippen und Finger. Wenn der Bleistift trocken ist, sagten die Kinder, schreibt er grau. Mit Spucke schreibt er blau wie die Nacht.

Ich dachte mir: Jetzt sind zum ersten Mal die Kinder da, weil ich zum ersten Mal ohne Hintersinn da bin, weil ich hier nichts vergessen will.

Etwas wollte ich doch vergessen, den Tod des Irren am Springbrunnen.

Der Mann mit der schwarzen Fliege lag tot auf dem Asphalt, wo er jahrelang gestanden hatte. Die Leute drängten sich um ihn. Der dürre Blumenstrauß war zertreten.

Kurt hatte gesagt, die Irren der Stadt sterben nie. Wenn sie umfallen, steigt da, wo sie standen, ein Gleicher aus dem Asphalt. Der Mann mit der schwarzen Fliege war umgefallen. Aus dem Asphalt gestiegen waren zwei andere, ein Polizist und ein Wächter.

Der Polizist trieb die Stehenden weg. Seine Augen funkelten, sein Mund war naß vom Schreien. Er hatte den Wächter mitgebracht, der gewohnt war, an Leuten zu zerren und draufzuschlagen.

Der Wächter stellte sich vor die Schuhsohlen des Toten und steckte die Hände in die Taschen seines Mantels. Der

Mantel roch neu, salzig und ölig wie die imprägnierten Stoffe in den Läden. Er hatte wie alle Einheitsgrößen für Wächter zu kurze Ärmel. Der Mantel des Wächters war anwesend. Auch die neue Mütze des Wächters. Nur die Augen unter der Mütze waren abwesend.

Vielleicht lähmte den Wächter neben diesem Toten die Spur der Kindheit. Vielleicht stand ein Dorf in seinem Schädel. Vielleicht fiel ihm der Vater ein, den er lange nicht gesehen hatte. Oder der Großvater, der schon gestorben war. Vielleicht ein Brief mit der Krankheit der Mutter. Oder ein Bruder, der, seitdem der Wächter von zu Hause weg war, die Schafe mit roten Füßen treiben mußte.

Der Mund des Wächters war zu groß für diese Jahreszeit. Er stand offen, da es im Winter keine grünen Pflaumen gab, um ihn zu stopfen.

Neben dem Toten, der nach so vielen Jahren seine Frau unter der Erde bald wiedersah, konnte der Wächter nicht prügeln.

Die Kinder der Schneiderin schrieben ihre Namen blau wie die Nacht zum wievielten Mal auf das Blatt. Sie stritten um den Platz auf dem Papier. Der Streit war nicht laut: Du stinkst nach Zwiebeln. Du hast Plattfüße. Du, mit deinen krummen Zähnen. Du hast Spulwürmer im Arsch.

Unter dem Tisch reichten die Füße der Kinder nicht bis zum Boden. Auf dem Tisch stachen sich Kinderhände mit Bleistiften. Der Zorn in ihren Gesichtern war verbohrt und erwachsen. Ich dachte mir: Während ihre Mutter sich verspätet, wachsen sie. Was geschieht, wenn sie in einer Viertelstunde erwachsen sind, die Stühle mit dem Hintern vom Tisch wegstoßen und gehen. Wie sag ich es der Schneiderin, wenn sie nach Hause kommt und den Schlüssel hinlegt, daß die Kinder diesen Schlüssel nicht mehr brauchen.

Wenn ich die Kinder nicht ansah, konnte ich ihre Stimmen nicht unterscheiden. Im Spiegel standen mein Gesicht und die großen Augen einer Niemandin. Sie hatten keinen Grund, mich anzusehen.

Die Schneiderin kam und legte den Schlüssel auf den Spiegeltisch, die Karten und das eingerollte Meßband legte sie auf den Tisch. Sie sagte: Meine Kundin hat einen Freund, der bis zur Zimmerdecke spritzt. Ihr Mann weiß nicht, daß die Flecken über dem Bett Spermaflecken sind. Sie sehen aus wie Wasserflecken. Gestern brachte er seinen Cousin aus der Nachtschicht mit nach Hause. Sie sind bei dem nassen Wetter auf das Hausdach gestiegen und haben zerbrochene Ziegel gesucht. Es waren zwei Ziegel zerbrochen, aber nicht über dem Bett. Der Cousin sagte: Wenn der Wind schief weht, fällt auch der Regen schief. Der Mann meiner Kundin will morgen die Decke streichen. Ich habe ihm eingeredet, er soll doch bis zum Frühjahr warten, sagte die Schneiderin. Sie wissen doch, habe ich zu ihm gesagt, beim nächsten Regen passiert das wieder.

Die Schneiderin strich dem einen Kind über das Haar. Das andere lehnte den Kopf an ihren Arm, es wollte auch gestreichelt werden. Doch seine Mutter ging in die Küche und brachte ein Glas Wasser. Ihr Maulwürfe, sagte sie, die Bleistifte sind giftig im Mund, taucht sie ins Wasser. Als sie ein leeres Blatt nahm, streckte das gestreichelte Kind die Hand aus. Sie aber legte das Blatt auf den Tisch.

Der Freund kann einen halbvollen Wassereimer am Schwanz tragen, sagte die Schneiderin, er hat es mir einmal gezeigt. Ich habe die Kundin gewarnt. Ihr Freund kommt aus dem Süden, aus Scornicesti. Er ist das jüngste von elf Kindern. Sechs davon leben noch. Mit so einem hat man kein Glück. Ich habe auch Tereza den Gipsarm vorausgesagt. Ihr beide seid sehr verschieden, sagte die Schneiderin, aber manchmal trifft sich das gut. Alle, die mich kennen, glauben mir.

Ein Mann schleppte einen Eimer aus einem buckligen Haus auf die Straße. Er ließ das Tor offenstehen. Im Hof stand eine bleiche Sonne. Das Wasser im Eimer war gefroren. In einer Mulde stülpte der Mann den Eimer um und trat mit dem Schuh darauf. Als er den Eimer hochhob, stand auf dem Boden eine eingefrorene Ratte in einem Eiskegel. Tereza sagte: Wenn das Eis taut, läuft sie weg.

Der Mann war wortlos in dem buckligen Haus verschwunden. Das Tor hatte geknarrt, und die bleiche Sonne im Hof war wieder eingeschlossen. Als Tereza aufhörte zu fluchen, fragte ich: Ist der Fluß auch noch so hart gefroren.

Auf viele Fragen antwortete Tereza nicht. Manche Fragen stellte ich öfter als einmal. Andere stellte ich nie wieder, weil ich sie selber vergaß. Es gab auch Dinge, die ich nicht vergaß und nach denen ich nie mehr fragte, weil Tereza nicht wissen sollte, daß sie für mich wichtig waren. Ich wartete damit auf eine gute Gelegenheit. Wenn die gute Gelegenheit da war, wurde ich unsicher, ob die Gelegenheit gut war. Ich ließ die Zeit verstreichen, bis Tereza bei anderen Dingen war. Dann war jede Gelegenheit vorbei, nicht nur die gute. Ich mußte wieder warten auf eine gute Gelegenheit.

Manche Fragen beantwortete Tereza nicht, weil sie zu viel redete. Sie nahm sich die Zeit zum Nachdenken mit dem vielen Reden weg.

Tereza konnte nicht sagen: Ich weiß nicht. Wenn sie das hätte sagen müssen, öffnete sie die Lippen und sagte etwas ganz anderes. Deshalb wußte ich im Frühjahr, als der Hauptmann Pjele im Büro anrief und mich zum Verhör bestellte, noch immer nicht, ob Terezas Vater seine Denkmäler mit einem Hund besuchen ging.

Ich hatte Angst, daß der Hauptmann Pjele in die Fabrik kommt. Gleich nach dem Anruf trug ich die Bücher aus dem Sommerhaus in Terezas Büro. Sie redete und lachte mit den Kollegen und stellte die Schachtel nebenbei in ihren Schrank. Sie fragte nicht, was in der Schachtel drin ist.

Tereza nahm die Schachtel im Vertrauen an, und ich hatte keines zu ihr.

In der Straße mit den buckligen Häusern saßen die ersten Fliegen an den Wänden. Das neue Gras war so grün, daß seine Farbe in den Augen stach. Man sah es wachsen. Jeden Tag, wenn Tereza und ich aus der Fabrik kamen, war es um eine Spanne länger. Ich dachte mir: Das Gras auf der Straße wächst schneller als die zweite Zyklamenblüte im Büro von Hauptmann Pjele bei Georgs Verhör. Und zwischen den Häusern warteten so kahle Bäume, daß man vor den Schatten ihrer Äste auf dem Boden zögerte bei jedem Schritt. Die Schatten lagen wie Geweihe da.

Der Arbeitstag war zu Ende. Unsere Augen waren an die grelle Sonne noch nicht gewöhnt. An den Ästen war kein Stückchen Blatt. Tereza und mir lief der ganze Himmel über den Kopf. Terezas Kopf wurde leichtsinnig und tobte sich aus.

Tereza hob und senkte unter einem Baum den Kopf so lange, bis der Schatten ihres Kopfes auf dem Boden das Geweih berührte. Auf dem Boden stand ein Tier.

Tereza wackelte mit dem Rücken an dem dünnen Baumstamm. Das Geweih wiegte sich, verließ sein Tier und fand es wieder.

Tereza wiegte den Kopf, das Tier verließ sein Geweih und kam wieder.

Als der Winter vorbei war, sagte Tereza, gingen viele Leute in der ersten Sonne in die Stadt spazieren. Als sie so spazierten, sahen sie ein fremdes Tier langsam in die Stadt kommen. Es kam zu Fuß, obwohl es hätte fliegen können. Tereza hob den offenen Mantel mit den Händen in den Taschen wie Flügel. Als das fremde Tier auf dem großen Platz mitten in der Stadt war, schlug es mit den Flügeln, sagte Tereza. Die Menschen fingen an zu schreien und flüchteten vor Angst in fremde Häuser. Nur zwei Menschen blieben auf der Straße. Sie kannten sich nicht. Das Geweih flog vom Kopf des fremden Tieres weg und setzte sich auf das Geländer eines Balkons. Oben in der hellen Sonne leuchtete das Geweih wie die Linien einer Hand. Die beiden sahen in den Linien ihr ganzes Leben. Als das fremde Tier wieder mit den Flügeln schlug, verließ das Geweih den Balkon und setzte sich auf den Kopf des Tieres zurück. Das fremde Tier ging langsam durch die hellen, leeren Straßen aus der Stadt hinaus. Als es weg war aus der Stadt, kamen die Leute aus den fremden Häusern wieder auf die Straße. Sie gingen wieder ihrem Leben nach. Die Angst blieb in ihren Gesichtern stehen. Sie verwirrte die Gesichter. Die Leute hatten nie mehr Glück.

Die beiden aber gingen ihrem Leben nach und wichen dem Unglück aus.

Wer waren die beiden, fragte ich. Ich wollte keine Antwort. Ich hatte Angst, daß Tereza sagt: Du und ich. Ich zeigte ihr schnell den verblühten Löwenzahn neben ihrem Schuh. Aber Tereza spürte wie ich, daß wir nur dort zusammengehörten, wo kein Geheimnis war. Daß wir in so kurzen Wörtern wie du und ich nicht zusammengehörten. Tereza verdrehte die kleinen Augen und sagte:

Wer die beiden waren
wird man nie erfahren.

Tereza bückte sich und blies den verblühten Löwenzahn vom Stiel. Ich wußte nicht, woran sie dachte, als die Federn der weißen Kugel durch die Luft flogen. Sie knöpfte ihren Mantel zu und wollte weg von ihrem fremden Tier. Ohne ein Wort fing sie zu gehen an. Und mir war, als müßte ich noch bleiben und Tereza sagen, daß ich kein Vertrauen zu ihr habe.

Tereza drehte weiter vorne auf dem Weg schon den Kopf nach mir um, lachte und winkte.

Eine Straße weiter suchten wir vierblättrigen Klee. Er war noch zu weich zum Pressen. Doch seine Blätter hatten schon den weißen Ring. Ich will ihn nicht pressen, sagte Tereza, ich brauche nur sein Glück.

Tereza brauchte einen Stiel Glücksklee und ich den Namen der Pflanze: Wasserklee. Wir suchten den Flecken Klee mit den Händen ab. Aber den einen Stiel, der vier Blätter hatte statt drei, fand ich. Weil ich kein Glück brauche, sagte ich zu Tereza. Ich dachte an Hände mit sechs Fingern.

Als die Mutter das Kind mit den Gürteln ihrer Kleider an den Stuhl bindet, steht vor dem Fenster das Teufelskind. Es hat an jeder Hand zwei Daumen nebeneinander. Die äußeren Daumen sind kleiner als die inneren.

In der Schule kann das Teufelskind nicht schön schreiben. Der Lehrer schneidet ihm die äußeren Daumen ab und steckt sie in ein Einweckglas mit Spiritus. In einer Klasse sind keine Kinder, nur Seidenraupen. Der Lehrer stellt das Einweckglas zu den Seidenraupen. Die Kinder müssen jeden Tag von den Bäumen im Dorf Blätter pflükken, um die Seidenraupen zu füttern. Sie fressen nur Maulbeerblätter.

Die Seidenraupen fressen Maulbeerblätter und wachsen, und die Kinder sehen die Daumen im Spiritus und wachsen nicht mehr. Alle Kinder im Dorf sind kleiner als die Kinder im Nachbardorf. Deshalb sagt der Lehrer: Die Daumen gehören auf den Friedhof. Das Teufelskind muß mit dem Lehrer nach der Schule auf den Friedhof gehen und seine Daumen begraben.

Die Hände des Teufelskindes werden vom Blätterpflücken in der Sonne braun. Nur an seinen Handballen bleiben zwei weiße Narben wie zwei Fischgerippe.

Tereza stand mit leeren Händen in der Sonne. Ich gab ihr den Glücksklee. Sie sagte: Mir hilft er nicht, weil du ihn gefunden hast. Es ist dein Glück. Ich glaube nicht daran, sagte ich, deshalb hilft er nur dir. Sie nahm den Stiel.

Ich ging einen Schritt hinter Tereza und sagte das Wort Wasserklee so oft ins Klappern unserer Schritte, bis es so müde war wie ich. Bis es den Sinn verlor.

Tereza und ich gingen schon auf der großen Straße, wo der Asphalt lag. Hier und da wuchs ein schmächtiger Halm aus den Rissen. Die Straßenbahn quietschte langsam, die Laster fuhren schnell, ihre Räder drehten sich wie leerer Staub.

Ein Wächter hob die Mütze vom Kopf, er blies die Backen auf, ließ die Luft aus dem Mund, als würden ihm die Lippen platzen. Er hatte von der Mütze nasse, rote Striemen auf der Stirn. Er sah unseren Beinen nach und schnalzte.

Tereza neckte ihn und ging so, wie der Wächter stand. So als gehe sie nicht über den Boden, sondern über der

Welt. Ich fror ein bißchen und konnte nur so gehen wie in diesem Land. Ich spürte den Unterschied zwischen dem Land und der Welt. Er war größer als der zwischen mir und Tereza. Ich war das Land, aber sie war nicht die Welt. Sie war nur das, was man in diesem Land glaubte, es sei die Welt, wenn man fliehen wollte.

Ich dachte damals noch, man könne in einer Welt ohne Wächter anders gehen als in diesem Land. Wo man anders denken und schreiben kann, dachte ich mir, kann man auch anders gehen.

Drüben an der Ecke ist mein Frisör, sagte Tereza. Bald wird es warm, komm, wir gehen uns die Haare färben.

Ich fragte: Wie.

Sie sagte: Rot.

Ich fragte: Heute.

Sie sagte: Jetzt.

Ich sagte: Nein, heute nicht.

Mein Gesicht brannte. Ich wünschte mir rotes Haar. Für die Briefe, dachte ich mir, nehme ich Haare von der Schneiderin. Sie waren so hell wie meine, nur länger. Ein Haar würde reichen für zwei Briefe, ich könnte es durchschneiden. Aber vom Kopf der Schneiderin unbemerkt Haare zu nehmen, wäre schwerer, als etwas bei ihr zu vergessen.

Manchmal lagen bei der Schneiderin Haare im Bad. Seitdem ich Haare in die Briefe tat, sah ich so etwas. Es lagen mehr Schamhaare als Kopfhaare bei der Schneiderin im Bad.

Ich wohnte bei einer alten Frau in Untermiete. Sie hieß Margit und war eine Ungarin aus Pest. Der Krieg hatte sie und ihre Schwester in diese Stadt verschlagen. Die Schwester war tot und lag auf dem Friedhof, wo ich die Gesichter der Lebenden auf den Grabbildern gesehen hatte.

Nach dem Krieg fehlte Frau Margit das Geld, um nach Pest zurückzukehren. Später war die Grenze zu. Ich wäre nur aufgefallen, wenn ich damals zurückgewollt hätte nach Pest, sagte Frau Margit. Pater Lukas sagte mir damals, auch Jesus ist nicht zu Hause. Frau Margit versuchte zu lächeln, aber ihre Augen gehorchten nicht, wenn sie sagte: Ich sitze gut hier, in Pest wartet niemand mehr auf mich.

Frau Margit sprach deutsch mit breiten Tönen. Manchmal dachte ich, beim nächsten Wort fängt sie zu singen an. Doch dafür waren ihre Augen zu kalt.

Frau Margit erzählte nie, warum sie und ihre Schwester in diese Stadt gekommen waren. Nur wie die Mojics, die russischen Soldaten, in diese Stadt gekommen waren, wie sie von Haus zu Haus gingen und überall die Armbanduhren mitnahmen, erzählte sie. Die Mojics hoben die Arme ans Ohr, horchten an den Uhren und lachten. Sie konnten keine Uhrzeit lesen. Sie wußten nicht, daß man Uhren, wenn sie nicht mehr ticken, aufzieht. Wenn die Uhren stehenblieben, sagten die Russen Gospodin und warfen sie weg. Die Mojics waren spitz auf Uhren, sie trugen zehn an jedem Arm übereinander, sagte Frau Margit.

Und alle paar Tage steckte einer hier im Bad den Kopf in die Klomuschel, sagte sie, und einer zog das Wasser.

Sie wuschen sich das Haar. Die deutschen Soldaten waren tipptopp. Das Gesicht von Frau Margit wurde so weich, daß sich ein Schimmer aus zurückgeholter Mädchenschönheit auf ihre Wangen legte.

Frau Margit ging jeden Tag in die Kirche. Vor dem Essen ging sie zur Wand, hob das Gesicht und spitzte die Lippen. Sie flüsterte ungarisch und küßte den eisernen Jesus am Kreuz. Ihr Mund reichte nicht bis zu seinem Gesicht. Sie küßte ihn ungarisch auf die Stelle seines Bauches, über der Jesus ein Tuch trug. An der Stelle war das Tuch verknotet, und der Knoten stand über der Stelle so weit vom Kreuz ab, daß die Nase von Frau Margit beim Küssen nicht an die Wand stieß.

Nur wenn Frau Margit im Zorn die Kartoffeln, die sie später schälte, aus der Kiste an die Wände schmiß, vergaß sie ihren Jesus und fluchte ungarisch. Wenn die Kartoffeln gekocht auf dem Tisch standen, küßte sie an der Stelle, wo Jesus das Tuch trug, alle Flüche wieder weg.

Montags klopfte der Meßdiener dreimal kurz an ihre Tür. Er gab ihr durch den Türspalt ein Säckchen Mehl, ein weißes Tuch, auf dessen Mitte ein Kelch aus Gold- und Silberfäden genäht war, und ein großes Tablett. Wenn der Meßdiener die Hände frei hatte, verneigte er sich, und Frau Margit schloß die Tür.

Frau Margit knetete aus Mehl und Wasser Hostienteig und walkte ihn hauchdünn wie Strumpfhosen über den ganzen Tisch. Dann stach sie mit einem Blechring die Hostien aus. Die Teigränder legte sie auf einer Zeitung auseinander. Wenn die Hostien auf dem Tisch und die Teigreste auf der Zeitung getrocknet waren, legte Frau Margit die Hostien in Schichten auf das Tablett. Sie deckte das weiße Tuch so darüber, daß der Kelch in der Mitte war. Das Tablett stand auf dem Tisch wie ein Kindersarg. Die trockenen Teigreste wischte Frau Margit mit der Hand in eine alte Keksdose.

Frau Margit trug das Tablett mit dem weißen Tuch in die Kirche zu Pater Lukas. Bevor sie mit den Hostien auf die Straße gehen konnte, mußte sie ihr schwarzes Kopftuch finden. Ich studiere, wo a fene dieser Fetzen liegen kann, sagte Frau Margit.

Pater Lukas gab ihr jede Woche Geld für die Hostien und hie und da einen schwarzen Pullover, den er nicht mehr trug. Und hie und da ein Kleid oder ein Kopftuch, das seine Köchin nicht mehr trug. Davon lebte Frau Margit, und von dem Geld, das ich für das Zimmer zahlte.

Die Keksschachtel stellte Frau Margit, wenn sie die Zeitung von Frau Grauberg las oder im Gebetbuch, neben ihre linke Hand. Sie griff ohne aufzublicken in die Schachtel und aß.

Wenn Frau Margit zu lange gelesen und zu viele Hostienabfälle gegessen hatte, war es ihr im Magen so heilig, daß sie beim Kartoffelschälen rülpsen und noch mehr fluchen mußte. Seit ich Frau Margit kannte, bedeutete heilig für mich ein weißes, trockenes Rascheln im Mund, von dem man rülpsen und fluchen muß.

Ihren Jesus hatte Frau Margit auf einer Augustwallfahrt in der Eile zwischen dem Bus und den Treppen der Wallfahrtskirche aus einem Sack voller Jesuskreuze gekauft. Der Jesus, den sie küßte, war der Abfall eines Blechschafes aus der Fabrik, das dörfliche Schachern eines Tag- und

Nachtarbeiters zwischen den Schichten. Es war das einzig Gerechte an diesem Jesus an der Wand, daß er gestohlen war und den Staat betrog.

Wie jeder Jesus aus dem Sack war auch dieser am Tage nach der Wallfahrt ein Saufgeld auf dem Tisch der Bodega.

Das Fenster von Frau Margits Zimmer ging in den Innenhof. Dort standen drei große Linden und darunter, so groß wie ein Zimmer, ein verwilderter Garten mit zerbrochenem Buchsbaum und tiefem Gras. Im Erdgeschoß des Hauses wohnten Frau Grauberg und ihr Enkelkind und Herr Feyerabend, ein alter Mann mit einem schwarzen Schnurrbart. Er saß oft vor seiner Wohnungstür auf einem Stuhl und las die Bibel. Frau Graubergs Enkel spielte im Buchsbaum, und Frau Grauberg schrie alle paar Stunden denselben Satz in den Hof: Komm essen. Ihr Enkel schrie immer denselben Satz zurück: Was hast du eigentlich gekocht. Dann hob Frau Grauberg die Hand und zeigte Prügel, bis sie geschrien hatte: Na warte nur, das wirst du dir merken. Frau Grauberg war mit dem Enkel aus der Mondgasse hierher gezogen. Sie konnte nicht länger in dem Haus in der Fabrikstadt leben, weil die Mutter des Enkels in der Mondgasse am Kaiserschnitt gestorben war. Einen Vater gab es nicht. Man sieht Frau Grauberg die Fabrikstadt nicht mehr an, sagte Frau Margit, Frau Grauberg ist immer intelligent angezogen, wenn sie in die Stadt geht.

Frau Margit sagte auch: Die Juden sind entweder sehr gescheit oder sehr dumm. Gescheitsein oder Dummsein hat mit viel oder wenig Wissen nichts zu tun, sagte sie. Manche wissen viel, sind aber auf keinen Fall gescheit, andere wissen wenig und sind aber auf keinen Fall dumm. Wissen oder Dummsein hat allein mit Gott zu tun. Herr Feyerabend ist bestimmt sehr gescheit, aber er stinkt nach Schweiß. Das hat nichts mehr mit Gott zu tun.

Das Fenster meines Zimmers ging zur Straße hin. Ich mußte durch Frau Margits Zimmer in mein Zimmer gehen. Niemand sollte mich besuchen.

Weil mich Kurt jede Woche besuchte, trutzte Frau Margit vier Tage. Sie grüßte mich nicht und sprach kein Wort. Wenn sie wieder grüßte und zu sprechen anfing, dauerte es nur noch zwei Tage, bis Kurt wiederkam.

Der erste Satz, den Frau Margit nach dem Trutzen sagte, war jedesmal: Ich möchte keine kurva im Haus. Frau Margit sagte das gleiche wie der Hauptmann Pjele: Wenn eine Frau und ein Mann sich was zu geben haben, steigen sie ins Bett. Wenn du mit diesem Kurt nicht ins Bett steigst, dann ist das nur ein ide – oda. Ihr habt euch nichts zu geben und braucht euch nichts zu nehmen, wenn ihr euch nicht mehr seht. Suche dir einen anderen, sagte Frau Margit, nur gazember haben rote Haare. Dieser Kurt sieht nach Halodri aus, er ist kein Kavalier.

Kurt hielt nichts von Tereza, es sei ihr nicht zu trauen, sagte er und schlug mit der verbundenen Hand an die Tischkante. Sein Daumen war aufgeplatzt, eine Eisenstange war ihm auf die Hand gefallen. Ein Arbeiter hat sie mir auf die Hand fallen lassen, sagte Kurt. Das war Absicht. Es hat geblutet. Ich habe das Blut mit der Zunge abgeleckt, damit es mir nicht in den Ärmel rinnt.

Kurt hatte die Tasse schon halb leergetrunken. Ich hatte mir die Zunge verbrannt und wartete noch. Du bist viel zu empfindlich, sagte Kurt. Die haben mich mit der Wunde allein gelassen, sich neben den Graben gestellt und geschaut, wie ich blute. Sie hatten Augen wie Diebe. Ich hatte Angst, die denken nicht mehr. Die sehen Blut und kommen, die kommen und saufen mich leer. Und danach ist es keiner gewesen. Die schweigen wie die Erde, auf der sie stehen. Darum habe ich das Blut schnell abgeleckt und geschluckt und geschluckt. Ich habe mich nicht getraut auszuspucken. Dann hat es mich gepackt, ich habe geschrien. Ich habe mir fast den Mund zerrissen beim Schreien. Daß sie alle vors Gericht gehören, habe ich geschrien, daß sie sich von den Menschen schon längst entfernt haben, daß es mir graust vor ihnen, weil sie Blutsäufer sind. Daß ihr ganzes Dorf ein Kuharsch ist, in den sie abends reinschlüpfen und morgens wieder raus, um Blut zu saufen. Daß sie ihre Kinder mit trockenen Kuhschwänzen ins Schlachthaus locken und sie mit Küssen betören, die nach Blut schmecken. Daß ihnen der Himmel auf den Schädel fallen und sie erschlagen müßte. Sie haben ihre durstigen Gesichter von mir abgewandt. Sie blieben stumm wie eine Herde in dieser ekelhaften Schuldigkeit. Ich ging durch die Hallen und suchte Mull, um mir den Daumen zu verbinden. Im Kästchen für die Erste Hilfe lagen nur eine alte Brille, Zigaretten, Streichhölzer und eine Krawatte. Ich fand ein Taschentuch in meiner Jacke, wickelte es um den Daumen und schnürte es mit der Krawatte fest zusammen.

Dann kam die Herde langsam in die Halle, sagte Kurt,

einer nach dem anderen, als hätten sie keine Füße, nur dicke Augen. Die Schlächter tranken Blut und riefen sie. Sie schüttelten die Köpfe. Einen Tag schüttelten sie die Köpfe, sagte Kurt, am nächsten Tag hatten sie mein Geschrei vergessen. Die Gewohnheit machte sie wieder zu dem, was sie sind.

Als Kurt schwieg, raschelte es hinter der Tür. Kurt sah seine eingewickelte Hand an und horchte. Ich sagte, Frau Margit ißt Hostienreste. Der ist nicht zu trauen, sagte Kurt, die schnüffelt, wenn du nicht da bist. Ich nickte, die Briefe von Edgar und Georg sind in der Fabrik, sagte ich, bei den Büchern. Daß die Bücher bei Tereza sind, sagte ich nicht. Kurts eingewickelte Hand sah aus wie ein Klumpen Hostienteig.

Die Mutter zieht den Strudelteig über den Tisch. Ihre Finger sind flink. Sie greifen und ziehen wie beim Geldzählen. Der Teig wird ein dünnes Tuch auf dem Tisch. Es schimmert etwas durch den Teig auf dem Tisch: das Bild des Vaters und des Großvaters, gleich jung die beiden. Das Bild der Mutter und der betenden Großmutter, die Mutter viel jünger.

Die singende Großmutter sagt: Hier unten ist der Frisör, aber wir hatten doch einmal ein kleines Mädchen im Haus. Die Mutter zeigt auf mich und sagt: Hier steht sie doch, sie ist ein bißchen gewachsen.

Ich saß müde da, meine Augen brannten. Kurt lehnte den Kopf auf die Hand, die nicht eingewickelt war. Er drückte sich mit der Hand den Mund schief. Mir schien, Kurt fängt sein ganzes Gewicht bis hinunter zu den Füßen an seinem Mundwinkel auf.

Ich sah auf das Bild an der Wand: Eine Frau, die immer zum Fenster hinaussah. Sie trug ein knielanges Reifenkleid und einen Sonnenschirm. Ihr Gesicht und ihre Beine waren grünlich wie bei einer Frischgestorbenen.

Als Kurt mich zum ersten Mal in diesem Zimmer besuchte und das Bild sah, sagte ich: Die Haut der Frau auf dem Bild erinnert mich an Lolas Ohrläppchen, so grünlich waren sie, als Lola aus dem Schrank genommen wurde.

Im Sommer konnte ich das Bild der Frischgestorbenen übersehen. Das viele Laub, das draußen vor dem Fenster schlug, färbte das Licht im Zimmer und nahm die Farbe des frischen Todes zurück. Als die Bäume kahl wurden, konnte ich das Frischgestorbene der Frau nicht ertragen. Ich erlaubte meinen Händen nicht, das Bild abzuhängen, weil ich Lola diese Farbe schuldig war.

Jetzt hänge ich das Bild ab, sagte Kurt, und ich zog ihn zurück auf den Stuhl. Nein, sagte ich, das ist nicht Lola. Ich bin froh, daß es kein Jesus ist. Ich biß mir auf die Lippen, Kurt sah das Bild an. Wir horchten. Hinter der Tür sprach Frau Margit laut mit sich selbst. Kurt fragte: Was sagt sie. Ich zuckte die Schultern. Sie betet oder flucht, sagte ich.

Ich habe Blut wie die im Schlachthaus Blut gesoffen, sagte Kurt. Er sah hinaus auf die Straße: Jetzt bin ich ein Komplize.

Auf der anderen Straßenseite lief ein Hund. Gleich kommt der Mann mit dem Hut, sagte Kurt, er geht mir nach, wenn ich in der Stadt bin. Er kam. Es war nicht der, der mir nachging. Vielleicht kenne ich den Hund, sagte ich, aber von hier sieht man das nicht.

Ich wollte, daß Kurt mir die Wunde zeigt. Du mit deinem schwäbischen Kamillenteemitleid, sagte er. Du mit deiner schwäbischen Dorfwichserangst, sagte ich.

Wir überraschten uns damit, daß wir noch böse, lange Wörter erfinden konnten. Aber den Worten fehlte der Haß, sie konnten nicht verletzen. Wir hatten nur zwinkerndes Mitleid im Mund. Und statt Zorn das peinliche Glück, daß dem Verstand nach langer Zeit etwas gelungen war. Wir mußten uns fragen ohne ein Wort, ob Edgar und Georg, wenn sie wieder in die Stadt kommen, noch lebendig genug sind, um zu verletzen.

Kurt und ich lachten ins Zimmer, als müßten wir einander festhalten, bevor dann plötzlich unsere Gesichter zuckten, wie sie wollten. Bevor sich jeder von uns um die Beherrschung seiner Mundwinkel kümmerte. Wir sahen uns beim Lachen in den Mund. Wir wußten, daß wir im nächsten Moment vor den beherrschten Lippen des anderen so allein gelassen waren, als wenn sie zucken würden.

Dann kam dieser Moment: Ich schloß mich in mein Herzklopfen ein und war für Kurt unerreichbar. Meine Kälte war für kein böses Wort zu gebrauchen, sie konnte nichts mehr erfinden. In meinen Fingern war diese Kälte imstande, tätlich zu werden. Unter dem Fenster ging ein Hut vorbei.

Ich glaube, du wärst gern Komplize, sagte ich, aber du

bist bloß ein Aufschneider. Du leckst an deinem Daumen, und die trinken Schweineblut.

Na und, sagte Kurt.

Hinter der Anrede stand ein Ausrufezeichen. Ich suchte das Haar im Briefbogen, dann im Umschlag. Es fehlte. Erst im zweiten Schrecken fiel mir ein, daß der Brief von meiner Mutter war.

Hinter den Kreuzschmerzen meiner Mutter stand: Die Großmutter schläft keine Nacht. Nur am Tag. Sie verwechselt das. Der Großvater kann sich nicht ausruhen. Sie läßt ihn kein Auge zumachen, und am Tag kann er nicht schlafen. Sie macht in der Nacht das Licht an und öffnet das Fenster. Er macht das Licht aus und das Fenster zu und legt sich wieder. So geht das, bis es draußen hell wird. Das Fenster ist gebrochen. Vom Wind sagt sie, wer glaubt das. Kaum ist sie raus aus dem Zimmer, kommt sie wieder. Sie läßt die Tür offen. Wenn der Großvater sie machen läßt und sich nicht rührt, kommt sie zu ihm ans Bett. Sie faßt seine Hände an und sagt: Du sollst nicht schlafen, dein Herztier ist noch nicht zu Hause.

Der Großvater ist übernächtigt, wie es in seinem Alter nicht mehr zu verkraften ist. Und ich träume wie verrückt. Ich pflücke im Garten einen roten Hahnenkamm. Er ist so groß wie ein Besen. Der Stiel reißt nicht ab, ich ziehe und zerre. Der Samen fällt heraus wie schwarzes Salz. Ich schau auf den Boden, da kriechen Ameisen. Man sagt, Ameisen im Traum sind ein Rosenkranz.

Im Sommer lief die singende Großmutter weg von zu Hause. In den Straßen rief sie vor jedem Haus. Ihre Stimme war laut. Was sie rief, verstand niemand. Wenn jemand in den Hof kam, weil sie gerufen hatte, ging sie weg. Die Mutter suchte sie im Dorf und fand sie nicht. Der Großvater war krank, und die Mutter mußte schnell nach Hause gehen.

Als die singende Großmutter am dunklen Abend ins Zimmer kam, fragte die Mutter: Wo warst du. Die singende Großmutter sagte: Zu Hause. Du warst im Dorf, sagte die Mutter, zu Hause ist hier. Sie stieß die singende Großmutter auf den Stuhl: Wen suchst du im Dorf. Die singende Großmutter sagte: Meine Mutter. Das bin ich, sagte die Mutter. Die singende Großmutter sagte: Du hast mich noch nie gekämmt.

Die singende Großmutter vergaß ihr ganzes Leben. Sie war zurückgeschlüpft in ihre Kindertage. Ihre Wangen waren achtundachtzig Jahre alt. Doch ihr Gedächtnis hatte nur noch eine Bahn, auf der ein dreijähriges Mädchen stand und an der Schürzenecke seiner Mutter kaute. Wenn sie aus dem Dorf zurückkam, war sie dreckig wie ein Kind. Sie steckte, seit sie nicht mehr sang, alles in den Mund. Ihr Singen wurde zum Gehen. Niemand konnte sie halten, so groß war ihre Unruhe.

Als der Großvater starb, war sie nicht zu Hause. Als das Begräbnis war, paßte der Frisör im Zimmer auf sie auf. Sie hätte das Begräbnis nur gestört, sagte die Mutter.

Wenn ich schon nicht dabei sein konnte, wollte ich Schach spielen, wenn der Sarg in die Erde kommt, sagte der Frisör. Aber sie wollte weglaufen. Reden hat nichts genützt, dann habe ich sie gekämmt. Der Kamm fuhr durch ihr Haar, sie hat sich hingesetzt und hat gehorcht, wie die Glocken läuten.

Als der Großvater in die Erde kam, blühten auf dem Grab des Vaters schon die Kaiserkronen.

Ich fand in der Beschreibung einer hydraulischen Maschine das Wort überendlich. Es stand nicht im Wörterbuch. Ich spürte, was überendlich für Menschen bedeuten konnte, aber nicht für Maschinen. Ich fragte die Ingenieure und fragte die Arbeiter. Sie hielten kleine und große Blechschafe in der Hand und verzogen den Mund.

Dann kam Tereza, ich sah von weitem ihr rotes Haar.

Ich fragte: Überendlich.

Sie sagte: Endlich.

Ich sagte: Überendlich.

Sie fragte: Woher soll ich das wissen.

Tereza trug vier Ringe. Zwei davon hatten rote Steine, als wären sie aus ihrem Haar gefallen. Sie legte eine Zeitung auf den Tisch und sagte: Überendlich, vielleicht fällt es mir beim Essen ein, ich habe heute Truthahn.

Ich packte den gelbweißen Speck und das Brot aus. Tereza schnitt ihn in Würfel und machte zwei kleine Soldaten. Wir aßen, sie verzog das Gesicht. Er schmeckt ranzig, sagte Tereza, ich gebe ihn dem Hund.

Ich fragte: Welchem.

Sie packte Tomaten und einen Truthahnschinken aus. Iß von hier, sagte sie und machte zwei kleine Soldaten. Sie schluckte schon, ich kaute. Sie löste das ganze Fleisch vom Knochen ab.

Tereza schob mir einen kleinen Soldaten in den Mund und sagte: Wegen überendlich frag die Schneiderin.

Das Mißtrauen brachte alles, was ich in meine Nähe zog, zum Wegrutschen. Ich sah bei jedem Handgriff meine Finger, kannte die Wahrheit meiner eigenen Hand aber nicht besser als die Finger meiner Mutter oder Terezas Finger. Ich wußte so wenig darüber wie über den Diktator und seine Krankheiten, oder die Wächter und Passanten, oder den Hauptmann Pjele und den Hund Pjele. Auch über die Blechschafe und Arbeiter oder die Schneiderin und die Patience beim Kartenlesen wußte ich nicht mehr. Und genauso wenig über Flucht und Glück.

In der Fabrik hing oben am Giebel, der am höchsten in den Himmel und am tiefsten in den Hof schaute, eine Losung:

Proletarier aller Länder vereinigt euch.

Und unten auf dem Boden gingen Schuhe, die das Land nur in der Flucht verlassen durften. Auf dem Pflaster hoben sich die glitschigen, staubigen, schallenden oder leisen Schuhe. Ich spürte, daß sie andere Wege haben, daß sie eines Tages wie viele Schuhe nicht mehr unter dieser Losung gehen werden.

Pauls Schuhe gingen nicht mehr hier. Seit vorgestern kam er nicht mehr zur Arbeit. Durch sein Verschwinden wurde sein Geheimnis zum Klatsch. Alle meinten seinen Tod zu kennen. Sie sahen in der mißglückten Flucht einen gewöhnlichen Wunsch, der mal den einen, mal den anderen in den Tod riß. Sie gaben diesen Wunsch nicht auf. Wenn sie sagten, er wird nie wieder kommen, meinten sie mit Paul schon sich selber. Es klang, wie wenn Frau Margit sagte: In Pest wartet niemand mehr auf mich. Aber auf sie hatte, gleich nach der Flucht, vielleicht noch jemand gewartet in Pest.

Hier in der Fabrik wartete niemand auf Paul, nicht einmal eine Stunde. Er hat kein Glück gehabt, sagten sie, nachdem er nie wieder zur Arbeit kam wie viele vor ihm. Sie standen Schlange wie im Laden. Wenn einer mit dem Tod bedient war, rückten sie nach. Was wußten die Milch des Nebels davon, die Kreise der Luft, oder die Biegung der Schienen. Ein Tod so billig wie ein Loch in der Tasche: Man steckte die Hand hinein, und der ganze Körper wurde mitgezogen. Die Besessenheit packte sie stärker, je mehr daran gestorben waren.

Über die Fluchttoten wurde anders geflüstert als über die Krankheiten des Diktators. Der tauchte noch am gleichen Tag im Fernsehen auf und zerlallte die Todesnähe mit der Ausdauer der längsten Rede. Während er redete, wurde eine neue Krankheit gefunden, um ihn an den Tod zu drücken.

Ungewiß blieb in der Fabrik nur der Todesort: War es Mais, Himmel, Wasser oder ein Güterzug, was Paul, als Allerletztes, von der Welt gesehen hat.

Georg schrieb: Die Kinder sagen keinen Satz ohne: Müssen. Ich muß, du mußt, wir müssen. Sogar wenn sie stolz sind, sagen sie: Meine Mutter mußte mir neue Schuhe kaufen. Und es stimmt. Mir geht es auch so: Ich muß mich jede Nacht fragen, ob der Tag kommt.

Georgs Haar fiel mir aus der Hand. Ich fand auf dem Teppich nur Haare von mir und Frau Margit. Ich zählte die grauen Haare, als wüßte ich nachher, wie oft Frau Margit im Zimmer war. Auf dem Teppich lag kein einziges Haar von Kurt, obwohl er jede Woche kam. Auf Haare war kein Verlaß, ich zählte sie dennoch. Und am Fenster ging ein Hut vorbei. Ich lief hin und lehnte mich hinaus.

Es war Herr Feyerabend. Er schlurfte und zog ein weißes Taschentuch aus der Tasche. Ich zog den Kopf ins Zimmer, als könnte das weiße Taschentuch spüren, daß so eine wie ich einem Juden nachschaut.

Herr Feyerabend hat nur seine Elsa, sagte Frau Margit.

Ich hatte ihm, als er ohne Bibel in der Sonne saß, erzählt, daß mein Vater ein heimgekehrter SS-Soldat war und seine dümmsten Pflanzen abhackte, daß es Milchdisteln waren. Daß mein Vater bis zu seinem Tod Lieder für den Führer sang.

Die Linden blühten im Hof. Herr Feyerabend sah seine Schuhspitzen an, stand auf und sah in die Bäume. Wenn sie blühen, fängt man an zu grübeln, sagte er. Alle Disteln haben Milch, ich habe viele gegessen, mehr als Lindenblütentee.

Frau Grauberg öffnete die Tür. Der Enkel ging in weißen Kniestrümpfen auf die Straße, drehte vor dem Tor noch einmal den Kopf zu ihr, dann zu uns beiden und sagte: Tschau. Und ich sagte: Tschau.

Als Frau Grauberg, Herr Feyerabend und ich mehr den

weißen Kniestrümpfen als dem Kind nachgeschaut hatten, fiel die Tür von Frau Grauberg ins Schloß. Herr Feyerabend sagte: Sie hören es ja, die Kinder grüßen wie damals bei Hitler. Auch Herr Feyerabend horchte den Wörtern nach. Tschau war für ihn die erste Silbe von Ceauşescu.

Frau Grauberg ist Jüdin, sagte er, aber sie sagt, sie ist Deutsche. Und Sie haben Angst und grüßen zurück.

Er setzte sich nicht mehr. Er faßte die Türklinke an, die Tür sprang auf. Eine Katze streckte den weißen Kopf aus dem kühlen Zimmer. Er nahm sie auf den Arm. Ich sah einen Tisch, auf dem sein Hut lag, die Uhr tickte. Die Katze wollte auf den Boden springen. Er sagte: Elsa, wir gehen ins Haus. Bevor er die Tür schloß, sagte er: Ja, das mit den Disteln.

Ich erzählte Tereza, was ein Verhör ist. Ohne Grund, als spreche ich laut mit mir selber, fing ich zu reden an. Tereza hielt sich mit zwei Fingern an ihrem Goldkettchen fest. Sie rührte sich nicht, um die dunkle Genauigkeit nicht zu verwischen.

1 Jacke, 1 Bluse, 1 Hose, 1 Strumpfhose, 1 Höschen, 1 Paar Schuhe, 1 Paar Ohrgehänge, 1 Armbanduhr. Ich war ganz nackt, sagte ich.

1 Adreßbuch, 1 gepreßte Lindenblüte, 1 gepreßtes Kleeblatt, 1 Kugelschreiber, 1 Taschentuch, 1 Wimperntusche, 1 Lippenstift, 1 Puder, 1 Kamm, 4 Schlüssel, 2 Briefmarken, 5 Straßenbahnkarten.

1 Handtasche.

Alles war aufgeschrieben in Rubriken auf einem Blatt.

Mich selber schrieb der Hauptmann Pjele nicht auf. Er wird mich einsperren. Es wird auf keiner Liste stehen, daß ich 1 Stirn, 2 Augen, 2 Ohren, 1 Nase, 2 Lippen, 1 Hals hatte, als ich hierher kam. Ich weiß von Edgar, Kurt und Georg, sagte ich, daß unten im Keller Gefängniszellen sind. Ich wollte im Kopf die Liste meines Körpers machen gegen seine Liste. Ich kam nur bis zu meinem Hals. Der Hauptmann Pjele wird merken, daß mir Haare fehlen. Er wird fragen, wo die Haare sind.

Ich erschrak, weil jetzt Tereza fragen mußte, was ich mit den Haaren meinte. Aber ich konnte nichts auslassen. Wenn man so lange schweigt, wie ich vor Tereza, erzählt man ganz. Tereza fragte nicht nach den Haaren.

Ich stand ganz nackt in der Ecke, sagte ich. Ich mußte das Lied singen. Ich sang wie Wasser, es kränkte mich nichts mehr, ich hatte auf einmal fingerdicke Haut.

Tereza fragte: Was für ein Lied. Ich erzählte ihr von den Büchern aus dem Sommerhaus, von Edgar, Kurt und Georg. Und daß wir uns kannten seit Lolas Tod. Weshalb wir dem Hauptmann Pjele sagen mußten, das Gedicht sei ein Volkslied.

Anziehen, sagte der Hauptmann Pjele.

Mir war, als ziehe ich das Geschriebene an, als werde das Blatt nackt, wenn ich alles angezogen habe. Ich nahm die Uhr vom Tisch, dann die Ohrgehänge. Ich konnte den Uhrriemen gleich schließen und fand die Löcher in meinen Ohren ohne Spiegel. Der Hauptmann Pjele ging vor dem Fenster auf und ab. Ich wollte noch eine Weile nackt sein. Ich glaube, er sah mich nicht an. Er sah auf die Straße. Am Himmel zwischen den Bäumen konnte er sich besser vorstellen, wie ich aussehe, wenn ich tot bin.

Während ich mich anzog, legte der Hauptmann Pjele mein Adreßbuch in seine Schublade. Auch deine Adresse ist jetzt bei ihm, sagte ich zu Tereza.

Ich stand gebückt und band meine Schuhe, als der Hauptmann Pjele sagte: Eines ist sicher, wer sich sauber anzieht, kann nicht dreckig in den Himmel kommen.

Der Hauptmann Pjele nahm das vierblättrige Kleeblatt vom Tisch. Er faßte es vorsichtig an. Glaubst du es jetzt, daß du Glück hast mit mir, fragte er. Das Glück hängt mir zum Hals heraus, sagte ich. Der Hauptmann Pjele lächelte: Da kann das Glück nichts dafür.

Von dem Hund Pjele sagte ich Tereza nichts, weil mir ihr Vater einfiel. Daß nach dem Verhör auf der Straße draußen noch immer ein sonniger Tag war, sagte ich Tereza nicht. Und ich schwieg darüber: Daß ich nicht verstand, was die Menschen so wippen und schlenkern machte im Gehen, wo sie doch im Nu und Nichts im Himmel sein konnten. Daß Bäume ihre Schatten an die Häuser lehnten. Daß man diese Uhrzeit beiläufig einen frühen Abend nannte. Daß die singende Großmutter in meinem Kopf sang,

> Weißt du wieviel Wolken gehen
> weit hinaus in alle Welt
> Gott der Herr hat sie gezählet
> daß ihm auch nicht eine fehlet

Daß die Wolken am Himmel wie helle Kleider über der Stadt hingen. Daß die Räder der Straßenbahn staubten und die Wagen sich ziehen ließen und denselben Weg hatten wie ich. Daß die Fahrenden, kaum eingestiegen, sich ans Fenster setzten, als wären sie zu Hause.

Tereza ließ ihr Goldkettchen los. Was will der von euch, fragte Tereza.

Angst, sagte ich.

Tereza sagte: Diese Goldkette ist ein Kind. Die Schneiderin war drei Tage in Ungarn, touristisch, sagte Tereza, vierzig Leute mit dem Bus. Der Reiseleiter fährt jede Woche. Er hat seine Plätze, er muß nicht auf der Straße handeln, er hatte das meiste Gepäck.

Wenn man sich nicht auskennt, braucht man die ersten zwei Tage, um zu verkaufen und einen Tag, um einzukaufen. Die Schneiderin hatte zwei Koffer voll Tetrahosen. Sie sind nicht schwer, sagte Tereza, man schleppt sich nicht bucklig. Man wird sie los, aber ganz billig. Es rafft sich was zusammen, aber nicht viel. Wenigstens einen Koffer mit Kristallservicen muß man haben, Glas ist teurer. Auf der Straße kommt ständig Polizei. Am besten geht das Geschäft in Frisiersalons, dort kommt die Polizei nicht hin. Die Frauen unter den Trockenhauben haben immer etwas Kleingeld übrig und nichts zu tun, bis ihre Haare trocken sind. Man trägt eine Handvoll Höschen und eine Handvoll Gläser an ihnen vorbei. Sie kaufen immer etwas. Die Schneiderin hatte einen Haufen Geld. Am letzten Tag kauft man ein. Am besten Gold. Das kann man gut verstecken und zu Hause gut verkaufen.

Frauen können besser handeln als Männer, sagte Tereza, zwei Drittel im Bus waren Frauen. Jede hatte auf der

Rückreise ein Plastiksäckchen mit Gold in der Schnecke. Die Zöllner wissen das, aber was sollen sie tun.

Ich habe die Kette über Nacht in eine Schale Wasser gelegt, sagte Tereza. Ich habe viel Waschpulver dazugetan. Aus der Schnecke einer Fremden würde ich kein Gold kaufen. Tereza fluchte und lachte. Ich bilde mir ein, die Kette stinkt noch immer, ich werde sie noch einmal waschen. Ich hatte zu der Kette ein Kleeblatt bestellt. Die Schneiderin hat nur zwei Herzen mitgebracht für ihre Kinder. Aber im Herbst, bevor es kalt wird, fährt sie wieder.

Du kannst doch selber fahren, sagte ich.

Ich schleppe keine Koffer und stecke mir kein Gold in die Möse, sagte Tereza. Die Heimreise war in der Nacht. Die Schneiderin hat einen Zöllner kennengelernt. Er hat ihr gesagt, in welchen Nächten im Herbst er wieder im Dienst sein muß. Die Schneiderin sucht sich was aus.

Nach dem Zoll war die Angst weg, sagte Tereza. Alle sind eingeschlafen mit ihrem Gold zwischen den Beinen. Nur die Schneiderin konnte nicht schlafen, ihre Schnecke hat weh getan, und sie mußte aufs Klo. Der Fahrer sagte: Es ist eine Qual, mit Frauen zu fahren, weil sie vom Mondschein pissen müssen.

Am nächsten Tag saßen die Kinder der Schneiderin am Tisch, und die Herzen hingen an ihrem Hals.

Halsketten sind nichts für Kinder, sagte die Schneiderin. Auf der Straße dürfen sie den Schmuck nicht tragen. Ich habe ihn für später gekauft. Wenn sie groß sind, werden sie mich nicht vergessen. Die Kundin mit den Spermaflecken an der Decke war mit ihrem Freund in Ungarn. Schon auf der Hinfahrt hat sie mit dem ungarischen Zöllner angebandelt, aus geschäftlichen Gründen, sagte die Schneiderin. Der Freund hat es ihr nachher gezeigt, er wollte sich im Hotel ein extra Zimmer nehmen. Es gab keines, er war mit ihr auf der Liste. Er zog zu mir ins Zimmer. Ich war nicht dafür, aber was sollte ich tun, sagte die Schneiderin. Es kam, wie es kommen mußte, ich habe mit ihm geschlafen. Ich machte mir Sorgen um die Zimmerdecke im Hotel. Die Putzfrauen kontrollieren doch alles, bevor man auszieht. Die Kundin weiß nichts davon. Auf der Heimfahrt saß er wieder neben ihr. Er streichelte ihr Haar und schaute nach hinten zu mir. Ich will nicht, daß er eines Tages bei mir anklopft, ich will meine Kundin nicht verlieren, ich kenne sie schon lange. Als wir am Zoll aus dem Bus stiegen, kniff er mir in den Arm. Um ihn loszuwerden, habe ich mit dem Zöllner angebandelt. Aber auch aus geschäftlichen Gründen, sagte die Schneiderin. Wenn ich im Herbst wieder fahre, kann ich Küchenmixer mitbringen. Man kann sie gut verkaufen.

Die Schneiderin bat mich, die Geschichte mit dem Hotel nicht Tereza zu erzählen. Sie griff sich an die Wange und sagte: Tereza würde die Kette nicht mehr tragen, sie sagt schon sowieso, die Kette ist ein Kind.

So geht das, sagte die Schneiderin, wenn man den ganzen Tag handelt und sich nichts leisten kann. Man fühlt sich armselig und will wissen, ob man noch etwas wert ist. Zu Hause würde ich nicht mit ihm schlafen. Aber dort habe ich mir das den ganzen Tag verdient gehabt. Und er.

Meine Kundin kam gestern zu mir, sagte die Schneiderin, ich mußte ihr die Karten aufschlagen. Wenn sie mich ansieht, stockt mir das Herz, und die Karten zeigen gar nichts mehr. Die Patience ist mir mißlungen, ich habe der Kundin kein Geld abgenommen. Sie hat mich bedrängt. Es gibt Sachen, die sieht man nicht gleich, sagte die Schneiderin, die kommen wie Rauch und schleichen sich ein. Du mußt ein paar Tage warten, habe ich meiner Kundin gesagt. Aber warten muß ich. Die Schneiderin kam mir erwachsen vor, gelassen und abgestanden.

Die beiden Kinder liefen mit ihren goldenen Herzen durchs Zimmer. Ihre Haare flogen. Ich sah zwei junge Hunde, die sich, wenn sie groß sind, in der Welt verlaufen werden mit stummen Glöckchen am Hals.

Die Schneiderin hatte noch eine Goldkette zu verkaufen. Ich kaufte sie nicht. Ich kaufte eine Zellophantüte mit roten, weißen und grünen Streifen. Es waren ungarische Bonbons drin.

Ich schenkte die Tüte Frau Margit, ich dachte mir, sie wird sich freuen. Daß am nächsten Tag wieder Kurt kommt, dachte ich auch. Ich wollte ihr den Zorn abhandeln, bevor er kam.

Frau Margit las jedes Wort auf der Tüte und sagte: Édes draga istenem. Ihre Augen tränten. Es war Freude, aber eine, die sie erschreckte, die ein verpfuschtes Leben zeigte und, daß es für die Rückkehr nach Pest viel zu spät war.

Frau Margit sah ihr Leben als Strafe, die gerecht war. Ihr Jesus wußte warum, aber er sagte es nicht. Frau Margit litt und liebte ihren Jesus gerade deshalb jeden Tag mehr.

Die ungarische Tüte blieb neben Frau Margits Bett liegen. Sie öffnete sie nie. Sie las die vertraute Schrift auf der Tüte immer wieder wie ein versäumtes Leben. Sie aß die Bonbons nie, weil sie im Mund verschwunden wären.

Seit zweieinhalb Jahren ging die Mutter in Schwarz. Sie trauerte noch immer um den Vater und schon wieder um den Großvater. Sie kam in die Stadt und kaufte eine kleine Hacke. Für den Friedhof, und für die dichten Beete im Garten, sagte sie. Mit den großen Hacken verletzt man die Pflanzen so leicht.

Mir schien es leichtsinnig, daß sie für Gemüse und Gräber die gleiche Hacke nahm. Alles hat Durst, sagte sie, das Unkraut reift früh dieses Jahr, der Samen fliegt schon aus. Die Disteln nehmen überhand.

Die Trauerkleider machten sie alt. Sie saß neben mir in der Sonne wie ein Schattenweib. Die Hacke lehnte an der Bank. Jeden Tag fahren Züge, und du kommst nicht nach Hause, sagte sie. Sie packte Speck, Brot und ein Messer aus. Ich hab keinen Hunger, sagte sie, nur für den Magen. Sie schnitt den Speck und das Brot in Würfel. Die Großmutter bleibt auch nachts auf dem Feld, sagte sie, wie verwilderte Katzen. Wir hatten einmal eine, die den ganzen Sommer jagte und im November mit dem ersten Schnee nach Hause kam. Die Mutter kaute nicht viel, sie schluckte schnell. Alles, was wächst, kann man essen, sonst wäre die Großmutter schon tot, sagte sie. Ich gehe sie am Abend nicht mehr suchen. Es gibt so viele Wege, mir wird es unheimlich auf dem Feld. Aber allein in dem großen Haus ist mir nicht anders. Man kann zwar nichts mit ihr reden, aber wenn sie abends käme, wären noch zwei Füße im Haus. Die Mutter legte das Messer beim Essen nicht mehr aus der Hand, obwohl alles für den Mund geschnitten war. Sie brauchte das Messer zum Reden. Der Mohn fällt aus, sagte sie, der Mais bleibt klein, die Pflaumen sind schon längst geschrumpelt. Wenn ich den ganzen Tag in der Stadt war und mich abends ausziehe, habe ich schwarze Flecken. Ich schlage mir überall die Knochen an. Wenn ich so herumlaufe, statt zu arbeiten, steht mir alles im Weg. Dabei ist die Stadt doch größer als das Dorf.

Dann stieg die Mutter in den Zug. Als er pfiff, war er heiser. Als die Räder ruckten und die Wagenschatten über die Erde krochen, sprang der Kontrolleur auf. Er ließ das Bein noch lange in der Luft hängen.

Unter dem Maulbeerbaum stand der ausgemusterte Zimmerstuhl. Unter dem Sitz hing ein dürrer Graszopf. Über den Zaun schauten Sonnenblumen, sie hatten keinen Kranz und keine schwarzen Kerne. Sie waren gefüllt wie Quasten. Mein Vater hat sie veredelt, sagte Tereza. In der Veranda hingen drei Hirschgeweihe.

Blumenkohlsuppe, kann ich nicht essen, sagte Tereza, die ganze Küche stinkt. Die Großmutter trug den Teller zum Herd und goß Terezas Suppe in den Topf zurück. Der Löffel klapperte, als hätte sie Geschirr im Bauch.

Ich aß meinen Teller leer. Ich glaube, die Suppe war gut. Wenn ich bei der Suppe ans Essen gedacht hätte,

hätte sie mir geschmeckt. Aber es war mir nicht wohl dabei, daß ich hier aß.

Terezas Großmutter hatte den Teller vor mich hingestellt und gesagt: Iß, dann ißt Tereza auch. Du bist bestimmt nicht so schnausig wie sie. Bei Tereza stinkt alles. Blumenkohl stinkt, Erbsen und Bohnen, Hühnerleber, Lamm und Hase stinken. Ich sage oft, dein Arschloch stinkt. Mein Sohn hört das nicht gerne. Wenn Leute da sind, soll ich das nicht sagen.

Tereza hatte mich nicht vorgestellt. Der Großmutter fehlte mein Name nicht, sie gab mir Suppe, weil ich einen Mund im Gesicht stehen hatte. Terezas Vater stand mit dem Rücken zum Tisch, er aß Suppe im Stehen aus dem Topf. Er wußte wahrscheinlich, wer ich bin, deshalb sah er sich nicht um, als ich kam. Er sah Tereza über die Schulter an: Du hast wieder geflucht, sagte er. Der Direktor wollte deinen Fluch nicht wiederholen, das war ihm viel zu ordinär. Glaubst du, deine Flüche stinken nicht.

Wenn ich die Fabrik sehe, könnte ich immer fluchen, sagte Tereza. Sie griff in eine Schüssel Himbeeren, ihre Finger wurden rot. Ihr Vater schlürfte. Du gibst mir jeden Tag einen Hieb, sagte er.

Die krummen Beine, den flachen Hintern und die kleinen Augen hatte Tereza von ihm. Er war groß und knochig, sein Kopf halb kahl. Wenn er seine Denkmäler besucht, dachte ich mir, könnten sich die Tauben auf seine Schultern setzen statt auf das Eisen. Vom Schlürfen wurden seine Wangen hohl, die Backenknochen stiegen unter seine kleinen Augen.

Ob er den Denkmälern wirklich glich, oder nur, weil ich

wußte, daß er sie gegossen hatte. Mal waren sein Nacken und seine Schultern, mal sein Daumen und seine Ohren aus Eisen. Aus seinem Mund fiel ein Stück Blumenkohl. Es blieb klein und weiß wie ein Zahn auf seiner Jacke kleben.

Dieser Mensch könnte auch klein und dick sein, dachte ich mir, er hätte trotzdem Denkmäler gegossen, mit diesem Kinn.

Tereza ließ die Hüfte hängen und nahm die Himbeerschüssel unter den Arm. Wir gingen in ihr Zimmer.

An der Zimmerwand klebte eine Tapete über einer schmalen Tür. Ein Herbstwald mit Birken und Wasser. Eine Birke hatte eine Türklinke am Stamm. Das Wasser war nicht tief, man sah den Boden hindurch. Der einzige Stein, der zwischen den Stämmen im Wald lag, war größer als zwei Steine am Fluß. Kein Himmel, keine Sonne, aber helle Luft und gelbe Blätter.

So eine Tapete hatte ich noch nie gesehen. Sie ist aus Deutschland, sagte Tereza. Ihr Mund war blutig von den Himbeeren. Auch die Schüssel auf dem Tisch. Daneben stand eine ausgestreckte Porzellanhand. An jedem Finger waren Terezas Ringe. Über den Handrücken und in den Handteller hingen Terezas Halsketten, auch die von der Schneiderin.

Ohne den Schmuck wäre die Hand auf dem Tisch wie ein verkrüppelter Baum gewesen. In dem Schmuck aber glänzte Verzweiflung, wie sie an Bäumen weder im Holz noch im Laub wachsen konnte.

Ich fuhr mit der Fingerspitze an dem Birkenstamm mit der Türklinke entlang, ich drückte auf die Türklinke und fuhr weiter. Ich wollte unauffällig auf den Waldboden zu dem Stein gelangen. Ich fragte: Wohin kommt man, wenn man die Birke mit der Türklinke öffnet. Tereza sagte: Hinter den Kleiderschrank meiner Großmutter. Komm iß mit mir, sagte Tereza, sonst fresse ich die Himbeeren allein.

Wie alt ist deine Großmutter, fragte ich. Meine Großmutter kommt aus einem Dorf im Süden, sagte Tereza. Sie wurde schwanger beim Melonenpflücken und wußte nicht von wem. Sie war ein Gespött im Dorf. Darum stieg sie in den Zug. Sie hatte Zahnschmerzen. Hier am Bahnhof waren die Schienen zu Ende. Sie stieg aus. Sie ging zum erstbesten Zahnarzt und blieb an ihm hängen.

Er war älter als sie und allein, sagte Tereza. Er hatte sein Auskommen, sie hatte nichts als ihr Geheimnis. Sie sagte ihm nicht, daß sie ein Kind bekam. Sie dachte, er wird es hinnehmen mit einer Frühgeburt. Dann wurde mein Vater wirklich eine Frühgeburt. Der Zahnarzt kam sie im Entbindungsheim besuchen. Er brachte ihr Blumen.

An dem Tag, als sie entlassen wurde, kam er nicht. Sie fuhr mit dem Kind im Taxi nach Hause. Er ließ sie nicht mehr ins Haus. Er gab ihr die Adresse eines Offiziers. Sie wurde Dienstbotin.

Jahrelang kam nachts der Offizier zu ihr. Mein Vater stellte sich schlafend. Er begriff, daß er nur darum alles hatte, was die Kinder des Offiziers hatten. Er durfte den Offizier Vater nennen, wenn es niemand hörte. Er durfte auch essen am gleichen Tisch. Eines Tages, als die Offiziersfrau meine Großmutter anschrie, weil die Gläser nicht sauber gewaschen waren, sagte mein Vater: Vater gib mir

Wasser. Die Offiziersfrau sah das Kind an, dann den Offizier. Wie aus dem Gesicht geschnitten, sagte sie.

Sie schlug meiner Großmutter das Messer aus der Hand und zerlegte den Hasen selber.

Alle aßen, und meine Großmutter packte. Mit dem Koffer in der Hand hob sie ihr Kind, das die Backen voller Fleisch hatte, vom Stuhl. Die Offizierskinder wollten mit zur Tür kommen, aber die Offiziersfrau ließ sie nicht vom Tisch aufstehen. Sie winkten mit weißen Servietten. Der Offizier traute sich nicht, zur Tür zu blicken.

Der Zahnarzt hatte noch zwei Frauen, sagte Tereza. Beide haben ihn verlassen, weil sie Kinder wollten. Er konnte keine zeugen. Mit meiner Großmutter hätte er Glück gehabt, wenn er sich ein wenig hätte täuschen lassen. Als er starb, erbte mein Vater sein Haus.

Willst du Kinder, fragte Tereza damals. Nein, sagte ich. Stell dir vor, du ißt Himbeeren, Enten und Brot, du ißt Äpfel und Pflaumen, fluchst und trägst die Teile der Maschinen hin und her, fährst Straßenbahn und kämmst dich. Und das alles wird ein Kind.

Ich weiß noch, daß ich auf die Türklinke der Birke schaute. Und daß, noch unsichtbar von außen, die Nuß unter Terezas Arm immer dabei war. Sie ließ sich Zeit und wurde dick.

Die Nuß wuchs gegen uns. Gegen alle Liebe. Sie war bereit zum Verrat, gefühllos für die Schuld. Sie fraß unsere Freundschaft, bevor Tereza an ihr starb.

Terezas Freund war vier Jahre älter als sie. Er studierte in der Hauptstadt. Er wurde Arzt.

Als die Ärzte noch gar nicht wußten, daß die Nuß Terezas Brust und Lungen einspinnt, aber schon wußten, daß Tereza keine Kinder kriegen darf, war der Student ein fertiger Arzt. Er wolle Kinder, sagte er zu ihr. Das war nur die hintere Ecke der Wahrheit. Er ließ Tereza im Stich, damit sie nicht aus seinem Leben wegstirbt. Er hatte genug vom Tod gelernt.

Ich war nicht mehr im Land. Ich war in Deutschland und bekam die Morddrohungen vom Hauptmann Pjele aus der Ferne als Anrufe und Briefe. Die Briefköpfe waren zwei überkreuzte Beile. In jedem Brief lag ein schwarzes Haar. Von wem.

Ich sah mir die Briefe genau an, als müßte der Mörder, den der Hauptmann Pjele schicken wird, zwischen den Zeilen sitzen und mir in die Augen sehen.

Es läutete, und ich hob den Hörer ab. Es war Tereza.

Schick mir Geld, ich will dich besuchen.

Darfst du reisen.

Ich glaube ja.

Das war das Gespräch.

Dann kam Tereza zu Besuch. Ich holte sie am Bahnhof ab. Ihr Gesicht war heiß und meine Augen naß. Ich hätte Tereza auf diesem Bahnsteig überall gleichzeitig anfassen wollen. Meine Hände waren mir zu klein, ich sah das Dach über Terezas Haar und schwebte fast hinauf. Terezas Koffer zog mir den Arm lang, aber ich trug ihn wie Luft. Ich sah erst im Bus, daß meine Hand vom Koffergriff rot aufgerieben war. Ich faßte die Haltestange dort an, wo sich Tereza festhielt. Ich spürte in der Hand Terezas Ringe. Tereza sah nicht durchs Fenster hinaus in die Stadt, sie sah mir ins Gesicht. Wir lachten, als würde der Wind durch die offene Scheibe kichern.

In der Küche sagte Tereza: Weißt du, wer mich geschickt hat. Pjele. Ich konnte nicht anders reisen. Sie trank ein Glas Wasser.

Wieso bist du gekommen.

Ich wollte dich sehen.

Was hast du ihm versprochen.

Nichts.

Warum bist du hier.

Ich wollte dich sehen. Sie trank noch ein Glas Wasser.

Ich sagte: Ich dürfte dich nicht mehr kennen.

Das Singen vor dem Hauptmann Pjele war nichts dagegen, sagte ich. Das Ausziehen vor ihm hat mich nicht so nackt gemacht wie du.

Es kann doch nicht schlecht sein, sagte Tereza, daß ich dich sehen will. Ich werde Pjele irgend etwas erzählen, was er zu nichts gebrauchen kann. Wir können das absprechen, du und ich.

Du und ich. Tereza hatte kein Gespür dafür, daß du und ich vernichtet war. Daß du und ich nicht mehr zusammen auszusprechen war. Daß ich den Mund nicht schließen konnte, weil mir das Herz hineinschlug.

Wir tranken Kaffee. Sie trank ihn wie Wasser, sie ließ die Tasse nicht aus der Hand. Vielleicht hat sie Durst von der Reise, dachte ich mir. Vielleicht hatte sie immer Durst, seitdem ich in Deutschland war. Ich sah den weißen Griff in ihrer Hand, den weißen Rand der Tasse an ihrem Mund. Sie trank so schnell, als wolle sie von selber gehen, wenn die Tasse leer ist. Wegjagen, dachte ich mir, aber wie sie hier saß und sich mit der Hand ins Gesicht griff. Wie geht das Wegjagen, wenn jemand angefangen hat zu bleiben.

Mir ging es wie vor dem Spiegel der Schneiderin. Ich sah Tereza zerteilt: zwei kleine Augen, ein langer Hals, dicke Finger. Die Zeit stand still, Tereza sollte gehen, aber ihr Gesicht hierlassen, weil es mir so gefehlt hatte. Sie zeigte mir die Narbe unter ihrem Arm, die Nuß war abgeschnitten. Ich hätte die Narbe in die Hand nehmen und ohne Tereza streicheln wollen. Ich hätte meine Liebe aus mir herausreißen, auf den Boden werfen und zertreten wollen. Mich schnell hinlegen wollen, wo sie lag, damit sie mir durch beide Augen wieder in den Kopf hineinkriecht. Ich hätte Tereza die Schuld ausziehen wollen wie ein verpfuschtes Kleid.

Ihr Durst war gelöscht, sie trank die zweite Tasse Kaffee, langsamer als die erste. Sie wollte einen Monat bleiben. Ich fragte nach Kurt. Er hat nur das Schlachthaus im Schädel, sagte Tereza, erzählt nur vom Blutsaufen. Ich glaube, er kann mich nicht leiden.

Tereza zog meine Blusen an, meine Kleider und Röcke. Sie ging mit meinen Kleidern in die Stadt statt mit mir. Ich gab ihr am ersten Abend den Schlüssel und Geld. Ich sagte: Ich habe keine Zeit. Sie hatte so dicke Haut, daß ihr diese Ausrede nicht wichtig war. Sie lief allein herum und kam mit großen Tüten zurück.

Abends stand sie im Bad und wollte meine Kleider waschen. Ich sagte: Du kannst sie behalten.

Wenn Tereza das Haus verlassen hatte, ging ich auch auf die Straßen. Mein Hals klopfte, alles andere spürte ich nicht. Ich verließ die nahen Straßen nicht. Ich ging in keinen Laden, um Tereza nicht zu begegnen. Ich blieb nicht lange, ich war vor ihr zurück.

Terezas Koffer war zu. Ich fand den Schlüssel unter dem Teppich. Ich fand in der Innentasche des Koffers eine Telefonnummer und einen neuen Schlüssel. Ich ging zur Wohnungstür, der Schlüssel paßte. Ich rief die Nummer an. Rumänische Botschaft sagte eine Stimme. Ich schloß den Koffer zu und legte den Schlüssel unter den Teppich zurück. Den Wohnungsschlüssel und die Telefonnummer legte ich in meine Schublade.

Ich hörte den Schlüssel in der Tür, Terezas Schritte im Flur, die Zimmertür. Ich hörte Tüten knistern, die Zimmertür, die Küchentür, die Kühlschranktür. Ich hörte Messer und Gabel klappern, den Wasserhahn rauschen, die Kühlschranktür zuschlagen, die Küchentür, die Zimmertür. Ich schluckte bei jedem Geräusch. Ich spürte Hände an mir, jedes Geräusch faßte mich an.

Dann öffnete sich meine Tür. Tereza stand mit einem angebissenen Apfel da und sagte: Du warst an meinem Koffer.

Ich nahm den Schlüssel aus der Schublade. Das ist dein Irgendetwas, was Pjele nicht gebrauchen kann, sagte ich. Du warst beim Schlüsseldienst. Heute abend geht dein Zug.

Meine Zunge war schwerer als ich. Tereza ließ den angebissenen Apfel liegen. Sie packte den Koffer.

Wir gingen zur Bushaltestelle. Da stand eine alte Frau mit der eckigen Handtasche und der Fahrkarte in der Hand.

Sie ging auf und ab und sagte: Jetzt müßte er kommen. Dann sah ich ein Taxi und winkte, damit kein Bus mehr kam, damit ich nicht mit Tereza sitzen oder stehen mußte.

Ich setzte mich neben den Fahrer.

Wir standen auf dem Bahnsteig, sie, die noch drei Wochen bleiben wollte, und ich, die wollen mußte, daß sie sofort verschwand. Es gab keinen Abschied. Dann fuhr der Zug, und es war drinnen und draußen keine Hand zum Winken.

Die Schienen waren leer, meine Beine weicher als zwei Fäden. Ich ging die halbe Nacht vom Bahnhof nach Hause. Ich wollte nie ankommen. Ich schlief keine Nacht mehr ein.

Ich wollte, daß die Liebe nachwächst, wie das gemähte Gras. Soll sie anders wachsen, wie Zähne bei den Kindern, wie Haare, wie Fingernägel. Soll sie wachsen, wie sie will. Mich schreckte die Kälte des Bettuchs und dann die Wärme, die kam, wenn ich lag.

Als Tereza ein halbes Jahr nach der Rückkehr starb, wollte ich mein Gedächtnis weggeben, aber wem. Terezas letzter Brief kam ihrem Tod hinterher:

Ich atme nur noch wie das Gemüse im Garten. Ich habe eine körperliche Sehnsucht nach dir.

Die Liebe zu Tereza ist nachgewachsen. Ich habe sie dazu gezwungen und mich hüten müssen. Hüten vor Tereza und mir, wie ich uns kannte vor dem Besuch. Ich habe mir die Hände binden müssen. Sie wollten Tereza schreiben, daß ich uns beide noch kenne. Daß die Kälte, die ich in mir habe, eine Liebe aufwühlt gegen den Verstand.

Nach Terezas Abreise sprach ich mit Edgar. Er sagte: Du sollst ihr nicht schreiben. Du hast einen Strich gezogen. Wenn du ihr schreibst, wie du dich quälst, fängt alles von vorne an. Dann kommt sie wieder. Ich glaube, Tereza kennt Pjele, solange sie dich kennt. Oder schon länger.

Weshalb und wann und wie geht angebundene Liebe ins Mordrevier. Ich hätte alle Flüche schreien wollen, die ich nicht beherrsche,

wer liebt und verläßt
den soll Gott strafen
Gott soll ihn strafen
mit dem Schritt des Käfers
dem Surren des Windes
dem Staub der Erde.
Flüche schreien, aber in welches Ohr.

Heute horcht das Gras, wenn ich von Liebe rede. Mir ist, als wäre dieses Wort zu sich selber nicht ehrlich.

Aber damals, als die Birke mit der Türklinke zu weit von dem Stein am Waldboden entfernt war, öffnete Tereza den Schrank und zeigte mir die Schachtel aus dem Sommerhaus. Hier steht sie besser als in der Fabrik, sagte Tereza. Wenn du noch etwas hast, dann bringe es her. Auch Edgar, Kurt und Georg selbstverständlich, sagte sie. Bei mir ist Platz genug, sagte Tereza, als wir im Garten Himbeeren pflückten.

Ihre Großmutter saß unter dem Maulbeerbaum. Es waren viele Schnecken an den Himbeersträuchern. Schwarz und weiß gestreift waren ihre Häuser. Tereza faßte viele Himbeeren zu fest an und zerdrückte sie. In anderen Ländern werden Schnecken gegessen, sagte Tereza. Man saugt sie aus dem Haus. Terezas Vater ging mit einer weißen Leinentasche auf die Straße.

Tereza verwechselte wieder Rom mit Athen und Warschau mit Prag. Diesmal schwieg ich nicht: Du merkst dir die Länder nach den Kleidern. Aber die Städte schiebst du hin und her, wie du willst. Schau doch in den Atlas. Tereza leckte die zerquetschten Himbeeren von ihren Ringen: Hat es dir schon was genützt, daß du das weißt, sagte sie.

Die Großmutter saß unter dem Maulbeerbaum auf dem Stuhl. Sie hörte zu und lutschte einen Bonbon. Als Tereza die volle Schüssel an ihr vorbeitrug, ging der Bonbon in ihren Wangen nicht mehr hin und her. Sie war eingeschlafen und hatte die Augen nicht ganz zu. Der Bonbon steckte in ihrer rechten Wange, als hätte sie Zahnschmerzen. Als würde sie träumen, daß die Schienen zu Ende sind, wie damals im Zug. Und im Traum unter den Maulbeerblättern ihr Leben von vorne beginnen.

Tereza hatte mir fünf Sonnenblumen geschnitten. Wegen der verwechselten Städte wurden sie so ungleich wie die Finger an der Hand. Ich wollte die Sonnenblumen Frau Margit geben, weil ich spät nach Hause kam. Aber auch, weil Edgar, Kurt und Georg in einer Woche kamen.

Die ungarische Tüte lag neben Frau Margits Bett. Jesus schaute von der dunklen Wand in ihr beleuchtetes Gesicht. Frau Margit nahm die Blumen nicht. Nem szép, sagte sie, die haben kein Herz und kein Gesicht.

Auf dem Tisch lag ein Brief. Hinter den Kreuzschmerzen der Mutter stand:

Am Montag morgen habe ich der Großmutter frische Kleider hingelegt. Sie hat sie angezogen, bevor sie aufs Feld ging. Die dreckigen habe ich eingeweicht. In der einen Tasche waren Hagebutten. Aber in der anderen zwei Schwalbenflügel. Mein Gott, vielleicht hat sie die Schwalbe gegessen. Es ist eine Schande, wenn man soweit kommt. Vielleicht kannst du mit ihr reden. Vielleicht kennt sie dich, seit sie nicht mehr singt. Sie hat dich doch immer geliebt, sie hat nur nicht gewußt, wer du bist. Vielleicht weiß sie es wieder. Mich hat sie noch nie leiden können. Komm nach Hause, ich glaube, sie macht es nicht mehr lange.

Edgar, Kurt, Georg und ich saßen im Buchsbaumgarten im Hof. Die Linden schlugen im Wind. Herr Feyerabend saß mit der Bibel vor seiner Tür. Frau Margit hatte geflucht, bevor ich mit Edgar, Kurt und Georg in den Hof gegangen war. Mir war es egal.

Georg schenkte mir ein grünes rundes Brett mit einem Griff. Auf dem Brett saßen sieben gelbe, rote und weiße Hühner. Durch ihre Hälse und Bäuche liefen Schnüre. Sie waren unter dem Brett mit einer Holzkugel aneinander gebunden. Die Kugel schaukelte, wenn man das Brett in der Hand hielt. Die Schnüre spannten sich wie die Speichen eines Regenschirms. Ich schwenkte das Brett in der Hand, und die Hühner senkten die Köpfe und hoben sie wieder. Ich hörte ihre Schnäbel auf dem grünen Brett klappern. Auf die Rückseite des Bretts hatte Georg geschrieben:

Anleitung: Bei zu viel Kummer schwenken Sie das Brett in meine Richtung

Ihr Neuntöter

Das Grüne ist Gras, sagte Georg, die gelben Punkte sind Maiskörner. Edgar nahm mir das Brett aus der Hand, las und schwenkte das Brett. Ich sah die Kugel fliegen. Die Hühner hetzten sich ab. Die Schnäbel pochten durcheinander. Wir konnten die Augen kaum offen halten und lachten.

Ich wollte die Hühner schwenken, und die anderen sollten zuschauen. Das Brett gehörte mir.

Das Kind geht aus dem Haus, wo nur Erwachsene sind. Es nimmt zu den anderen Kindern sein Spielzeug mit, in den Händen, in den Taschen, so viel es tragen kann. Sogar in der

Hose und unter dem Kleid. Es legt sein Spielzeug aus den Händen, räumt die Hose und das Kleid aus. Wenn das Spiel beginnt, kann das Kind nicht ertragen, daß ein anderes Kind seine Sachen anfaßt.

Das Kind ist verwandelt vor Neid, daß andere besser spielen können. Vor Geiz, daß andere anfassen, was ihm allein gehört. Aber auch vor Angst, daß es allein bleibt. Das Kind will nicht neidisch, nicht geizig, nicht ängstlich sein und ist es noch mehr. Das Kind muß beißen und kratzen. Ein störrisches Biest, das die Kinder wegtreibt, die Spiele verdirbt, auf die es sich gefreut hat.

Dann das Alleinsein. Das Kind ist häßlich und so verlassen wie sonst nichts auf der Welt. Es braucht beide Hände, um seine Augen zu verdecken. Das Kind will all sein Spielzeug liegenlassen, alles verschenken. Es wartet, daß jemand sein Spielzeug anfaßt. Oder ihm die Hände von den Augen nimmt, es zurückbeißt und zurückkratzt. Der Großvater hat gesagt: Zurücktun ist keine Sünde. Aber die Kinder beißen und kratzen nicht. Sie rufen: Stopf es dir rein, ich brauche es nicht.

Es sind Tage, an denen das Kind hofft, von der Mutter geschlagen zu werden. Das Kind geht schnell, es will nach Hause kommen, solange die Schuld noch frisch ist.

Die Mutter weiß, warum das Kind wieder so schnell nach Hause kommt. Sie faßt das Kind nicht an. Aus der endlosen Entfernung zwischen Tür und Stuhl sagt sie: Die pfeifen dir was, jetzt kannst du dein Spielzeug fressen. Du bist zu dumm zum Spielen.

Und jetzt zerrte ich wieder an Edgars Arm: Gleich reißen die Schnüre, gib die Hühnerqual her. Alle schrien: Hühnerqual. Georg sagte: Du schwäbische Hühnerqual. Ich schrie nach dem Brett, gleich reißen die Schnüre. Ich war mir zu alt für diesen Kindergeiz, aber das störrische Biest hatte mich wieder.

Herr Feyerabend stand vom Stuhl auf und ging in sein Zimmer.

Edgar hob die Hand über meinen Kopf. Ich sah unter den Hühnern die Kugel fliegen. Sie fressen im Fliegen, rief Edgar. Sie fressen Fliegen, schrie Kurt. Sie fliegen auf die Fressen, rief Georg. Sie waren närrisch, daß der Verstand wie die Kugel an der Schnur durch ihre Köpfe flog. Wie gerne wollte ich über mich hinaus zu ihnen. Nur das Spiel nicht verderben, den Irrsinn nicht stehlen. Sie wissen doch, dachte ich mir, daß uns gleich nichts mehr bleibt, als wer und wo wir sind. Da hatte ich schon Edgars Handgelenk zwischen den Zähnen, die Hühnerqual aus seiner Hand gerissen und ihn am Arm gekratzt.

Edgar leckte das bißchen Blut mit der Zunge ab, und Kurt sah mich an.

Frau Grauberg rief in den Hof: Komm essen. Der Enkel saß in der Linde oben und schrie: Was hast du eigentlich gekocht. Frau Grauberg hob die Hand: Warte nur, das wirst du dir merken. Unter der Linde lag eine Sichel. Am untersten Ast hing ein Rechen.

Als der Enkel vom Baum geklettert war und im Gras neben der Sichel stand, schaukelte der Rechen noch am Ast. Zeig mir die Hühnerqual, sagte das Kind, und Georg sagte: Das ist nichts für Kinder. Der Enkel machte ein

Hasenmaul und legte die Hand zwischen seine Schenkel: Mir wachsen Haare hier. Ich sagte: Das ist normal. Meine Großmutter meint, ich werde zu früh ein Mann. Das Kind lief weg.

Das Kind soll verschwinden, sagte Edgar, was will es hier. Was werden sie sagen, dachte ich mir, wenn zufällig Tereza kommt. So hatte ich es mit ihr abgesprochen.

Kurt nahm zwei Flaschen Schnaps aus seiner großen Reisetasche und aus der Innentasche einen Korkenzieher. Frau Margit wird mir keine Gläser geben, sagte ich. Wir tranken aus der Flasche.

Kurt zeigte seine Fotos vom Schlachthaus. Auf dem einen waren Haken, an denen Kuhschwänze zum Trocknen hingen. Da sind die harten, die zu Hause Flaschenbürsten werden, hier die weichen, mit denen die Kinder spielen, sagte Kurt. Auf dem anderen Bild lag ein Kalb. Drei Männer saßen darauf. Einer ganz vorne am Hals. Er trug eine Gummischürze und hielt ein Messer in der Hand. Hinter ihm stand einer mit einem dicken Hammer. Die anderen Männer standen gebückt im Halbkreis. Sie hielten Kaffeetassen in der Hand. Auf dem nächsten Bild hielten die Sitzenden das Kalb an den Ohren und Beinen fest. Auf dem nächsten schlitzte das Messer die Kehle auf, die Männer hielten ihre Kaffeetassen unter den Blutstrahl. Auf dem nächsten Bild tranken sie. Dann lag das Kalb allein in der Halle. Die Tassen standen hinter ihm auf dem Fensterbrett.

Auf einem Bild war aufgegrabene Erde, Spitzhacken, Schaufeln, Eisenstangen. Hinten ein Strauch. Hier saß der Kahlgeschorene in der Unterwäsche, sagte Kurt.

Kurt zeigte uns seine Arbeiter auf den Bildern. Am Anfang, sagte er, wußte ich nicht, warum die alle so schnell in die Halle rennen. Mein Büro liegt auf der anderen Seite des Gebäudes, das Fenster sieht aufs Feld: Himmel, Bäume, Gebüsch und Schilf, das sollte ich sehen in der Pause. Sie wollten mich nicht in die Halle lassen. In alle anderen, aber nicht in die. Jetzt macht es ihnen nichts mehr aus, wenn ich zusehe. Georg öffnete die zweite Flasche. Edgar legte die Bilder hintereinander ins Gras. Die Rückseiten waren numeriert.

Wir saßen vor den Bildern wie die Männer vor dem Kalb. Die gleichen hab ich mit Kühen und Schweinen, sagte Kurt. Er zeigte mir den Arbeiter, der die Eisenstange auf seine Hand fallen ließ. Es war der jüngste. Kurt wickelte die Bilder in Zeitungspapier. Er zog die Zahnbürste aus der Jackentasche. Pjele war bei mir, sagte er. Vergiß die Bilder bei der Schneiderin. Tereza ist besser, sagte ich, bring auch die anderen her.

Wer ist denn das, fragte Georg. Ich machte den Mund fürs Reden auf, aber Kurt sagte schon: So eine Art Schneiderin.

Frauen brauchen immer Frauen zum Anlehnen, sagte Edgar. Sie werden Freundinnen, damit sie sich besser hassen können. Je mehr sie sich hassen, umso öfter sind sie zusammen. Ich sehe es bei den Lehrerinnen. Die eine tuschelt, die andere hält das Ohr hin und läßt den Mund wie eine Dörrpflaume hängen. Es läutet, und sie kommen nicht voneinander los. Ewig stehen sie vor der Klassentür Mund und Ohr beieinander, die Stunde geht halb vorbei. In der Pause tuscheln sie weiter.

Es kann doch nur um Männer gehen, sagte Georg. Edgar lachte: Die meisten haben doch nur einen und einen nebenbei.

Edgar und Georg waren Nebenbeimänner zweier Lehrerinnen. In freier Natur, sagten sie, wurden ein wenig rot und sahen Kurt und mich an.

Ich war eine Nebenbeifrau des Winters, weil es den Mann nicht mehr gab, als der Winter vorbei war.

Von Liebe sprach er nie. Er dachte an Wasser und sagte, ich sei ein Strohhalm für ihn. Wenn ich ein Strohhalm war, dann aber einer auf dem Boden. Dort lagen wir jeden Mittwoch nach der Arbeit im Wald. Immer auf derselben Stelle, wo das Gras tief und die Erde fest war. Das Gras blieb nicht tief. Wir liebten uns eilig, dann waren Hitze und Frost zusammen in der Haut. Das Gras richtete sich, ich weiß nicht wie, wieder auf. Und wir zählten, ich weiß nicht warum, Krähennester in den schwarzen Akazien. Die Nester waren leer. Er sagte: Siehst du. Der Nebel hatte Löcher. Sie schlossen sich bald. Am kältesten wurden die Füße, wir konnten noch soviel trippeln im Wald. Der Frost fing an zu beißen, bevor es dunkel wurde. Ich sagte: Die kommen doch wieder schlafen, sie fressen noch auf dem Feld. Krähen werden hundert Jahre alt.

Die Tropfen an den Ästen glänzten nicht mehr. Sie waren zu Nasen gefroren. Ich wußte nicht, wie das Licht verschwindet, obwohl ich eine ganze Stunde hinsah. Er sagte, es gäbe Sachen, die eben nicht in die Augen gehen.

Wenn es ganz dunkel war, gingen wir zur Straßenbahn

und fuhren zurück in die Stadt. Was er mittwochs abends sagte, wenn er so spät nach Hause kam, weiß ich nicht. Seine Frau arbeitete in der Waschpulverfabrik. Nach der Frau habe ich nie gefragt. Ich wußte, meinetwegen bleibt sie nicht allein. Es ging nicht ums Wegnehmen bei diesem Mann. Ich brauchte ihn nur mittwochs im Wald. Von seinem Kind sagte er manchmal, daß es stottert und bei seinen Schwiegereltern auf dem Land ist. Er besuchte es jeden Samstag.

Die Krähennester waren jeden Mittwoch leer. Er sagte: Siehst du. Mit den Krähen hatte er recht. Mit dem Strohhalm aber nicht. Auf dem Waldboden ist ein Strohhalm Mist. Das war ich für ihn und er für mich. Mist ist ein Halt, wenn Verlorenheit schon Gewohnheit ist.

Er war einer aus Terezas Büro, der eines Tages nie wieder zur Arbeit kam. Unter den Krähennestern schlug er mir vor, mit ihm durch die Donau zu flüchten. Er setzte auf Nebel. Andere setzen auf Wind, Nacht oder Sonne. So ist das gleiche bei jedem anders, wie bei den Lieblingsfarben, sagte ich. Dachte aber: Wie beim Selbstmord.

Auch in unserem Akazienwald muß irgendwo ein Baum mit einer Türklinke am Stamm gewesen sein. Ich habe diesen Baumstamm später gesehen, nicht damals im Wald. Vielleicht stand er zu nahe vor mir. Aber er hat diesen Baum gekannt und diese Tür geöffnet.

Am nächsten Mittwoch war er gestorben auf der Flucht mit seiner Frau. Ich wartete auf ein Lebenszeichen. Mir fehlte er nicht aus Liebe. Aber den Tod hält man bei keinem aus, mit dem man ein Geheimnis hat. Ich fragte mich damals schon, warum ich mit dem in den Wald gehe. Ein bißchen unter ihm auf dem dicken Gras liegen, und aus dem eingesperrten Fleisch herausstrampeln, und nachher keinen Moment an seinen Augen hängen – vielleicht war es das.

Erst nach Monaten lag im ärztlichen Kabinett ein Fetzen Papier mit seinem Namen. Tereza, die sich überall in der Fabrik herumdrehte, hatte die offizielle Mitteilung gesehen. Darauf stand: Name, Beruf, Hausadresse, Todestag. Diagnose: natürlicher Tod – Herzversagen. Todesort: Zu Hause. Uhrzeit: 17 Uhr 20 Minuten. Der Stempel der Gerichtsmedizin, eine blaue Unterschrift.

Den gleichen Fetzen mit dem Namen seiner Frau kriegte die Waschpulverfabrik, in der Tereza eine Krankenschwester kannte. Dort stand der gleiche Todestag darauf, natürlicher Tod – Herzversagen, 12 Uhr 20 Minuten zu Hause.

Tereza sagte: Du fragst so viel nach ihm, du kennst ihn doch besser. Du hattest was mit dem, das wußten alle. Es war das erste, was ich von dir wußte. Bevor wir uns bei der Schneiderin begegnet sind, war er bei ihr. Er ging, als ich kam. Sie hat ihm die Karten gelesen. Jetzt ist es nicht mehr wichtig, sagte Tereza, aber dem hätte ich nicht vertraut.

Der Hauptmann Pjele fragte mich nie nach ihm. Vielleicht gab es doch etwas, was der Hauptmann Pjele nicht wußte. Aber ich war zu oft im Wald, wie sollte der Hauptmann Pjele das nicht wissen. Vielleicht redete der Hauptmann Pjele mit ihm über mich. Aber er horchte mich im Wald nie aus, er wußte nichts Richtiges von mir. Gerade weil ich ihn nicht liebte, fiel mir das auf.

Aber vielleicht konnte er dem Hauptmann Pjele von mir erzählen, wie ich singen konnte, wenn ich mußte.

Ihr habt eure Liebe. Sie riecht nach Holz und Eisen, sagte Kurt. Mir fehlt sie, aber so ist es besser. Mit den Töchtern und Frauen der Blutsäufer kann ich nicht schlafen, sagte er, als wir die Liste mit den Fluchttoten zusammenstellten, von denen wir gehört hatten. Es waren zwei Seiten. Edgar schickte die Liste ins Ausland.

Die meisten Namen hatte ich von Tereza, einige von der Schneiderin. Ihre Kundin mit den Spermaflecken und ihr Mann und sein Cousin lebten nicht mehr.

Georg sichelte Gras. Unsere Köpfe waren schwer von der Liste und vom Schnaps. Georg wurde närrisch, und wir sahen ihm zu. Er spuckte in die Hände, hüpfte hinter dem Rechen und machte Heu. Dann baumelte der Rechen wieder am Ast. Georg zog seine Zahnbürste aus der Hosentasche. Er spuckte darauf und kämmte sich die Augenbrauen.

Ich fragte, wem das Sommerhaus gehört. Edgar sagte, einem Zöllner. Er hatte viel ausländisches Geld. Er versteckte es bei meinen Eltern im Lüster, damit man es nicht findet. Mein Vater kennt ihn vom Krieg. Jetzt ist er Rentner, er schafft die Liste durch den Zoll. Sein Sohn hatte mir den Schlüssel gegeben, er wohnt in der Stadt.

Aus Edgars Zimmer waren Papiere verschwunden. Er hatte die Liste noch einmal. Nicht zu Hause, sagte er. Aber seine Gedichte hatte er nicht mehr. Nicht einmal im Gedächtnis, sagte Edgar.

Tereza kam nicht an diesem Nachmittag. Ich gab ihr die Fotos in der Fabrik. Ihr Vater war vor mir gewarnt worden am Tag davor. Der Umgang mit mir sei ein schädlicher

Einfluß auf seine Tochter, hatte der Hauptmann Pjele gesagt. Und bei mir fehle nur das rote Licht.

Ich stellte mich dumm, sagte Tereza, und fragte, ob Pjele die Partei damit meint. Mein Vater sagte: Die Partei ist kein Bordell.

Edgar, Kurt und Georg waren längst weggefahren. Das gesichelte Gras trocknete in der Sonne. Ich sah jeden Tag, wie der Haufen blasser wurde und in sich zusammenfiel. Es war schon Heu. Die Stoppeln wuchsen schon nach.

An einem Nachmittag wurde der Himmel schwarz und feuergelb. Hinter der Stadt schnitten sich Blitze ab, es donnerte. Der Wind verbog die Linden und riß kleine Äste los. Er drückte sie auf den Buchsbaum und holte sie wieder hinauf in die Luft. Sie zappelten, im Buchsbaum knackte Holz. Das Licht war wie Kohle und Glas. Man konnte die Hand ausstrecken und die Luft anfassen.

Herr Feyerabend stand unter den Bäumen und stopfte Heu in ein blaues Kissen. Der Wind trieb ihm die Büschel aus der Hand. Er lief ihnen nach und fing sie mit dem Schuh. Er war in diesem Licht wie ausgeschnitten. Ich hatte Angst, daß der Blitz ihn sieht und erschlägt. Als dicke Tropfen fielen, lief er unters Dach. Für meine Elsa, sagte er und trug das Kissen in sein Zimmer.

Hinter den Kreuzschmerzen der Mutter stand: Frau Margit hat mir geschrieben, daß du mit drei Männern gehst. Gottseidank sind es Deutsche, aber verhurt ist das trotzdem. Man zahlt für sein Kind jahrelang die Schulung in der Stadt, dafür ist man gut. Als Dank kriegt man eine Hure. In der Fabrik wirst du ja auch einen haben. Gottbehüt, daß du mir eines Tages einen Walach vorstellst und sagst: Das ist mein Mann. Der Frisör hat ja früher in der Stadt frisiert und damals schon gesagt, daß geschulte Weiber so schlecht wie Spucke sind. Aber man meint halt, das eigene Kind wird nicht so.

Das Bienenwachs kochte im Topf, die Blasen platzten und schäumten um den Kochlöffel wie Bier. Auf dem Tisch zwischen Tiegeln, Pinseln, Gläsern stand ein Bild. Die Kosmetikerin sagte: Das ist mein Sohn. Das Kind hielt einen weißen Hasen auf dem Arm. Den Hasen gibt es nicht mehr, sagte sie, er hat nassen Klee gefressen. Sein Magen ist geplatzt. Tereza fluchte. Wir wußten das nicht, sagte die Kosmetikerin, wir pflückten morgens im Tau. Wir glaubten je frischer, je besser. Sie schmierte Tereza mit dem Löffel einen handbreiten Wachsstreifen auf das Bein. Es ist höchste Zeit, sagte sie, auf den Waden da wächst schon Dill. Als sie den Wachsstreifen abzog, schloß Tereza die Augen. Sowieso hätten wir den Hasen später geschlachtet, sagte die Kosmetikerin, aber es sollte nicht sein. Der Streifen riß ab. Sie zog wieder. Der erste Streifen tut weh, aber man gewöhnt sich daran, es gibt Schlimmeres, sagte die Kosmetikerin.

Schlimmeres, ich hätte ihr auch sagen können, was. Gerade darum war ich nicht mehr sicher, ob ich mich enthaaren lassen will.

Tereza legte die Hände unter den Kopf und sah mich an. Ihre Augen waren vergrößert wie bei einer Katze. Du hast Angst, sagte sie. Die Kosmetikerin schmierte einen Wachsfleck in Terezas Armhöhle. Aus dem Wachs stand eine Haarbürste, als die spitzen Finger ihn abgezogen hatten.

Hasen sind schön, besonders weiße, sagte Tereza, aber ihr Fleisch stinkt genauso wie bei den grauen. Hasen sind reinliche Tiere, sagte die Kosmetikerin. Terezas Armhöhle war nackt. Ich sah darin einen Knoten so dick wie eine Nuß.

Die Hühnerqual lag neben dem Wörterbuch. Tereza schwenkte sie jeden Tag, bevor wir aßen. Wenn sie zur Tür hereinkam, sagte sie: Ich komme die Hühner füttern. Und jedesmal fragte sie, ob ich heute schon wisse, wie der Vogel aus Georgs Anleitungen auf Rumänisch heißt. Aber ich konnte Tereza nur rumänisch sagen, wie der Vogel auf Deutsch heißt: Neunmal töten. Der Vogelname stand in keinem Wörterbuch.

Ich hatte einmal eine deutsche Kinderfrau, sagte Tereza. Sie war alt, weil meine Großmutter keine junge Kinderfrau zuließ, damit mein Vater nicht in Versuchung kommt. Die Alte war streng und roch nach Quitten. Sie hatte lange Haare auf den Armen. Ich sollte Deutsch lernen von ihr. Das Licht, der Jäger, die Braut. Mein liebstes Wort war Futter, weil es in meiner Sprache vögeln bedeutet. Es roch nicht nach Quitten:

Sie gibt uns Milch und Butter
wir geben ihr das Futter

Die Kinderfrau sang mir:
Ihr Kinder kommet schnell nach Haus
die Mutter bläst das Licht schon aus.

Sie übersetzte mir das Lied, ich vergaß es immer. Es war ein trauriges Lied, ich wollte mich lieber freuen. Wenn meine Mutter sie auf den Markt schickte, nahm sie mich mit. Auf dem Heimweg durfte ich mit ihr im Schaufenster des Fotoladens die Bräute anschauen. Dann mochte ich sie, weil sie schwieg. Sie schaute länger als ich, ich mußte sie wegziehen. Wenn wir gingen, waren auf der Scheibe unsere Fingerspuren. Deutsch blieb für mich immer eine harte Quittensprache.

Seitdem ich die Nuß gesehen hatte, fragte ich Tereza jeden Tag, ob sie beim Arzt war. Sie drehte ihre Ringe an den Fingern und sah sie an, als wäre dort eine Antwort. Sie schüttelte den Kopf, fluchte und hörte auf zu essen. Ihr Gesicht wurde starr. An einem Montag sagte sie: Ja. Ich fragte: Wann. Tereza sagte: Ich war gestern bei einem zu Hause. Es ist ein Fettklumpen, nicht was du denkst.

Ich glaubte ihr nicht und suchte die frische, feuchte Lüge in ihren Augen. Ich sah das Stadtkind in ihrem Gesicht, eigensinnig und flink, um ihre Mundwinkel schleichen. Aber Tereza schob sich den nächsten kleinen Soldaten in den Mund, kaute und ließ dabei die Hühner klappern und die Kugel fliegen. Ich dachte mir: Wenn man lügt, schmeckt das Essen nicht mehr. Weil Tereza weiter essen konnte, hörte ich auf zu zweifeln.

Wenn du morgen verwandelt wirst und es dir aussuchen kannst, fragte Tereza, was für ein Vogel möchtest du sein.

Tereza konnte nicht mehr lange sagen: Ich komme die Hühner füttern, wir aßen nicht mehr lange zusammen.

Als ich an einem Morgen zur Arbeit kam, hörte ich ein Klappern. Auf dem stillen Gang war niemand. Ich stand mit dem Schlüssel vor der Bürotür. Ich horchte, das Klappern war hinter der Tür. Ich riß die Tür auf. An meinem Schreibtisch saß einer. Er spielte mit der Hühnerqual. Ich kannte ihn vom Sehen, er wurde Programmierer genannt. Er lachte besessen. Ich riß ihm die Hühnerqual aus der Hand. Er sagte: Im Zivilstand klopft man um diese Uhrzeit an, bevor man eintritt. Ich war nicht zu spät gekommen, aber bereits entlassen. Als ich die Tür zugeschlagen hatte, sah ich meine Habseligkeiten auf dem Gang: Seife, Handtuch, Terezas Tauchsieder und Topf. Im Topf zwei Löffel, zwei Messer, Kaffee und Zucker und zwei Tassen. In der einen Tasse ein Radiergummi. In der anderen eine Nagelschere. Ich suchte Tereza, stand in ihrem Büro, legte die Habseligkeiten auf den leeren Tisch. Ich wartete ein wenig. Die Luft war schlecht, alle gingen hin und her. Sie wuselten in diesem kleinen Raum, in diesem Fingerhut voll Menschen. Aus den Augenwinkeln sahen sie mich an. Keiner fragte mich, warum ich weinte. Das Telefon läutete, es ging einer hin und sagte: Ja, sie ist hier. Er schickte mich zum Personalchef. Der legte einen Zettel hin zum Unterschreiben. Ich las und sagte: Nein. Er sah mich verschlafen an. Ich fragte: Warum. Er brach einen Kipfel in der Mitte durch. Zwei weiße Krümel fielen auf seine dunkle Jacke, ich weiß nicht mehr, was mir da noch einfiel. Aber ich schrie umso mehr. Ich fluchte zum ersten Mal, weil ich entlassen war.

Tereza kam an diesem Morgen nicht in ihr Büro.

Der Himmel war kahl. Warmer Wind trug meinen Kopf am Haar durch den Fabrikhof, ich spürte meine Beine nicht. Wer sich sauber anzieht, kann nicht dreckig in den Himmel kommen, dachte ich. Ich wollte dem Himmel des Hauptmanns Pjele zum Trotz dreckig sein, zog seitdem jedoch öfter frische Wäsche an.

Noch dreimal ging ich denselben Weg in Terezas Büro, öffnete und schloß die Tür ohne ein Wort. Immer noch lagen die Habseligkeiten auf dem Tisch. Die Tränen ließ ich an den Ohren und am Kinn weiterrinnen. Meine Lippen brannten salzig, mein Hals war naß.

Unter der Losung auf dem Pflaster sah ich meine Schuhe schlurfen und die anderen gehen. Ihre Hände trugen Blechschafe oder flattriges Papier. Ich sah sie in der Ferne neben mir. Nur die Haare um ihre Köpfe kamen mir nahe vor und größer als ihre Hemden und Kleider.

An mich dachte ich schon gar nicht mehr, solche Angst hatte ich um Tereza. Ich fluchte zum zweiten Mal.

Sie saß in dieser Zeit beim Direktor. Er hatte sie schon am Tor abgefangen. Er ließ sie erst drei Stunden später gehen, als ich entlassen durchs Tor hinausgegangen war. Sie sollte noch am gleichen Tag in die Partei eintreten und sich abwenden von mir. Nach drei Stunden sagte sie: Gut.

In der Sitzung am Nachmittag mußte Tereza vor dem roten Tischtuch des Präsidiums in der ersten Reihe sitzen. Nach der Einführung wurde Terezas Vater gewürdigt. Danach wurde sie vom Sitzungsleiter vorgestellt. Sie möge doch aufstehen und nach vorne treten, sagte er, damit man das neueste Mitglied vor der Aufnahme sieht. Tereza stand auf, drehte das Gesicht zum Saal. Die Stühle knarrten, die Hälse streckten sich. Tereza spürte, wohin sie sahen: auf ihre Beine.

Ich verneigte mich, wie vor einem Auftritt, sagte Tereza später. Einige lachten, einige klatschten sogar. Dann fing ich zu fluchen an. Sie lachten und klatschten nicht mehr lange, denn im Präsidium klatschte keiner. Sie kamen sich vor wie ertappt und versteckten die Hände.

Ihr könnt euch auf den Kopf stellen und mit dem Arsch Fliegen fangen, sagte Tereza. Einer in der ersten Reihe legte seine Hände auf die Schenkel. Er hatte darauf gesessen, sie waren rot wie das Tischtuch. Aber auch seine Ohren, obwohl er darauf nicht gesessen hatte, sagte Tereza. Er sperrte sein Maul auf, holte Luft und krümmte die Finger. Sein Nachbar, ein Dürrer mit langen Beinen, sagte Tereza, trat ihr als Zeichen, daß sie sich hinsetzen und schweigen solle, mit dem Schuh an den Knöchel. Tereza zog ihren Fuß weg und sagte: Und wenn euch das nicht reicht, dann könnt ihr noch im Kopf das Wasser ziehen, bis euch was Besseres einfällt.

Meine Stimme blieb ruhig, sagte Tereza. Ich lächelte, die glaubten zuerst, ich will mich für das Lob meines Vaters bedanken. Dann hatten sie Eulengesichter, mehr weiße Augen als Wand waren in diesem Saal.

Unerwartet kam an einem Mittwoch Kurt in die Stadt. Ich saß trotz der Sonne im Zimmer an diesem Sommertag, weil ich unter den Menschen draußen so schnell weinen mußte. Weil ich mich in der Straßenbahn in die Mitte des Wagens gestellt hatte, um laut zu schreien. Weil ich aus dem Laden schnell auf die Straße gegangen war, um die Leute nicht kratzen und beißen zu müssen.

Kurt gab Frau Margit, wahrscheinlich weil er mitten in der Woche kam, zum ersten Mal Blumen. Der Strauß war vom Feld gepflückt, Klatschmohn und weiße Taubnesseln. Sie waren welk von der Reise. Im Wasser werden sie wieder frisch, sagte Frau Margit.

Die Blumen wären nicht nötig gewesen, Frau Margit war zahm, seit ich entlassen war. Sie streichelte mich, aber mir wurde nur kalt von innen. Ich konnte ihre Hand nicht wegstoßen und nicht ertragen. Auch ihr Jesus sah mich an, wenn sie sagte: Du mußt beten, mein Kind, Gott versteht alles. Ich sprach vom Hauptmann Pjele, und sie sprach von Gott. Ich hatte Angst, daß meine Hände ihr ins Gesicht schlagen müssen.

Einmal sei einer dagewesen, sagte Frau Margit, und habe nach mir gefragt. Er habe nach Schweiß gerochen. Sie habe gedacht, es sei ein kanod. Istenem, sagte sie, bei so vielen, wer kennt sich da noch aus. Der Mann habe ihr seinen Ausweis gezeigt, ohne Brille habe sie nicht gesehen, was dort stand. Bevor sie nein sagen konnte, sei er im Zimmer gewesen. Er habe sie allerhand gefragt, sagte Frau Margit. An den Fragen habe sie gemerkt, daß es dem nicht um Liebe ging.

Sie zahlt ihre Miete und geht zur Arbeit, mehr weiß ich nicht, hatte Frau Margit zu diesem Mann gesagt. Dann habe sie die Hand gehoben. Ich schwöre, habe sie gesagt, und auf Jesus gezeigt: Ich lüge nicht, der ist mein Zeuge.

Das war im Frühjahr, sagte Frau Margit. Ich erzähle es erst jetzt, weil der Mann gegangen und nie wiedergekommen ist. Als er ging, hat er sich entschuldigt und mir die Hand geküßt. Es war ein Kavalier, aber er hat nach Schweiß gerochen.

Sie habe seither oft für mich gebetet. Gott hört mich an, sagte sie, er weiß, daß ich das nicht für jeden tu. Aber ein kicsit beten mußt auch du.

Kurt kam unerwartet, weil Edgar und Georg im Schlachthaus angerufen hatten, daß sie entlassen sind. Auch in der Fabrik haben sie angerufen, sagte Kurt. Ein Programmierer hat ihnen gesagt, du hast so viel gefehlt, daß du entlassen werden mußtest. Sie wollten mit Tereza sprechen, dann wurde aufgelegt.

Kurt hatte die ganze Nacht Zahnschmerzen gehabt. Sein Haar war zerwühlt. Im Dorf gäbe es keinen Zahnarzt, sagte er, alle gehen zur Schusterei. Der Schuster hat einen Stuhl, den man vor dem Bauch des Sitzenden mit einem Brett schließen kann. Man setzt sich, und der Schuster bindet einen starken Faden um den Zahn. An das andere Fadenende macht er eine Schlinge und hängt sie an die Türklinke der Werkstatt. Mit einem festen Tritt schlägt er die Werkstattür zu. Der Faden reißt den Zahn aus dem Mund. Man bezahlt vierzig Lei, wie für ein Paar Halbsohlen, sagte Kurt.

Tereza war nach der Parteisitzung nicht entlassen worden. Sie wurde in eine andere Fabrik versetzt.

Kurt sagte: Die ist kindisch, aber nicht politisch. Ihr Vater ist erwachsen, darum kann sie kindisch bleiben. Seine Augenwinkel waren röter als sein Haar, sein Mund war naß.

Auch mein Vater war erwachsen, sagte ich, sonst wäre er nicht in der SS gewesen. Er hätte Denkmäler gegossen und sie ins Land gestellt. Er wäre immer wieder losmarschiert. Daß er nach dem Krieg politisch nicht mehr zu gebrauchen war, das ist nicht seine Reue. Er war in die falsche Richtung marschiert, das ist alles.

Als Spitzel sind alle zu gebrauchen, sagte Kurt, ob sie bei Hitler oder Antonescu waren. Wegen der Narbe an seinem Daumen kam er mir vor wie das Teufelskind. Ein paar Jahre nach Hitler weinten sie alle um Stalin, sagte er. Seither helfen sie Ceauşescu Friedhöfe machen. Die kleinen Spitzel wollen kein hohes Amt in der Partei. Man kann sie ungeniert gebrauchen. Parteimitglieder können sich beschweren, wenn sie Spitzel werden sollen. Sie können sich besser wehren als die anderen.

Wenn sie wollen, sagte ich. Ich haßte seine dreckigen Fingernägel, weil sie Tereza mißtrauten. Ich haßte sein verzogenes Kinn, weil es mich halb überzeugte. Seinen lockeren Knopf am Hemd haßte ich, weil er dem Abreißen nahe an einem Faden hing.

Wieviel muß jemand tun, bis er so politisch ist wie du, fragte ich. Ich riß ihm den lockeren Hemdsknopf ab, zog den Faden heraus und steckte ihn in den Mund. Kurt schlug nach meiner Hand, aber er schlug in die Luft.

Du nennst dein Mißtrauen Genauigkeit, sagte ich mit dem Faden auf der Zunge und dem Knopf in der Hand, aber deine Bilder läßt du bei Tereza liegen. Der passiert doch nichts, wenn man sie findet, sagte Kurt.

Du glaubst, wenn du niemandem traust, wirst du unsichtbar, sagte ich. Kurt sah das Bild der Frischgestorbenen an, ihr Reifenkleid und ihren Sonnenschirm. Nein, sagte er. Pjele läßt uns nicht mehr aus den Augen. Ich zerbiß den Faden und schluckte ihn: Hat sich schon jemand seinen Vater aussuchen können. Kurt hielt seinen Kopf in den Händen. Es gibt Leute, die ihren Vater nicht mehr kennen, sagte er. Ich fragte: Wer. Er pochte mit den Fingern auf dem leeren Tisch, als würde die Hühnerqual klappern. Jedes Fingerpaar hörte sich auf dem gleichen Holz anders an.

Ich dachte mir: Wir kennen uns so gut, daß wir uns brauchen. Aber wie leicht könnten wir ganz andere Freunde haben, wenn Lola nicht im Schrank gestorben wäre.

Geh zum Zahnarzt, sagte ich, du bist neidisch, weil uns niemand helfen kann. Er sagte: Auch du wirst langsam kindisch.

Dann hielt er die Hand auf wie ein Kind. Aber ich steckte den Knopf in den Mund: Laß ihn hier, bevor du ihn verlierst. Der Knopf klapperte an meinen Zähnen. Wo ist die Hühnerqual, fragte Kurt.

Ich schrieb der Mutter, daß ich entlassen bin. Sie hatte den Brief schon am nächsten Tag. Und einen Tag später hatte ich schon ihre Antwort:

Ich weiß es aus dem Dorf. Ich komme am Freitag mit dem Frühzug in die Stadt.

Ich schrieb ihr zurück:

Ich komme nicht so früh an den Bahnhof. Ich bin um zehn Uhr am Springbrunnen.

So schnell gingen Briefe sonst nie.

Die Mutter war seit dem frühen Morgen in der Stadt. Wir trafen uns am Springbrunnen. Sie hatte an den Armen zwei leere Körbe hängen und eine volle Tasche vor den Füßen stehen. Sie küßte mich am Springbrunnen, ohne die Körbe hinzustellen. Ich habe alles eingekauft, sagte sie, nur Einweckgläser brauche ich noch.

Ich nahm die schwere Tasche. Wir gingen in den Laden. Wir redeten nichts miteinander. Wenn ich einen der beiden gleichen Körbe getragen hätte, wären wir für Fremde wahrscheinlich wie Mutter und Kind gewesen. So aber gingen Passanten immer wieder zwischen uns hindurch, weil Platz genug war.

Im Laden verlangte die Mutter fünfzehn Einweckgläser für Gurken, Paprika und rote Rüben. Wie willst du sie alle tragen, fragte ich. Dich behält doch niemand, sagte sie, keine Fabrik und kein Mann. Das ganze Dorf weiß schon, daß du entlassen bist.

Ich trage die Gemüsegläser und die Tasche, trage du die Obstgläser, sagte die Mutter. Sie verlangte noch siebzehn Einweckgläser für Pflaumen, Äpfel, Pfirsiche und Quitten. Die Mutter hatte drei Falten auf der Stirn, als sie das Gemüse und Obst aufzählte. Sie mußte beim Aufzählen die Beete und Bäume im Kopf durchgehen, damit ihr alles einfiel. Die Gläser, die der Verkäufer der Reihe nach auf das Pult stellte, waren alle gleich.

Sie sind doch eins wie das andere, sagte ich. Der Verkäufer packte sie ein. Sicher sind sie alle gleich, sagte die Mutter, aber man wird doch noch sagen dürfen, wofür man Gläser haben will. Die Großmutter muß ich dazurechnen, sagte sie, im Winter, wenn man Eingelegtes ißt, wird sie ja zu Hause sein. Du kommst ja nicht nach Hause. Im Zug haben die Leute erzählt, daß du im dritten Monat schwanger bist. Sie haben mich nicht gesehen, ich saß weiter hinten. Aber die neben mir haben es auch gehört und auf den Boden geschaut. Am liebsten wäre ich unter die Bank geschlüpft.

Wir gingen zur Kasse. Die Mutter spuckte sich zwischen Daumen und Zeigefinger und bezahlte. Du schaust umsonst, sagte sie, vom Arbeiten bekommt man rauhe Hände.

Die Mutter stellte die Körbe auf den Boden, weitete die Beine, hob den Hintern und räumte die Gläser ein. Hast du in deinem ganzen Leben schon einmal daran gedacht, sagte sie, daß man sich als Mutter schämen muß.

Ich schrie sie an: Wenn du mich nicht in Ruhe läßt, dann siehst du mich nie wieder, wenn du noch ein Wort sagst.

Die Mutter schluckte. Sie sagte leise: Wieviel Uhr haben wir.

An ihrem Handgelenk hing eine der toten Armbanduhren meines Vaters. Warum trägst du sie, die geht doch nicht, fragte ich. Das sieht doch keiner, sagte sie, du hast doch auch eine. Meine geht, sagte ich, sonst würde ich sie nicht tragen. Wenn ich eine Uhr an mir habe, weiß ich besser, wo ich dran bin, sagte sie, auch wenn sie nicht geht. Warum fragst du dann, wieviel Uhr wir haben, sagte ich.

Weil man mit dir nichts anderes reden kann, sagte die Mutter.

Frau Margit hatte gesagt: Nincs lóvé nincs muzsika, aber was soll man machen, wenn du jetzt kein Geld hast für die Miete. Ich kann zwei Monate warten, Gott hilft dir, dann bleibe ich nicht allein. Es ist nicht einfach, ein deutsches oder ungarisches Mädchen zu finden, was anderes will ich nicht in meinem Haus. Der Geburt nach bist du katholisch, und beten wirst du auch noch. Gott hat Zeit genug, mehr als wir Menschen. Gott sieht uns schon, wenn wir geboren werden. Nur wir brauchen lange, bis wir ihn sehen. Als junge Person habe ich auch nicht gebetet. Ich verstehe, daß du nicht zurück aufs Land willst, sagte Frau Margit, dort leben nur Zugehackte. Wenn jemand nicht wußte, was sich gehört, sagte man in Pest: Du bist ein Bauer.

Frau Margit wollte auf dem Markt frischen Käse kaufen. Sehr teuer, sagte sie. Ich habe mir ein Krümelchen zum Kosten abgebrochen. Die Bäuerin hat geschrien: Mit diesen dreckigen Händen. Ich wasche mir die Hände öfter an einem Tag als die in einem Monat. Der Käse war sauer wie Essig.

Ich habe gehört, sagte Frau Margit, viele Bauern tun Mehl in den Käse. Es ist eine Sünde vor Gott, wenn ich das sage, aber Gott weiß es selber, Bauern waren noch nie feine Menschen.

Frau Margit wird mir für den Aufschub der Miete den Kopf streicheln, sagte ich zu Tereza. Sie nimmt sich das Recht. Weil sie kein Geld für das Zimmer bekommt, verlangt sie Gefühle. Wenn ich die Miete schnell bezahlen kann, gelangen ihre Hände nicht auf meinen Kopf.

Tereza fand Deutschstunden für mich. Dreimal in der Woche sollte ich zwei Jungen zu Hause unterrichten. Ihr Vater war Vorarbeiter in der Pelzfabrik. Die Mutter war Hausfrau. Sie ist ein Waisenkind, sagte Tereza. Die Jungen sind schwer von Begriff. Der Vater verdient gutes Geld, alles andere soll dich nicht stören.

Tereza hatte den Pelzmann und die Kinder im Thermalbad kennengelernt. Die Kinder sind anhänglich, sagte Tereza. Als sie sich ankleiden ging, sagte der Vater: Wir gehen auch nach Hause.

Aber dann schickte er die Kinder aus der Ankleidekabine noch einmal zurück ins Wasser. Er kam in seiner nassen Badehose in Terezas Kabine geschlüpft. Er keuchte und faßte Tereza an die Brüste. Sie stieß ihn hinaus. Sie konnte nicht abschließen, der Riegel fehlte. Er blieb vor der Kabine stehen, Tereza sah seine Zehen unter der Tür. Ich habe mir gedacht, daß das nichts wird, sagte er. Es ist auch nur ein Scherz gewesen, ich habe meine Frau noch nie betrogen.

Er schrie: Herkommen. Tereza hörte die nassen Füße der Kinder auf die Steine klatschen. Als sie aus der Kabine kam, war auch der Pelzmann fertig angezogen. Er sagte: Warten Sie doch, die Kinder haben Ihnen nichts getan, sie sind gleich soweit.

Im Treppenhaus hörte ich Geschrei. Es kam aus dem dritten Stock. Dort war die Wohnung, wo ich meine Deutschstunden halten sollte. Als ich davorstand, konnte ich nicht anklopfen, die Wohnungstür war ausgehängt. Sie stand im Treppenhaus an der Wand. Aus der Wohnung kam Rauch.

Der Pelzmann hatte ein tropfendes Maul, das nur lallen konnte. Er stank nach Schnaps. Er sagte: Deutsch ist immer gut, man weiß nicht, was kommt. Seine Augen glichen den weißen Blasen der Frösche. Die Frau schaute aus dem Qualm durch das aufgerissene Fenster. Der Rauch wickelte sie ein, bevor er wie Kissen hinaus in die Bäume zog. Der Nachmittag hatte keine frische Luft, er ließ den Rauch in die alten Pappeln fallen.

Das kleinere Kind hielt sich am Geschirrtuch fest und weinte. Das größere Kind legte den Kopf auf den Tisch.

Die Deutschen sind ein stolzes Volk, sagte der Pelzmann, wir Rumänen sind verfluchte Hunde. Ein feiges Rudel, man sieht es am Selbstmord. Alle hängen am Strick, da würde sich keiner erschießen. Euer Hitler hat uns nicht über den Weg getraut. Geh in deine Mutter, schrie die Frau. Der Pelzmann zerrte am Schrank: Das wäre gut, aber wo ist sie.

Auf dem Küchenboden lagen Brotkugeln. Bevor der Streit anfing, hatten die Kinder damit geschossen.

Der Pelzmann hängte sich eine Zigarette in den Mundwinkel. Er wackelte mit der Hand und mit dem Kopf, die Flamme seines Feuerzeugs fand die Zigarette nicht. Sie fiel auf den Boden. Er sah sie lange an, er hielt die Flamme schief, sie verbrannte ihm den Daumen. Er spürte es nicht. Er bückte sich, sein Arm war zu kurz. Die Flamme schlüpfte in das Feuerzeug zurück. Er sah die beiden Kinder an. Sie halfen ihm nicht. Er torkelte knapp an der Zigarette vorbei in den Flur.

Im Treppenhaus schlug die Tür ans Geländer. Es polterte, ich lief ins Treppenhaus. Der Pelzmann lag auf dem Treppenabsatz unter der Tür. Er kroch heraus und ließ die Tür liegen. Mit blutender Nase schleppte er sich die Treppen hinunter.

Er wollte die Tür auf die Straße tragen, sagte ich, als ich wieder in der Küche stand, er ist weg.

Er hat vor Wut die Tür ausgehängt, sagte das kleinere Kind, dann wollte er die Mutter schlagen. Sie ist weggelaufen und hat sich im Zimmer eingesperrt. Er hat sich an den Küchentisch gesetzt und Schnaps getrunken. Ich ging die Mutter aus dem Zimmer rufen, weil er ganz ruhig war. Sie wollte Krapfen backen. Das Öl wurde heiß. Er hat den Schnaps auf das Feuer und ins Öl geschüttet. Er sagte, er wolle uns anzünden. Die Flamme schlug hoch, sie hätte der Mutter das Gesicht verbrennen können. Der Wandschrank hat Feuer gefangen. Wir haben es schnell gelöscht, sagte das Kind.

Jetzt kommt sie zum ersten Mal her und mitten in diesen Wahn, sagte die Frau zu dem Kind. Sie schlurfte zum Tisch und ließ sich auf den Stuhl fallen.

Ich sagte: Das macht nichts. Aber es machte etwas, wie alles, was ich weder aushalten noch ändern konnte. Und ich streichelte, als wäre sie mir vertraut, einer fremden Frau das Haar. Sie verlor sich unter meiner Hand. Sie verzehrte sich in ihrer angebundenen Liebe, von der nichts mehr übrig war als zwei Kinder, Rauchgestank und eine ausgehängte Wohnungstür. Und eine fremde Hand im Haar.

Die Frau schluchzte, ich spürte ihr Herztier aus dem Bauch in meine Hand springen. Es sprang hin und her, wie ich sie streichelte, nur schneller.

Wenn es Nacht wird, kommt er wieder, sagte das größere Kind.

Das Haar der Frau war kurz. Ich sah ihre Kopfhaut. Und in den Pappeln, wo der Rauch sich verzogen hatte, sah ich eine junge Frau das Waisenhaus verlassen. Ich wußte, wo es stand in dieser Stadt. Ich kannte das Denkmal dort am Zaun. Die Eisenmutter auf dem Sockel mit dem Eisenkind am Rocksaum hatte Terezas Vater gegossen. Hinter dem Denkmal war eine braune Tür. Für die Rückkehr der Frau war es zu spät. Hinter der Tür wäre ihr Körper zu lang gewesen für ein Kinderbett. Sie war abgeschrieben von den Waisen und von den Jahren, die draußen Liebe wollten im Pelznest eines Mannes. Die Bettdecken, Sofakissen, Teppiche, Hausschuhe in ihrem Haus waren aus Pelz, die Stuhlpolster in der Küche, sogar die Topflappen.

Die Frau sah die beiden Kinder an und sagte: Was soll man tun, der eine ist ein Waisenbündel, der andere ein Elternbündel.

Das Kind geht ins Zimmer, wenn es weinen muß. Es schließt die Tür, läßt die Rolläden herunter und macht das Licht an. Es stellt sich vor den Toilettenspiegel, vor dem sich noch nie jemand geschminkt hat. Er hat zwei Flügel, die man öffnen und schließen kann. Er ist ein Fenster, in dem man sich dreimal weinen sieht. Das Selbstmitleid wird dreimal größer als draußen im Hof. Die Sonne kann nicht herein. Sie hat kein Mitleid, weil sie ohne Beine am Himmel stehen muß.

Die Augen sehen beim Weinen ein Niemandskind im Spiegel stehen. Hinterkopf, Ohren und Schultern weinen mit. Zwei Armlängen vom Spiegel entfernt weinen sogar die Zehen. Das Zimmer wird, wenn es geschlossen ist, so tief wie im Winter der Schnee. Von ihm brennen die Wangen genauso wie vom Weinen.

Die Kaffeemühle mahlte laut, ich spürte sie in den Zähnen. Das Streichholz zischte vor dem Mund der Frau. Die Flamme fraß das Stäbchen schnell und brannte an ihren Fingern, als das Gas um den Herdring zu flackern begann. Der Wasserhahn rauschte. Dann stieg aus der Kanne ein grauer Schopf. Die Frau warf den Kaffee hinein. Er quoll wie Erde über den Rand.

Das kleinere Kind hielt das Geschirrtuch unter das kalte Wasser, faltete es und legte es um seine Stirn.

Die Frau und ich tranken Kaffee, das Porzellanreh auf dem Schrank sah zu. Beim zweiten Schluck stieß ihr Knie unter dem Tisch an mein Knie. Sie entschuldigte sich, obwohl ich sie gestreichelt hatte. Der Rauch war hinausgezogen, der Gestank war da. Ich wäre lieber nicht dagewesen, wo meine Hand die Tasse hielt.

Geht hinunter in den Sand, sagte die Frau, geht spielen. Es klang wie: Geht unter im Sand, kommt nie wieder.

Der Kaffee war dick wie Tinte, der Satz lief mir in den Mund, wenn ich die Tasse hob. Auf meinem Schoß waren zwei Kaffeeflecken. Der Kaffee schmeckte nach Streit.

Ich saß bucklig und hörte die schnellen Schritte der Kinder die Treppen hinunterlaufen. Ich sah am Stuhl hinunter und suchte mein Mitleid für die Frau. Das Blattmuster meines Kleides ging bis zu den Knöcheln. Wo hinten auf dem Stuhl mein Buckel saß, saß zwischen den Ellbogen vorne etwas Lebloses mit zwei Kaffeeflecken auf dem Schoß.

Als die Schritte der Kinder im Treppenhaus verstummten, war ich jemand, der dem Unglück Gesellschaft leistet, damit es bleibt.

Die Frau und ich hängten die Tür ein. Sie packte an und war stark, weil sie nur an die Tür dachte. Ich aber dachte an sie: Daß ich gehen werde und sie hinter dieser Tür allein sein wird.

Sie brachte das nasse Geschirrtuch aus der Küche und wischte die Blutflecken ihres Mannes von der Tür.

Auf dem Heimweg trug ich eine Sumpfbibermütze in der Hand und eine ganze Abendsonne auf dem Kopf. Frau Margit trug nur Kopftücher, keine Pelzmützen. Hüte und Pelz machen Frauen stolz, hatte sie gesagt, Gott mag stolze Frauen nicht.

Langsam ging ich über die Brücke, auch der Fluß roch nach Rauch. Ich dachte an die Steine, und mir war, als sei der Gedanke nicht in meinem Kopf. Er war außen und ging an mir vorbei. Er konnte sich, wie er wollte, langsam oder schnell von mir entfernen, wie von den Stäben des Geländers. Bevor die Brücke aufhörte, wollte ich sehen, ob der Fluß um diese Zeit auf dem Bauch lag oder auf dem Rücken. Das Wasser lag glatt zwischen den Ufern, und ich dachte mir: Ich brauche keine Pelzmütze, sondern Geld, damit mich Frau Margit nicht streichelt.

Als ich in den Hof kam, saß der Enkel von Frau Grauberg auf der Treppe. Herr Feyerabend bürstete seine Schuhe vor der Tür. Der Enkel spielte Fahrkartenkontrolleur mit sich selber. Wenn er saß, war er Passagier. Wenn er stand, war er Kontrolleur. Er sagte: Die Fahrkarten bitte. Er zog sich die Fahrkarte mit der einen Hand aus der anderen Hand. Die linke Hand war Passagier, die rechte Kontrolleur.

Herr Feyerabend sagte: Komm her, dann spiele ich die Passagiere. Ich bin lieber alles zusammen, sagte das Kind, dann weiß ich, wer seine Karte nicht findet.

Wie geht es Elsa, fragte ich. Herr Feyerabend schaute auf die Pelzmütze in meiner Hand: Wo kommen Sie her, Sie riechen nach Rauch.

Bevor ich ein Wort fand, legte er die Bürste in den einen Schuh, stand auf und wollte an dem Kind vorbeigehen. Das Kind streckte den Arm aus und sagte: Hier wechselt niemand den Wagen, Sie bleiben, wo Sie sind. Herr Feyerabend hob ohne ein Wort den Arm des Kindes, wie sich eine Schranke hochhebt. Er hatte den Arm zu fest angefaßt. Man sah seine Finger am Arm des Kindes, als Herr Feyerabend die Treppen herunter in den Buchsbaumgarten ging.

Zu unserer Entlassung hatte Edgar gesagt: Jetzt sind wir auf der letzten Station. Georg hatte den Kopf geschüttelt: Auf der zweitletzten, die letzte ist die Ausreise. Edgar und Kurt nickten. Ich glaube, ich war erstaunt gewesen, weil mich das nicht überraschte. Ich hatte genickt und mir dabei nichts vorgestellt. Es geschah wie von selbst, daß wir dieses Wort zum ersten Mal an uns herangelassen hatten.

Die Pelzmütze versteckte ich ganz hinten im Schrank. Vielleicht ist sie im Winter schöner als jetzt, dachte ich mir. Tereza hatte sie probiert und gesagt: Sie stinkt wie faules Laub. Ich wußte nicht, ob sie die Mütze auf ihrem Kopf meinte, denn sie hatte mir kurz davor die Nuß gezeigt. Sie knöpfte ihre Bluse zu und sah die Mütze im Spiegel an. Tereza war zornig, weil ich gesagt hatte, daß die Nuß vor zwei Wochen kleiner war. Sie wollte, daß ich lüge. Ich wollte, daß sie zum Arzt geht. Ich komme mit, sagte ich. Sie erschrak und hob die Augenbrauen, das kratzige Biberhaar auf der Stirn ekelte sie. Tereza riß sich die Mütze vom Kopf und roch daran. Ich bin doch kein Kind, sagte Tereza.

An dem Abend spielte ich lange mit der Hühnerqual. Der Schnabel des roten Huhns reichte nicht mehr hinunter auf das Brett. Das Huhn bog den Hals, als wäre es schwindlig. Es konnte nicht picken. Der Faden, der seinen Hals durch den Bauch heben und senken mußte, hatte sich verheddert. Das Licht fiel mir auf den Arm, es traf die Kaffeeflekken auf meinem Schoß nicht. Das rote Huhn glänzte störrisch und dürr wie ein Windhuhn. Obwohl es nicht pickte, sah es nicht krank aus, sondern satt und versessen aufs Fliegen.

Frau Margit klopfte an die Tür und sagte: Das klappert so, ich kann nicht beten.

Der Hauptmann Pjele sagte: Du lebst von Privatstunden, Volksverhetzung und vom Herumhuren. Alles gegen das Gesetz. Der Hauptmann Pjele saß an seinem großen, polierten Schreibtisch und ich an der anderen Wand, an einem kleinen, nackten Sündentisch. Ich sah zwei weiße Knöchel unter dem Tisch. Und auf dem Kopf eine Glatze so feucht und gewölbt wie mein Gaumen im Mund. Ich hob die Zungenspitze. Zur Mundhöhle sagte man in seiner Sprache Mundhimmel. Ich sah die Glatze auf einem Sargkissen mit Sägemehl liegen, und die Knöchel unter einem Schleiertuch.

Und, wie geht es sonst, fragte der Hauptmann Pjele. Sein Gesicht war nicht gehässig. Ich wußte, daß ich aufpassen mußte, weil die Härte immer von hinten kam, wenn sein Gesicht so ruhig war. Ich habe Glück mit Ihnen, sagte ich. Mir geht es so, wie Sie es haben wollen. Dafür arbeiten Sie doch.

Deine Mutter will ausreisen, sagte der Hauptmann Pjele, hier steht es geschrieben. Er flatterte mit einem beschriebenen Blatt. Es war eine Handschrift, aber ich glaubte nicht, daß es die meiner Mutter ist. Ich sagte: Wenn sie will, will ich noch lange nicht.

Am gleichen Tag fragte ich die Mutter in einem kurzen Brief, ob die Handschrift von ihr ist. Der Brief kam nie an.

Zu Edgar und Georg hatte der Hauptmann Pjele eine Woche später gesagt, sie lebten vom Volksverhetzen und Schmarotzen. Alles gegen das Gesetz. Lesen und Schreiben kann jeder in diesem Land. Wenn man so will, schreibt jeder Gedichte, ohne staatsfeindlich und kriminell organisiert zu sein. Unsere Kunst macht das Volk sich selber, dazu braucht unser Land keine Handvoll Asozialer. Wenn ihr deutsch schreibt, geht doch nach Deutschland, vielleicht fühlt ihr euch dort zu Hause im Morast. Ich dachte, euch kommt der Verstand.

Der Hauptmann Pjele zog Georg ein Haar aus. Er hielt es unter die Schreibtischlampe und lachte. Ein bißchen abgeschossen von der Sonne, wie bei den Hunden, sagte er. Aber das gibt sich wieder im Schatten. Da in den Zellen unten ist es kühl.

Jetzt könnt ihr gehen, sagte der Hauptmann Pjele. Der Hund Pjele saß vor der Tür. Würden Sie den Hund zu sich rufen, fragte Edgar. Der Hauptmann Pjele sagte: Warum, er sitzt doch gut an der Tür.

Der Hund Pjele knurrte. Er sprang nicht. Er zerkratzte Georgs Schuhe und zerbiß Edgars Hosensaum. Als Edgar und Georg auf dem Gang draußen waren, rief eine Stimme hinter der Tür: Pjele, Pjele. Es war nicht die Stimme des Hauptmanns, sagte Edgar. Vielleicht war es der Hund, der den Hauptmann zu sich rief.

Georg fuhr mit dem Zeigefinger auf seinen Zähnen hin

und her. Es quietschte. Wir lachten. So macht man das, sagte Georg, wenn man ohne Zahnbürste verhaftet wird.

Dreimal hatte ich Deutschstunden mit den Kindern des Pelzmanns: Die Mutter ist gut. Der Baum ist grün. Das Wasser fließt.

Der Sand ist schwer, sagten die Kinder nicht nach. Sondern: Der Sand ist schön. Die Sonne brennt, sagten sie nicht. Sondern: Die Sonne scheint. Wie sagt man auf deutsch Bestarbeiter, wollten sie wissen, und wie sagt man Jäger. Wie sagt man Pionier.

Die Quitte ist reif, sagte ich und dachte an Terezas Kinderfrau, an die harte deutsche Quittensprache. Die Quitte ist pelzig, sagte ich. Die Quitte ist wurmig.

Wonach roch ich für diese Kinder.

Quitten, sagte das kleinere Kind, mögen wir nicht. Und Pelz, fragte ich. So ein kurzes Wort, sagte das größere Kind. Fell, sagte ich. Das ist auch nicht länger, sagte das Kind.

Als ich zum vierten Mal kam, stand die Mutter der Kinder mit dem Besen auf der Straße vor dem Wohnblock. Ich sah sie von weitem. Sie fegte nicht, sie lümmelte mit dem Ellbogen auf dem Stiel. Als ich näher kam, fing sie an zu fegen. Erst als ich grüßte, sah sie mich an. Auf der Treppe lag ein Päckchen in Zeitungspapier.

In der Fabrik geht es nicht gut, sagte sie, wir haben kein Geld mehr für Stunden. Sie lehnte den Besen an die Wand, nahm das Päckchen und hielt es mir hin. Ein Kissen aus Nerz und Handschuhe aus echtem Lamm, flüsterte sie.

Meine Arme hingen, ich hob keine Hand. Was fegen Sie

hier, fragte ich, die Pappeln sind dort. Ja, sagte sie, aber hier ist der Staub.

Der Besenstiel warf den gleichen Schatten an die Wand wie die Hacke des Vaters im Garten, wenn das Kind den Milchdisteln wünschte, daß sie den Sommer überleben.

Die Frau legte das Päckchen auf die Treppe und kam mir nach: Warten Sie, ich sage Ihnen etwas. Es ist einer dagewesen und hat Sie schlechtgemacht. Ich glaube dem nichts, aber diese Dinge gehören nicht in unser Haus. Sie müssen verstehen, diese Kinder sind für sowas noch zu klein.

Auf dem Blatt, mit dem der Hauptmann Pjele geflattert hatte, stand die Handschrift der Mutter. Morgens um acht Uhr war die Mutter zum Dorfpolizisten bestellt worden. Er diktierte, und sie schrieb. Der Polizist schloß die Mutter zehn Stunden in sein Büro ein. Sie setzte sich ans Fenster. Sie traute sich nicht, das Fenster zu öffnen. Wenn jemand vorbeiging, klopfte sie an die Scheibe. Keiner auf der Straße hob den Kopf. Man weiß ja, daß man da nicht hinschauen darf, sagte die Mutter. Ich hätte auch nicht hingeschaut, weil man sowieso nicht helfen kann.

Aus Langeweile, sagte die Mutter, habe ich im Büro den Staub gewischt. Ich habe einen Lappen neben dem Schrank gefunden. Besser als nur Sitzen und an die Großmutter denken, dachte ich mir. Ich habe die Kirchenglokken gehört, bevor der Schlüssel rasselte. Es war sechs Uhr abends, sagte die Mutter. Der Polizist hat Licht gemacht. Er hat nicht gesehen, daß alles sauber ist. Ich habe Angst gehabt, es zu sagen. Jetzt tut es mir leid, er hätte sich gefreut. So ein junger Mann allein im Dorf, dem macht doch niemand einen Handgriff.

Er hat mir viel geholfen, sagte die Mutter. Mit dem, was er diktiert hat, bin ich einverstanden. Allein hätte ich das nicht so schreiben können. Es sind bestimmt viele Fehler drin, ich bin nicht geübt im Schreiben. Man wird es auch so verstehen, sonst hätte er es nicht zum Paßamt schicken können.

Auf dem Bett lagen Tetrahosen. Siebzig Stück, sagte die Schneiderin. Auf dem Tisch stand viel Kristall. Ich fahre nach Budapest, sagte sie, wieso wohnst du nicht zu Hause, wenn du entlassen bist. Das ist nicht mehr zu Hause, sagte ich. Die Schneiderin nähte sich einen Bademantel für die Reise.

Am Tag werde ich nicht im Zimmer sein, aber morgens und abends. Diesmal bleibe ich eine Woche. Wer den Verstand verliert wie deine Großmutter, kann nicht gefühllos sein, sagte sie. Schon ihretwegen müßtest du nach Hause. Sie zog den Bademantel an. Eine Stecknadel stach sie in den Nacken. Ich zog die Nadel heraus und sagte: Du hast Angst, daß deine Kinder dich verlassen, wenn sie groß sind. Was du mir vorwirfst, werden sie dir nicht ersparen.

An den Nadeln hing eine große Kapuze. Ich tauchte den Arm bis zum Ellbogen hinein. Sie drehte den Kopf zu mir und sagte: Die Kapuze ist das Herz des Bademantels. Man kann weinen ohne Taschentuch, gestern abend habe ich geübt. Sie ist mir ins Gesicht gerutscht, und die Tränen waren abgewischt, ich mußte gar nichts tun. Ich steckte den Finger in die Kapuzenspitze und fragte: Warum hast du geweint.

Sie zog den Bademantel aus, bevor ich den Finger aus der Kapuzenspitze ziehen konnte. Meine Schwester und ihr Mann, sagte sie, sind vorgestern geflüchtet. Vielleicht sind sie angekommen, ihre Karten standen auf diesen Tag. Aber die Patience zeigte mir Wind und Regen. Vielleicht war es an der Grenze so, hier war es trocken und still.

Die Nähmaschine drückte die Kapuze langsam unter der Nadel durch, die Spule schleppte den Zwirn. Was die Schneiderin sagte, hörte sich so trocken an wie das Hüpfen des Fadens durch das eiserne Getriebe der Nähmaschine:

Ich hoffe, daß der Zöllner mich noch kennt. Ich ziehe für die Fahrt dasselbe an wie damals, so ist es abgesprochen. Mir ist lieber, sagte die Schneiderin mit einer Stecknadel im Mund, die Leute bestellen, was sie haben wollen. Sie holen ihre Sachen ab, wenn ich zurück bin. Dann kommen nicht die Unentschlossenen ins Haus, die alles anfassen und fast nichts kaufen.

Die Stecknadeln waren alle aus dem Stoff herausgezogen. Die Nadeln hatten wie die Sätze nacheinander im Mund der Schneiderin gesteckt, bevor sie neben ihrem Arm auf der Maschine lagen. Die Kapuze war angenäht, die Enden doppelt und dreifach. Die Schneiderin verknotete die Fadenenden. Damit sie nie wieder aufgehen, sagte sie. Sie drückte die Kapuzenspitze mit der Scherenspitze heraus. Sie hängte die Kapuze über ihren Kopf, in die Ärmel schlüpfte sie nicht.

Man kriegt in Ungarn einen Zwerg mit einer langen

Nase, sagte sie. Er wackelt mit dem Kopf. Wenn man ihn anstößt und an dem Tag nur in die Richtung geht, in der seine Nase stehenbleibt, hat man Glück. Er ist teuer, aber diesmal bringe ich einen Glückszwerg mit, sagte sie. Die Kapuze deckte die Augen der Schneiderin zu: Der Zwerg heißt Imré. Er schaut immer nach links oder rechts, nie geradeaus.

Ich öffnete den Brief von der Mutter. Hinter ihren Kreuzschmerzen stand: Gestern wurde der Frisör begraben. Er war in den letzten Wochen so alt und vertrottelt geworden, du hättest ihn nicht mehr erkannt. Vorvorgestern war Maria Geburt. Ich habe im Hof gesessen und mich ausgeruht, weil man am Feiertag nicht arbeiten soll. Ich habe geschaut, wie sich die Schwalben auf den Stromdrähten sammeln und so für mich gedacht, bald ist der Sommer vorbei. Da kam der Frisör in den Hof. Er hatte zwei verschiedene Schuhe an, einen Halbschuh und eine Sandale. Er trug sein Schachbrett unter dem Arm und fragte nach dem Großvater. Ich habe gesagt: Der ist doch gestorben. Da hob er sein Schachbrett und sagte: Was mach ich dann. Da kann man nichts machen, habe ich gesagt, am besten, Sie gehen nach Hause. Ja schon, sagte er, aber vorher will ich eine Runde mit ihm spielen.

Er hat sich hingestellt und meinen Augen nach den Schwalben zugeschaut. Mir war nicht wohl in meiner Haut. Da habe ich gesagt: Mein Vater ist zu Ihnen gegangen, er wartet auf Sie zu Hause. Dann ist er gegangen.

Nach der Entlassung sagten Edgar und Georg zu mir: Wir sind frei wie die Vorstadthunde. Nur Kurt bleibt angebunden, um das Geheimnis der Blutsäufer zu hüten. Georg zog, vorläufig, sagte er, zu Kurt ins Dorf der Komplizen.

Wenn Georg durch das Dorf geht, bellen alle Hunde, sagte Kurt, so fremd ist er dort. Nur in einem war Georg nicht fremd geblieben: Er hatte mit einer jungen Nachbarin eine Liebe angefangen.

Mit der wahllos lächelnden Tochter eines Blutsäufers, sagte Kurt. Schon am ersten Abend, als ich aus dem Schlachthaus kam, kam Georg mit dieser Ahnungslosen über das Stoppelfeld, wo am Nachmittag noch Weizen stand. Sie hatten beide Grassamen im Haar.

Georg meinte, er habe quer durch den Garten mit der Nachbarin angebandelt, aber es war umgekehrt. Sie hatte es auch bei Kurt probiert.

Sie hat gesprenkelte Augen, sagte Kurt, und wiegt den Hintern wie ein Schiff. Und reden kann man mit der nur über das Ausgeizen der Tomaten. Aber auch davon weiß sie nur soviel, wie ihre Großmutter vergessen hat. Die öffnet die Beine für alle. Im Frühjahr lag der Polizist mit ihr auf dem Feld, als würde er kurz nachsehen, wie es mit den Rüben steht. Edgar war sicher, daß der Dorfpolizist die Frau zuerst hinter Kurt und dann hinter Georg hergeschickt hatte.

Die Tage hingen an der Schnur der Zufälle, schaukelten und warfen mich um, seit ich entlassen war.

Die Zwergin mit dem Graszopf saß immer noch am Trajansplatz. Sie wiegte einen grünen Maiskolben im Arm und sprach mit ihm. Sie schlitzte ihn auf und hielt ein Büschel helles Maishaar in der Hand. Sie streichelte sich mit dem Maishaar die Wange. Sie aß das Haar und die milchigen Kerne.

Alles, was die Zwergin aß, wurde ein Kind. Sie war dünn, und ihr Bauch war dick. Die Schichtarbeiter hatten sie aufgepumpt im Schutz einer Frühjahrsnacht, die so still gewesen sein mußte wie die Zwergin stumm. Die Wächter waren von Pflaumenbäumen in andere Straßen gelockt worden. Entweder hatten die Wächter die Zwergin aus den Augen verloren oder im Auftrag weggesehen. Vielleicht war die Zeit gekommen, daß die Zwergin bei der Geburt des Kindes sterben sollte.

Die Bäume der Stadt wurden gelb, die Kastanien zuerst, dann die Linden. Ich hatte in den hellen Ästen seit der Entlassung nur einen Zustand gesehen, keinen Herbst. Daß manchmal der Himmel bitter roch, war mein eigener Geruch, nicht Herbst. Über Pflanzen zu grübeln, die sich aufgeben, wenn man das selber tun müßte, fiel mir schwer. Darum sah ich sie ohne Blick, bis sich die Zwergin von diesem frühen Herbst Maishaar und Milchkerne in den Mund stopfte.

Ich traf mich mit Edgar am Trajansplatz. Er kam mit einer weißen Leinentasche. Sie war halbvoll mit Nüssen, er gab sie mir. Die sind gut für die Nerven, sagte er spöttisch. Ich legte der Zwergin eine Handvoll Nüsse in den

Schoß. Sie nahm eine, steckte sie in den Mund und versuchte sie aufzubeißen. Sie spuckte die Nuß aus wie einen Ball. Die Nuß kullerte auf dem Platz. Da nahm die Zwergin alle Nüsse nacheinander aus dem Schoß und kugelte sie über die Steine. Die Passanten lachten. Die Augen der Zwergin waren groß und ernst.

Edgar nahm einen handgroßen Stein, der neben dem Müllkübel lag. Du mußt sie aufklopfen, sagte er zur Zwergin, da ist was drin, das kann man essen. Er klopfte auf die Nuß. Die Zwergin hielt sich die Augen zu und schüttelte den Kopf.

Edgar schob die aufgeklopfte Nuß mit dem Schuh an den Wegrand und warf den Stein in den Müll.

Das Kind legt dem Vater eine Nuß in die linke und eine in die rechte Hand. Es stellt sich in den Nüssen zwei Köpfe vor: den Kopf der Mutter und des Vaters, den Kopf des Großvaters und des Frisörs, den Kopf des Teufelsjungen und seinen eigenen. Der Vater schiebt die Finger ineinander.

Es kracht.

Hör auf, sagt die singende Großmutter, das geht mir ins Hirn.

Das Kind läßt die singende Großmutter aus dem Spiel, weil ihr das Knacken sowieso ins Hirn geht.

Wenn der Vater die Hände öffnet, schaut das Kind, wessen Kopf davongekommen und wessen Kopf zerbrochen ist.

Wir gingen vom Trajansplatz durch die schmale Nebenstraße, die gebogen war wie eine Sichel. Edgar ging zu schnell, er hatte die Zwergin durch das Aufklopfen der Nuß zum Weinen gebracht. Er dachte an sie.

Ich verbiete dir das, sagte Edgar, ich muß heute abend zurückfahren, wo soll ich schlafen. Du mußt versprechen, daß du es nicht tust. Ich sagte nichts. Edgar blieb stehen und schrie: Hast du gehört. Eine Katze kletterte auf einen Baum. Ich sagte: Siehst du, sie hat weiße Schuhe an.

Du bist nicht nur du, sagte Edgar. Du sollst nichts tun, was wir nicht abgesprochen haben. Wenn sie dich schnappen, haben wir alle das getan. Es nützt nichts. Edgar stolperte an einer Wurzel, die wie ein Arm unter dem Asphalt lag.

Ich war seiner Stimme überdrüssig. Ich lachte nicht, weil er gestolpert war, sondern vor Wut. Als ihr noch weit weg in euren Schulen wart, habe ich auch gelebt, sagte ich. Du redest für alle, aber Georg und Kurt wären dafür.

Iß deine Nüsse, sagte Edgar, dann wirst du gescheiter.

Edgar wohnte bei seinen Eltern auf dem Land. Sie warfen ihm die Entlassung nicht vor. So war es schon früher, sagte Edgars Vater. Dein Großvater konnte in der ungarischen Zeit nicht Stationschef werden, weil er seinen Namen nicht magyarisieren ließ. Er wurde nur Streckenarbeiter und baute den Viadukt im Tal. Ein Tölpel, der seinen Namen mit sz schrieb, bekam dann die Uniform und wärmte seinen Arsch auf dem Lederstuhl. Und wenn der Zug pfiff, sprang er auf und hüpfte mit seinem dreckigen Fähnlein vor die Tür. Er bog die Haxen gerade und machte sich groß. Dein Großvater lachte nur, wenn er den sah.

Als der Abendzug mit Edgar von den Schienen weggefahren war, sah ich die Steine zwischen den Balken. Sie waren nicht größer als Nüsse. Weiter hinten liefen die Schienen durch öliges Gras. Der Himmel lief weiter als sie. Ich ging langsam der Fahrtrichtung nach, bis der Bahnsteig zu Ende war. Dann kehrte ich um.

Ich stand vor der großen Uhr am Bahnhof und sah, wie sich Leute mit Säcken und Körben beeilten, wie der Sekundenzeiger sprang, wie die Busse an der Ecke ihre Bäuche an den Häusern knapp vorbeibogen. Da trug ich nur die Handtasche und hatte Edgars Nüsse auf der Bank vergessen. Ich ging zum Bahnsteig zurück. Auf den Schienen stand schon der nächste Zug. Die Bank war leer.

Es gab nur diesen einen Weg unter meinen Füßen, den Weg zur Telefonzelle.

Es läutete zweimal, ich sagte einen anderen Namen. Terezas Vater glaubte mir und rief sie.

Tereza kam in die Stadt zu der Kopfweide mit drei Stämmen, die weit hinten am Ufer wuchs. Ich zeigte ihr das Einweckglas und den Pinsel in meiner Handtasche.

Ich zeige dir das Haus, sagte Tereza, aber ich mache nicht mit. Ich warte in der anderen Straße auf dich. Ich hatte in das Einweckglas geschissen und mir vorgenommen, das Haus des Hauptmanns Pjele zu beschmieren. Schuft oder Schwein wollte ich auf die Wand unter die hohen Fenster schreiben. Ein kurzes Wort, das schnell fertig ist.

Am Haus, wo der Hauptmann Pjele wohnen sollte, stand ein anderer Name. Tereza wußte jedoch, wo der Fabrikdirektor wohnt. Wir gingen hin.

Hinter den Vorhängen war noch Licht. Tereza und ich warteten. Es war kurz vor Mitternacht, wir gingen auf und ab. Terezas Armreifen rasselten, und ich sagte: Zieh sie aus. Dann schlug Wind an allerlei schwarze Gegenstände. Ich sah Menschen stehen, wo nur Büsche standen. Ich sah Gesichter in geparkten Autos, wo die Sitze leer waren. Es fielen Blätter auf den Weg, wo keine Bäume standen. Unsere Schritte trappelten und schürften. Tereza sagte: Deine Schuhe sind nicht gut.

Der Mond war ein Kipfel. Morgen ist er heller, sagte Tereza, er wächst, sein Buckel ist rechts. Die Straßenlaterne steht vor dem Haus. Solche Häuser sind immer beleuchtet. Das ist gut, weil man die Hauswand sieht, aber uns sieht man auch.

Ich suchte zwischen den beiden Mittelfenstern den richtigen Platz aus. Ich steckte den Pinsel in die Jackentasche, schraubte den Deckel vom Glas und gab ihn Tereza. Die Handtasche ließ ich offen.

Es stinkt, als hätte man dich schon ertappt, sagte Tereza. Sie ging mit dem Deckel in die andere Straße.

Als ich in die andere Straße kam, war sie leer. Ich ging von Zaun zu Zaun, von Haustor zu Haustor, von Baum zu Baum. Erst am Straßenende kam jemand aus einem

Baumstamm, wie durch eine Tür. Ich mußte dreimal hinsehen, bis es Tereza war. Ich roch ihr Parfum.

Komm, sagte sie, zog mich am Arm, mein Gott, warst du lange, was hast du geschrieben. Ich sagte: Nichts. Ich habe nur das Glas vor das Haustor gestellt.

Tereza lachte wie ein Huhn. Ihr langer, bleicher Hals stelzte neben mir, als fingen ihre Beine an den Schultern an. Es stinkt noch immer, sagte Tereza, du hast dich eingesaut. Wo ist der Deckel, fragte ich. Am Baum, wo ich gewartet habe, sagte sie.

Den Pinsel warfen wir von der Brücke in den Fluß. Das Wasser war schwarz und so still wie das Warten im Kopf. Wir hielten den Atem an und hörten nichts fallen. Ich war sicher, daß der Pinsel nicht im Wasser angekommen war. Ich holte Luft und mußte husten, weil die Pinselhaare mich im Hals kratzten. Ich sah den Kipfelmond und war sicher, daß der Pinsel in der Luft hängt und über dieser Stadt die schwarzgerippte Kugel malt – die Nacht.

Edgar war wieder in der Stadt. Wir warteten seit Stunden in der Bodega auf Georg. Er kam nicht. Es kamen zwei Polizisten, sie gingen von Tisch zu Tisch. Das Proletariat der Blechschafe und Holzmelonen zeigte die Ausweise und nannte den Arbeitsplatz.

Der Irre mit dem weißen Bart zog einen Polizisten am Ärmel, öffnete sein handgroß gefaltetes Taschentuch und sagte: Professor für Philosophie. Der Irre wurde vom Kellner vor die Tür gezerrt. Ich werde Sie verklagen, junger Mann, schrie er, Sie und den Polizisten, aber die Schafe fressen. Die Schafe kriegen euch, macht euch nichts vor. Heute nacht fällt ein Stern, und die Schafe fressen euch aus den Kissen wie Gras.

Edgar zeigte seinen Ausweis. Lehrer im Lyzeum für Leichtindustrie, dort neben dem Museum, sagte er. Ich hielt meinen Ausweis hin und sagte, Übersetzerin und den Namen der Fabrik, aus der ich entlassen war. Mein Kopf glühte, ich sah dem jungen Polizisten scharf ins Gesicht, damit er nicht merkte, wie meine Schläfen klopften. Er blätterte in unseren Ausweisen und gab sie uns wieder. Edgar sagte: Zum Glück.

Er sah auf die Uhr, er mußte zum Zug. Ich blieb am Tisch sitzen und sah, wie seine Hand über den Sitz des leeren Stuhls strich, als er aufstand zum Gehen. Er schob die Lehne an den Tischrand und sagte: Jetzt kommt Georg nicht mehr.

Die Schichtarbeiter wurden lauter, als Edgar gegangen war. Die Gläser klirrten, der Rauch wälzte sich in der Luft. Stühle wurden gestoßen, Schuhe schürften. Die Polizisten waren gegangen. Ich trank noch ein Bier, obwohl jeder Schluck nach Blasentee schmeckte.

Ein dicker Mann mit roten Backen zog die Kellnerin auf seinen Schoß. Sie lachte. Ein Zahnloser tauchte sein Würstchen in den Senf und steckte es der Kellnerin in den Mund. Sie biß und wischte sich kauend mit dem nackten Arm den Senf vom Kinn.

Wie diese Männer gierten, wie sie zwischen den Schichten außerhalb des Hauses nach Liebe schnappten und sie schon verhöhnten. Die gleichen, die Lola in den struppigen Park gefolgt waren, die in den ruhigen Nächten die Zwergin auf dem Platz aufgepumpt hatten. Die den Jesus am Kreuz im Sack verkauften und versoffen. Die ihren Frauen Kalbsnieren oder Parkett nach Hause brachten. Und den Kindern oder Geliebten staubgraue Hasen schenkten zum Spielen. Auch Georg mit seiner Hühnerqual gehörte zu denen, auch die Nachbarin mit den gesprenkelten Augen im Kreis der Komplizen, von der Kurt sagte, sie lache wie ein gestraucheltes Tier. Aber auch Kurt selber war nicht anders mit seinen Feldsträußen, die nach den langen warmen Reisen zu spät in Frau Margits Hände kamen und die Köpfe hängen ließen. Auch die Schneiderin, die Geld für das Schicksal nahm und ihre Kinder mit Goldherzen behängte. Auch die Frau des Pelzmanns mit ihrer Sumpfbibermütze. Auch Edgar mit seinen Nüssen. Aber auch ich gehörte zu denen mit meinen ungarischen Bonbons für Frau Margit. Und mit dem Mann, der mir nach seinem Tod nicht fehlte. Was zwischen uns gewesen war, kam mir so gewöhnlich vor wie ein Stück Brot, das man gegessen hat. Auch der Grasflecken im Wald. Und daß ich der Strohhalm mit offenen Beinen und geschlossenen Augen bin, der die Bäume mit Krähennestern aushält, wenn sie zuschauen, wie ein Miststück auf dem Boden brennt und friert.

Der Irre mit dem weißen Bart war wieder in die Bodega zurückgekehrt. Er schleppte sich an meinen Tisch und trank den fingerhohen Rest aus Edgars Glas. Ich hörte, wie er das Bier schluckte und dachte an den Traum, den ich Edgar erzählt hatte:

Ein kleiner roter Roller, an dem ein Motor brummt. Aber er hat keinen, der Mann auf dem Trittbrett muß treten mit dem Fuß. Er fährt schnell, vom Fahren fliegt sein Schal. Es muß in einem Zimmer sein, hatte ich gesagt, denn der Roller fährt über Parkettboden auf eine Fußleiste zu und verschwindet in der dunklen Lücke zwischen Parkett und Leiste. Als der Roller und der Mann verschwunden sind, stehen in der Lücke weiße Augen. Einer der Passanten, die über das Parkett an mir vorbeigehen, sagt: Das ist der Unfallroller.

Lieber soll die Großmutter immer singen, die Mutter immer Teig über den Tisch ziehen, der Großvater immer Schach spielen, der Vater immer Milchdisteln abhacken, als sich auf einmal wer weiß wie zu ändern. Lieber sollen diese hier so häßlich einfrieren, als andere Leuten werden, denkt sich das Kind. Lieber zwischen Häßlichen im Zimmer und im Garten zu Hause sein, als Fremden zu gehören.

Zwei Tage später kam Kurt in die Stadt. Er schenkte Frau Margit einen Strauß Ackerwinden. Sie streckten die roten Zungen heraus und rochen nach Kuchen.

Die Nachbarin mit den gesprenkelten Augen, sagte Kurt, hat gestern abend an mein Fenster geklopft. Sie hielt einen kleinen Hasen auf dem Arm und sagte, daß Georg am Bahnhof in der Stadt eine Rauferei mit Unbekannten angefangen hat. Georg liegt im Spital. Gestern vormittag war ich im Dorf, sagte Kurt. Der Polizist hat mich von der anderen Straßenseite gerufen. Ich ging nicht zu ihm hinüber, ich blieb stehen, wo ich war. Ich bückte mich und nahm ein gelbes Blatt vom Boden. Ich steckte es in den Mund. Der Polizist überquerte die Straße, er gab mir die Hand und lud mich zu einem Schnaps bei sich zu Hause ein. Ich sagte, daß er mich nicht mehr duzen soll. Er sagte: Das werden wir sehen. Der Polizist wohnt neben dem Haus, wo wir standen. Ich habe den Schnaps abgelehnt. Der Polizist hat erwartet, daß ich gehe, aber ich habe mich nicht von der Stelle gerührt, nur das Blatt schneller im Mund gedreht. Er hatte nichts mehr zu sagen, konnte aber auch nicht gehen. Um nicht zu sehen, wie das Blatt sich in meinem Mund dreht, hat er sich gebückt und seinen Schuh gebunden. Ich habe das Blatt neben seine Hand auf den Boden gespuckt und ihn dort stehen lassen. Er hat etwas hinter mir her gesagt, wahrscheinlich geflucht.

Kurt und ich gingen zum Spital. Kurt gab dem Portier eine Flasche Schnaps. Er nahm sie und sagte: Der liegt allein im Zimmer im dritten Stock. Ich sage euch das, obwohl ich es nicht darf. Hinauflassen kann ich euch nicht.

Auf dem Rückweg durch die Stadt sagte Kurt: Die Nachbarin hat den kleinen Hasen, den sie auf dem Arm hielt, von Georg bekommen. Georg hat ihn auf dem Feld vor einer Katze gerettet und der Tochter eines Blutsäufers geschenkt. Er ist schön, so grau wie staubige Erde. Er hat so gezittert, als Georg ihn brachte. Am Bauch ist seine Haut ganz dünn. Ich dachte, sein Eingeweide fällt heraus, als er mir aus der Hand sprang.

Woher weiß die Geliebte, daß Georg im Spital ist, fragte ich. Von dem Hasen, sagte Kurt und lachte.

Georgs Kieferknochen waren zerschlagen. Als er aus dem Spital entlassen war, sagte Georg: Ich kenne die Gesichter der drei Schläger aus der Studentenzeit aus der Kantine. Aber nur vom Sehen, wie sie heißen, weiß ich nicht.

Sie hatten ihn angerempelt, als er aus dem Zug gestiegen war. Er war ausgewichen. Ich habe gedacht, die schlagen gleich drauf, sagte Georg. Sie ließen mich bis vor den Bahnhof gehen, weil ihnen auf dem Bahnsteig zu viele Leute waren.

Neben der Bushaltestelle hatten sie Georg in die Ecke zwischen Wand und Kiosk gedrückt. Fäuste und Schuhe, mehr habe er nicht mehr gesehen, sagte Georg.

Ein kleiner, dürrer Mann hatte Georg im Spital geweckt. Er stand vor dem Bett, zog seine Brieftasche aus der Jacke und legte Geld auf das Nachtkästchen und sagte: Damit sind wir quitt. Georg warf ihm zuerst das Kissen und dann die Teetasse an den Kopf. Der lächelte, und von seinem Haar tropfte der Tee, sagte Georg. Er nahm sein Drecksgeld vom Nachtkästchen und ging. Es war keiner der Schläger.

Die Geliebte mit den gesprenkelten Augen fuhr mit ihrem staubigen Hasen im Korb in die Stadt und besuchte Georg im Spital. Sie durfte aufs Zimmer. Den Hasen mußte sie beim Portier lassen. Der Portier fütterte ihn mit Brot. Die Geliebte gab Georg Äpfel und Kuchen und streichelte ihm über das Haar. Aber Georg wollte wissen, wann sie den Dorfpolizisten zum letzten Mal gesehen hat.

Sie ist zu dumm, um zu lügen, sagte Kurt, sie trank einen Schluck Tee aus Georgs Tasse und heulte. Georg schrie sie an. Er warf die Äpfel und den Kuchen in ihren Korb zurück und schickte sie weg. Sie ließ den Hasen beim Portier, er gehöre dem Kranken, den sie besucht hat, sagte sie dem Portier. Er holt ihn ab, wenn er entlassen wird.

Als Georg zehn Tage später zum Tor hinausging, klopfte der Portier an die Scheibe und zeigte ihm den Hasen. Er saß in einem Käfig auf der Hutablage und fraß Kartoffelschalen. Georg winkte ab und ging weiter. Der Portier rief: Nicht, daß Sie später kommen, am Samstag abend wird er geschlachtet.

Die Klage gegen die Schläger nahm das Gericht nicht an. Wir hatten nichts anderes erwartet.

Als Georg zum Gericht kam, wußte der Beamte, wer vor

ihm stand. Der Hauptmann Pjele hatte zehn Tage Zeit gehabt. Georg sagte: Ich versuche es trotzdem.

Wo arbeiten Sie, fragte der Beamte. Klagen gegen Unbekannt ohne Beweise, das kann jeder, der sich langweilt in diesem Land.

Ich langweile mich nicht, ich komme aus dem Spital, weil ich so zugerichtet war, sagte Georg. Und wo ist der Entlassungsschein, aus dem das hervorgeht, fragte der Beamte. Ich habe keinen bekommen, weil der Arzt auf einer Hochzeit war, als ich entlassen wurde, sagte Georg.

Georg hatte den Entlassungsschein in der Tasche, aber darauf stand: Sommergrippe mit Übelkeit.

Sie leiden, sagte der Beamte, aber an Faulheit, Einbildung und Verfolgungswahn. Nehmen Sie das Blatt wieder mit, Sie haben Glück, daß Ihre Krankheit da nicht draufsteht. Sie fühlen sich unschuldig. Ohne Grund wird doch niemand verprügelt.

Georg verbrachte diesen Tag in der Bodega neben dem Bahnhof. Er hatte sich eine Fahrkarte zu seinen Eltern gekauft. Als er mit der Karte in der Hand zum Bahnsteig kam, setzte sich Georg auf die Bank. Er sah, wie die Leute Körbe und Säcke auf die Treppen hoben und einstiegen. Die Türen standen offen, die Köpfe hingen nebeneinander aus den Wagenfenstern. Die Frauen aßen Äpfel, die Kinder spuckten auf den Bahnsteig, die Männer spuckten auf ihre Kämme und kämmten sich. Georg überfiel der Widerwille.

Die Türen wurden zugeschlagen. Der Zug pfiff, die Räder drehten sich, die Eingestiegenen sahen zum Bahnsteig zurück.

Er wollte nicht, sagte Georg, zu einer Schneiderin mit Sommersprossen, die näht und bügelt und sagt, ihr Sohn sei eine verkrachte Existenz. Die ihrem Sohn hinter dem Rücken ihres Mannes ein wenig Geld und viele Vorwürfe im gleichen Umschlag schickt. Und nicht zu einem Rentnervater wollte er, der sich über sein Fahrrad mehr Gedanken macht als über seinen Sohn. Zurück zu Kurt ins Dorf der Komplizen wollte Georg auch nicht. Er wollte die Nachbarin mit den gesprenkelten Augen nie mehr sehen.

Auch zu Edgars Eltern und zu Frau Margit wollte ich nicht, sagte Georg. Ich habe nur den einen Wunsch gespürt, meine Beine keinen Schritt weiter über die Erde zu tragen. Müde und leer bin ich in den Wartesaal gegangen, habe dem Aufseher meine Fahrkarte vorgezeigt und mich auf eine Bank gelegt. Ich bin sofort eingeschlafen wie ein Stück vergessenes Gepäck. Bis es taghell wurde und ein Polizist mit dem Knüppel seinen Dienst tat, habe ich tief geschlafen. Die Wartenden haben von Morgenzügen gesprochen, als ich ging. Sie hatten alle ein Ziel.

Frisch geweckt ging Georg, ohne Edgar, Kurt und mir vorher ein Wort zu sagen, zum Paßamt.

Auf eure Beschwichtigungen war ich nicht neugierig, sagte Georg, ich wollte mir das abwiegelnde Zeug aus eurem Mund nicht anhören. Ich habe euch gehaßt, ich hätte euch, so verstört wie ich war, nicht sehen können. Schon der Gedanke an euch hat mich zur Glut getrieben. Ich hätte euch und mich selber aus meinem Leben herauskotzen wollen, weil ich spürte, wie sehr wir aufeinander angewiesen sind. So bin ich, ohne den Weg zu spüren, zum Paßamt gelangt und habe neben dem Schalter wie ein Ertrinkender das Gesuch für die Ausreise geschrieben und sofort abgegeben. Schnell, bevor der Hauptmann Pjele mir vor die Augen treten konnte. Mir war beim Schreiben, als schaue er mich an aus dem Papier.

Georg wußte nicht mehr genau, was er geschrieben hatte.

Aber daß ich am liebsten schon heute draußen wäre aus diesem Land, sagte er, das steht bestimmt in dem Gesuch. Jetzt geht es mir besser, ich bin fast ein Mensch. Nachdem das Gesuch abgegeben war, habe ich es kaum erwarten können, euch zu sehen.

Georg legte seine Hand auf meinen Kopf, und mit der anderen Hand zog er Edgar am Ohrläppchen.

Es war deine eigene Unsicherheit, sagte Edgar, du hast dich selber überlisten müssen. Niemand von uns hätte ein abwiegelndes Wort gegen deine Ausreise gesagt.

Die Schneiderin war von ihrer Reise aus Ungarn nicht mehr zurückgekehrt. Niemand hätte das vermutet, sagte Tereza. Die Patience im Kartenlesen hatte die Schneiderin für alle undurchschaubar gemacht. Tereza war gekränkt, sie hatte ein vierblättriges Kleeblatt für ihre Goldkette bestellt und von der Fluchtabsicht der Schneiderin nichts geahnt.

Die Großmutter ist jetzt in der Wohnung bei den Kindern, sagte Tereza. Sie saß an der Nähmaschine, als Tereza hinkam, als sei das immer so gewesen. Die Kinder haben Mutter zu ihr gesagt, und Tereza war eine Weile nicht sicher gewesen, ob das nicht wirklich die Schneiderin ist. Die Frau ist wie die Schneiderin, sagte Tereza, nur um zwanzig Jahre älter. Vor so einer Ähnlichkeit fürchtet man sich. Die Großmutter spricht mit den Kindern ungarisch, hast du gewußt, daß die Schneiderin Ungarin ist, warum hat sie das verheimlicht. Weil wir nicht Ungarisch sprechen, sagte ich. Wir sprechen auch nicht Deutsch, sagte Tereza, und wissen doch, daß du eine Deutsche bist. Die Kinder spüren noch nicht, daß ihre Mutter weg ist. Wie lange werden sie noch, ohne zu weinen, sagen können: Unsere Mutter ist in Wien, sie spart für ein Auto.

Die Nuß unter Terezas Arm war so groß wie eine Pflaume und fing in der Mitte blau zu reifen an. Die Birke mit der Türklinke am Stamm schaute ins Zimmer. Tereza nähte sich ein Kleid, ich sollte ihr helfen. Die Knopflöcher nähen, und die Hexenstiche unten am Saum.

Der Zwirn an den Knöpfen wird so dick bei mir, daß es vermurkst aussieht, sagte Tereza, der Saum verzieht sich.

Terezas Freund, der Arzt, den ich nur einmal in der Stadt mit Tereza gesehen hatte, arbeitete im Parteispital. Er hatte Tag- und Nachtschichten. Er behandelte Terezas Vater die Wirbelsäule, Terezas Mutter die Krampfadern und Terezas Großmutter gegen Verkalkung. Tereza wollte er nicht untersuchen.

Ich sehe Tag und Nacht nur Kranke, sagte er zu Tereza, sie hängen mir zum Hals heraus. Mit dir will ich nicht auch noch Doktor spielen. Daß sie zu dem Arzt gehen soll, bei dem sie bisher war, sagte er. Wenn Tereza ihm erzählte, was der andere Arzt meint, sagte er: Er muß es ja wissen, und schüttelte den Kopf. Der andere Arzt meinte, wenn man Tereza glauben konnte, daß sie jemals dort war: Erst wenn der Knoten ausgewachsen ist, kann man ihn herausschneiden.

Daß der Mann, den ich liebe, mich nicht untersuchen will, macht mich fremd, sagte Tereza. Aber es wäre mir unangenehm, wenn er mich behandeln würde. Dann wäre ich wie alle, deren Fleisch durch seine Hände geht, ich hätte kein Geheimnis mehr.

Die weiße Porzellanhand mit Terezas Schmuck stand auf dem Tisch, daneben lagen Stoffreste.

Wenn ich mit ihm schlafe, sagte Tereza, behalte ich die Bluse an, damit er die Nuß nicht sieht. Er legt sich auf mich und keucht sich ans Ziel. Danach springt er auf und raucht, und ich möchte, daß er noch ein wenig bei mir liegen bleibt. Wir denken beide an die Nuß. Er sagt, ich sei kindisch, wenn ich frage: Warum stehst du so schnell auf. Jetzt frage ich nichts mehr, sagte Tereza, das heißt aber nicht, daß es mich nicht mehr stört.

Zieh das Kleid an, sagte Tereza, vielleicht paßt es dir. Du weißt doch, daß es mir viel zu groß ist, sagte ich.

Auch wenn es mir gepaßt hätte, wäre ich nicht hineingeschlüpft. Die Nuß war drin. Schon wenn ich das Kleid beim Nähen in den Händen hielt, bildete ich mir ein, daß ich mir selber die Nuß annähe. Daß die Nuß den Faden entlang in meinen Körper wandert.

Während ich die Knopflöcher nähte, war Tereza sicher, daß ihr das Kleid nicht mehr gefiel.

Terezas Vater war für zwölf Tage in den Süden des

Landes gefahren, um ein Denkmal zu gießen. Deshalb durfte ich zu ihr nach Hause kommen. Terezas Mutter war ihm später nachgefahren, um bei der Enthüllung des Denkmals dabei zu sein.

Die Großmutter sollte nicht wissen, daß ich da war. Tereza lockte sie in den Garten, bis ich in ihrem Zimmer war. Sie hat nichts gegen dich, sagte Tereza, manchmal fragt sie nach dir. Vor ein paar Jahren hätte sie geschwiegen. Aber seit sie verkalkt ist, sitzt ihre Zunge locker.

Im Brief der Mutter lagen dreihundert Lei für die Miete. Hinter den Kreuzschmerzen stand: Ich habe Kartoffeln verkauft und gespart, damit du nichts Schlechtes tust, um Geld zu verdienen. Jetzt werden die Nächte schon kalt, ich habe mir gestern abend zum ersten Mal Feuer gemacht. Die Großmutter schläft noch immer draußen. Die Traktoristen, die um Halbnacht aufs Feld ackern gehen, sehen sie meistens hinter dem Friedhof. Vielleicht zieht es sie hin, es wäre ja gut.

Gestern kam der Pfarrer mit hochrotem Kopf zu mir. Ich dachte, der hat zu tief ins Glas geschaut, aber er war vom Zorn so rot. Er sagte: Herrgott Sakrament, das geht nicht mehr. Die Großmutter hat sich gestern hinter dem Rücken des Kirchendieners in die Sakristei geschlichen. Als der Pfarrer zum Hochamt kam, zeigte sie auf seine schwarze Kutte und auf den weißen Kragen. Du bist auch eine Schwalbe, sagte sie, ich zieh mich um, dann fliegen wir.

Die beiden Schubladen im Schrank der Sakristei waren

leer, die Großmutter hatte alle Hostien gegessen. Die Messe fing an. Sechs Leute hatten gebeichtet, sagte der Pfarrer. Sie kamen vor den Altar zur Kommunion und knieten sich hin mit geschlossenen Augen. Er mußte vor dem Herrgott seine Pflicht tun. Er ging mit dem Kelch, in dem nur zwei angebissene Hostien waren, von einem zum anderen. Sie öffneten den Mund für den Empfang der Hostie. Er mußte wie immer Leib Christi sagen. Er legte den beiden ersten die angebissenen Hostien auf die Zunge. Bei den vier nächsten sagte er Leib Christi und drückte ihnen die Daumenspitze auf die Zunge.

Ich habe mich entschuldigen müssen, schrieb die Mutter. Bei aller Liebe, sagte der Pfarrer, aber das muß ich dem Bischof melden.

Georg zog zu Edgars Eltern.

Die Nachbarin mit den gesprenkelten Augen ist wie vom Erdboden verschwunden, sagte Georg. Der Polizist hat sie kassiert. Ihr Garten ist geerntet, nur das Gras schießt in den Himmel. Was soll ich den ganzen Tag bei Kurt, es wird so früh dunkel. Kurt ist bis abends im Schlachthaus. Abends machte er uns vier Spiegeleier, wir tranken Schnaps zur Verdauung. Dann ging er mit dreckigen Händen ins Bett. Wenn Kurt schlief, ging ich mit der Schnapsflasche in der Hand durch das ganze Haus. Draußen bellten Hunde, und ein paar Nachtvögel schrien. Ich horchte und trank die Flasche leer. Wenn ich halb besoffen war, öffnete ich die Haustür und sah hinaus in den Garten. Im Fenster der Nachbarin brannte Licht. Solang es draußen hell war, stand der dürre Garten da, und ich hatte nichts verloren bei ihr. Aber wenn es dunkel wurde, wollte ich zu ihr. Ich schloß die Haustür ab und legte den großen Schlüssel auf das Fensterbrett. Am liebsten hätte ich wieder aufgeschlossen, um schnurstracks durch den Garten zu rennen und drüben ans Fenster zu klopfen. Sie wartete, daß ich eines Abends komme. Jede Nacht war eine Qual. Nur der große Schlüssel auf dem Fensterbrett hielt mich zurück. Um ein Haar hätte ich wieder bei der im Bett gelegen.

Wenn Kurt beim Essen etwas sagte, ging es um Rohre, Gräben und Kühe. Und selbstverständlich ums Blutsaufen. Ich konnte keinen Bissen mehr schlucken, wenn Kurt aß und vom Blutsaufen redete. Aber ihm schmeckte es, wenn er sagte: Je kälter es draußen wird, umso mehr Blut wird gesoffen. Er aß auch meinen Teller leer und tunkte die Pfanne aus.

Am Tag mußte ich aus dem Haus gehen, sagte Georg, irgendwohin, sonst wäre ich verrückt geworden. Die Dorfstraße war tot, ich ging in die andere Richtung zum Dorf hinaus. Es gab keinen Flecken, wo ich nicht schon dreimal gewesen war. Durch die Felder zu irren hatte keinen Sinn. Die Erde war naß vom Tau und trocknete in der Kälte nicht mehr. Alles war niedergemacht, gerupft, gesichelt, gebunden. Nur das Unkraut stand da und reifte bis in die Wurzeln. Es warf den Samen aus. Ich preßte den Mund zu und hatte den Grassamen im Nacken, in den Ohren und im Haar. Er juckte, und ich mußte mich kratzen. Im Unkraut saßen fette Katzen auf der Lauer. Die Stengel raschelten nicht. Die alten Hasen konnten noch fliehen.

Ihre Jungen überschlugen sich, dann war es aus. Es war nicht meine Kehle, die zerbissen wurde. Frierend und dreckig wie ein Maulwurf ging ich daran vorbei, ich werde nie mehr einen Hasen retten.

Es ist wahr, sagte Georg, diese Gräser sind schön, aber mitten in ihnen, wohin man auch sieht, öffnen die Felder, so scheint es, das Maul. Der Himmel zog weg, die Erde klebte an den Schuhen. Die Blätter, Stengel und Wurzeln der Gräser waren rot wie Blut.

Edgar kam ohne Georg in die Stadt. Am Abend davor hatte Georg sich noch gefreut, endlich wieder aus dem Dorf wegzukommen, statt Dreck und Gras wieder Asphalt und Straßenbahnen zu sehen. Am Morgen trottelte er und wurde nicht fertig.

Georg wollte nicht schnell gehen, Edgar spürte, daß Georg den Zug verpassen wollte. Auf halbem Weg blieb er stehen und sagte: Ich gehe zurück, ich fahre nicht in die Stadt.

Sein Jammern über das Alleinsein bei Kurt war nur eine Ausrede, sagte Edgar. Jetzt ist er nicht allein, ich bin den ganzen Tag zu Hause und meine Eltern auch. Aber mit Georg kann man nicht reden. Er ist wie ein Gespenst.

Georg wachte morgens früh auf, zog sich an und setzte sich ans Fenster. Wenn die Teller und das Besteck klapperten, nahm er seinen Stuhl und kam an den Tisch. Nach dem Essen trug er den Stuhl ans Fenster zurück. Er schaute hinaus. Da stand immer das gleiche kahle Holz der Akazie, der Graben, die Brücke, Dreck und Gras, sonst nichts. Wann kommt die Zeitung, fragte er. Wenn der Briefträger da war, rührte er die Zeitung nicht an. Er wartete auf eine Nachricht vom Paßamt. Wenn Edgar spazieren oder in den Dorfladen ging, kam er nicht mit. Es lohnt sich nicht, die Schuhe anzuziehen, sagte er.

Meinen Eltern wird er langsam lästig, sagte Edgar. Nicht wegen des Essens und Schlafens, das bezahlt er ja, obwohl meine Eltern das Geld gar nicht wollen. Meine Mutter sagt: Der wohnt hier bei uns und wir stören ihn, der hat keine Manieren.

Edgar fiel es jeden Tag schwerer, seinen Eltern zu sagen, daß er Georg anders kennt, daß er so starrsinnig geworden ist, weil er den Schädel voller Sorgen hat. Sie sagten: Wieso, er kriegt doch bald den Paß.

Es begann an diesem Oktobermorgen, als Georg auf halbem Weg umkehrte und Edgar allein in die Stadt fuhr, ein böser Tag.

Im Zug war eine Gruppe von Männern und Frauen, die Kirchenlieder sangen. Die Frauen hielten brennende Kerzen in der Hand. Die Lieder aber waren nicht getragen und schwer, wie in der Kirche. Sie paßten sich dem Rauschen und Schütteln des Zuges an. Die Singenden schunkelten. Die Frauen sangen mit dünnen, hohen Stimmen, als würden sie bedroht, als würden sie jammern statt schreien. Ihre Augen quollen aus der Stirn. Sie schwenkten die Kerzen in großen Kreisen, daß man Angst haben mußte, der Wagen brennt an. Die Zugestiegenen flüsterten sich zu, es seien Angehörige einer Sekte aus dem

Nachbardorf. Der Kontrolleur kam nicht in den Wagen, die Singenden wollten nicht gestört werden und hatten ihn bestochen. Draußen fuhr das Feld, dürrer, vergessener Mais und schwarze Sonnenblumenstengel ohne ein Blatt. Und mitten in dieser Ödnis, hinter einer Brücke, wo Gestrüpp stand, zog ein Singender die Notbremse. Er sagte: Hier müssen wir beten.

Der Zug hielt, und die Gruppe stieg aus. Im Gestrüpp, vor dem sich die Gruppe aufstellte, lagen noch die Kerzenstummel vom letzten Mal. Der Himmel war niedrig, die Gruppe sang, und der Wind löschte die brennenden Kerzen aus. Die Unbeteiligten, die im Wagen geblieben waren, drängten sich vor den Fenstern und sahen hinaus.

Ein Mann und Edgar waren sitzen geblieben. Der Mann zitterte, er krümmte die Finger zu Fäusten. Er schlug sich auf die Schenkel und sah auf den Boden. Plötzlich riß er seine Mütze vom Kopf und fing an zu weinen. Ich werde erwartet, sagte er laut zu sich selbst. Er drückte die Mütze auf sein Gesicht. Er verfluchte die Sekte und sagte: Das ganze Geld rausgeschmissen.

Als die Sektengruppe wieder eingestiegen war, fuhr der Zug langsam an. Der weinende Mann öffnete das Fenster und streckte den Kopf hinaus. Seine Augen wollten den kahlen Bahndamm entlang die Entfernung verkürzen. Der Mann setzte die Mütze auf und seufzte. Der Zug ließ sich Zeit.

Kurz vor der Stadt bliesen die Frauen ihre Kerzen aus und steckten sie in die Manteltaschen. Ihre Mäntel und die Bänke waren mit Wachs vertropft, Tropfen wie kaltes Fett.

Der Zug hielt. Die Männer stiegen aus, hinter ihnen die Frauen. Hinter den Frauen die Unbeteiligten.

Der weinende Mann stand auf, ging durch den Wagen nach hinten und sah auf den Bahnsteig. Dann ging er zurück, setzte sich in die Ecke und zündete eine Zigarette an. Auf dem Bahnsteig standen drei Polizisten. Als alle ausgestiegen waren, stiegen sie in den Wagen und stießen den Mann auf den Bahnsteig hinaus. Seine Mütze blieb liegen, sie führten ihn ab. Aus seiner Jacke fiel eine Streichholzschachtel. Noch zweimal sah sich der Mann nach Edgar um. Edgar hob die Streichholzschachtel auf und steckte sie in seine Tasche.

Er stand vor der großen Bahnhofsuhr. Der Wind war schneidig. Er sah die Ecke, in der Georg zusammengeschlagen worden war. Zwischen Kiosk und Wand wirbelten dürres Laub und Papier. Edgar ging die Straße herunter in die Stadt. Sie war überall, wenn man kein Ziel hatte.

Edgar ging zum Frisör. Weil am Morgen weniger Kunden sind, sagte Edgar. Und danach sagte er: Weil ich nicht wußte, was ich tun soll, fingen meine Haare mich zu stören an. Ich wollte schnell ins Warme, ich hatte den Eindruck, daß sich jemand, der nichts von mir weiß, eine Weile um mich kümmern muß.

Edgar sagte zu dem Haarschneider aus der Studentenzeit immer noch: Unser Frisör. Damals gingen Edgar, Kurt und Georg zusammen zu dem Mann mit den schlauen Augen, weil die Unverschämtheit des Frisörs zu dritt besser zu ertragen war. Und weil er nur gemein war, bis er mit dem Schneiden anfing. Dann wurde er fast scheu, oder er schwieg.

Der Frisör gab Edgar die Hand: Ach so, Sie sind wieder in der Stadt. Und die zwei Roten, fragte er. Sein Gesicht war nicht älter geworden. Jetzt kommen viele nicht mehr, bis es Frühjahr wird, sagte er. Die setzen Mützen auf und trinken für das Frisörgeld Schnaps.

Der Frisör hatte am rechten Zeigefinger einen langen Nagel, alle anderen waren kurz. Er teilte Edgars Haar mit dem langen Nagel in Strähnen. Edgar hörte die Schere schnappen, sein Gesicht wurde immer kleiner, der Spiegel entfernte sich. Edgar machte die Augen zu, ihm war schlecht.

Der Frisör hatte nicht gefragt, wie ich das Haar geschnitten haben will, sagte Edgar. Er hat mich für alle geschoren, die nicht mehr kommen, bis es Frühjahr wird. Als ich vom Stuhl aufstand, war mein Haar kurz wie ein Fell.

Vieles sahen wir so eng beieinander wie damals, als Edgar, Kurt, Georg und ich noch Studenten waren. Doch das Unglück packte jeden anders, seitdem wir zerstreut worden waren im Land. Wir blieben aufeinander angewiesen. Die Briefe mit den Haaren hatten zu nichts getaugt, als die Angst im eigenen Kopf in der Handschrift des anderen zu lesen. Mit den Kletten, Neuntötern, Blutsäufern und hydraulischen Maschinen mußte jeder selber fertig werden, die Augen aufreißen und zudrücken in einem.

Als wir entlassen waren, sahen wir, daß es ohne diese zuverlässige Verstörung schlechter ging als unter ihrem Zwang. Weil wir angestellt oder entlassen für unsere Umgebung Versager waren, wurden wir es auch für uns. Obwohl wir alle Gründe durchgingen und dazu standen, fühlten wir uns so. Wir waren mürb, der Gerüchte über den baldigen Tod des Diktators überdrüssig, der Fluchttoten müde, den Fluchtversessenen immer näher gerückt, ohne es zu merken.

Das Scheitern kam uns so gewöhnlich wie das Atmen vor. Es war unsere Gemeinsamkeit wie das Vertrauen. Und doch tat jeder für sich allein im stillen noch etwas dazu: das eigene Versagen. Darin hatte jeder ein schlechtes Bild von sich und Ausbrüche quälender Eitelkeit.

Der aufgeplatzte Daumen von Kurt, der zerbrochene Kieferknochen von Georg, der staubgraue Hase, das stinkende Einweckglas in meiner Handtasche – es gehörte je einem von uns. Die anderen wußten davon.

Jeder von uns stellte sich vor, wie man die Freunde durch Selbstmord übriglassen könnte. Und warf ihnen vor, ohne es jemals zu sagen, daß er an sie denken mußte und ihretwegen nicht soweit gegangen war. So wurde jeder selbstgerecht und hatte das Schweigen zur Hand, das die anderen schuldig machte, weil er und sie lebten, statt tot zu sein.

Die Mühe, uns zu retten, war Geduld. Sie durfte uns nie ausgehen, oder mußte gleich wieder da sein, wenn sie gerissen war.

Als Edgar frischgeschoren über den Platz ging, hörte er Hundepfoten hinter seinen Schuhen. Er blieb stehen und ließ den Mann und den Hund vorbei. Der Hund war das Luder Pjele, sagte Edgar. Den Mann mit dem schwarzen Hut kannte er nicht. Der Hund roch an Edgars Mantel und knurrte. Der Mann zog ihn an der Leine von Edgar weg, der Hund ließ sich hängen und sah sich nach ihm um. An der nächsten Ampel standen dieser Mensch und der Hund wieder hinter Edgar. Als es grün wurde, überquerten sie die Straße, gingen jedoch in den Park. Dort mußte jemand auf den Hund gewartet haben, denn wenig später stieg nur der Mann hinter Edgar in die Straßenbahn.

Edgar sagte: Ich dachte mir, der mit dem Hut ist kein Mensch, und ich mit dem Fell bin kein Hund. Aber wir sehen so aus.

Als Georg den halben Weg zum Bahnhof wieder zurückgegangen war, kam er abgehetzt ins Zimmer. Wahrscheinlich war er gelaufen. Edgars Mutter fragte: Hast du was vergessen. Georg sagte: Mich. Er stellte den Stuhl ans Fenster und schaute hinaus in den leeren Tag.

Kurz vor Mittag klopfte der Briefträger an die Tür. Außer der Zeitung hatte er einen eingeschriebenen Brief. Georg rührte sich nicht. Edgars Vater sagte: Der Brief ist für dich, du mußt unterschreiben.

Im Umschlag war die Benachrichtigung für den Paß. Georg ging mit dem Brief in sein Zimmer, schloß die Tür, legte sich auf das Bett. Edgars Eltern hörten ihn weinen. Edgars Mutter klopfte an und brachte ihm Tee. Georg schickte sie mit der Tasse weg.

Als die Teller klapperten, kam er nicht zum Essen. Edgars Vater klopfte an und brachte ihm einen geschälten Apfel. Er legte den Apfel hin und sagte nichts. Georgs Kopf war zugedeckt mit einem Kissen.

Edgars Eltern gingen in den Hof. Seine Mutter fütterte die Enten, sein Vater hackte Holz. Georg nahm die Schere und ging vor den Spiegel. Er zerschnitt sich das Haar.

Als Edgars Eltern aus dem Hof ins Zimmer kamen, saß er am Fenster. Er sah aus wie ein angefressenes Tier. Edgars Vater erschrak, blieb aber ruhig. Er sagte: Wozu ist das gut.

Als ich Georg zum ersten Mal sah, sagte ich: So kannst du nicht abreisen, geh zum Frisör. Er sagte: Ich werde nichts für euch tun, wenn ich in Deutschland bin. Habt ihr gehört, ich werde keinen Finger für euch rühren.

Kurt, Georg und ich sahen die kahlen Stellen, wo Georg sich bis auf die Kopfhaut ins Haar gefahren war. Kurt sagte zu Edgar: Dein Haar sieht auch komisch aus.

Wenn das Kind nicht mehr weiß, wie der Tag zu Ende gehen soll, geht es mit der Schere ins Zimmer. Das Kind läßt die Rolladen herunter und knipst das Licht an. Es stellt sich vor den Toilettenspiegel und schneidet sich das Haar. Das Kind sieht sich dreimal im Spiegel, und das Haar auf der Stirn wird schief.

Das Kind schneidet die schiefen Stellen nach, dann sind die Stellen daneben schief. Das Kind schneidet die Stellen daneben nach, dann sind die vorher geschnittenen schief.

Statt Fransen hat das Kind eine schiefe Bürste über dem Gesicht, die Stirn ist kahl. Das Kind muß weinen.

Die Mutter schlägt das Kind und fragt: Warum hast du das getan. Das Kind sagt: Weil ich mich nicht leiden kann.

Alle im Haus warten, daß aus der schiefen Bürste wieder Fransen wachsen. Mehr als alle im Haus wartet das Kind.

Es kommen andere Tage. Die Fransen wachsen.

Aber eines Tages weiß das Kind wieder nicht, wie der Tag zu Ende gehen soll.

Es gibt viele Fotos von kahlen Winterbäumen und schwerbelaubten Sommerbäumen. Vor den Bäumen stehen Schneemänner oder Rosen. Und ganz vorne auf den Bildern steht ein Kind und lächelt so schief wie die Bürste über seinem Gesicht.

Auf der Streichholzschachtel des Mannes aus dem Zug waren ein Baum und ein durchgestrichenes Feuer. Darunter stand: Schützt den Wald. Edgar legte die Streichholzschachtel in die Küche. Zwei Tage später sagte seine Mutter: Unter den Streichhölzern stehen Zahlen.

Am Rangierbahnhof standen ausländische Güterzüge, sagte Edgar, der Mann wollte über die Grenze.

Die Zahlen in der Schachtel sahen wie entfernte Orte aus. Edgar füllte die Schachtel mit Streichhölzern bis obenhin. Er legte die roten Köpfe der Streichhölzer einzeln übereinander. Er schob den Deckel halb zu, wie eine Decke über einem Bett: Wenn du in Deutschland bist, rufe dort an.

Georg schob den Deckel über die Köpfe. Mit seinem zerschnittenen Haar, an das man sich nicht gewöhnen konnte, sah er jetzt schon aus wie ein Gast. Ich bin noch nicht weg, sagte Georg. Wenn sie mich nicht aus dem fahrenden Zug werfen, rufe ich die Nummern an.

Ob Georg angerufen hat, erfuhren wir nicht mehr. Er bekam den Paß nicht am Schalter. Er wurde zu Hauptmann Pjele geschickt. Der Hauptmann Pjele tat so, als würde er nicht sehen, daß Georgs Haar zerschnitten ist. Er sagte: Setzen Sie sich. Zum ersten Mal siezte er Georg.

Der Hauptmann Pjele legte eine Erklärung und einen Kugelschreiber auf den kleinen Tisch und setzte sich an seinen großen. Er streckte die Beine aus und drückte den Stuhl zurück. Nur eine kleine Unterschrift, sagte der Hauptmann Pjele. In der Erklärung las Georg, daß er im Ausland nichts tun wird, was dem rumänischen Volk schadet.

Georg unterschrieb nicht.

Der Hauptmann Pjele zog die Beine an und stand auf. Er ging zum Schrank und nahm einen Umschlag heraus. Er legte den Umschlag auf den kleinen Tisch. Öffnen Sie, sagte der Hauptmann Pjele. Georg öffnete den Umschlag.

Die wären jetzt gut, sagte der Hauptmann Pjele, ich kann Ihnen ja Briefe schreiben.

In dem Umschlag lagen rote Haare. Nicht meine, sagte Georg, ich glaube, sie waren von Kurt.

Georg stieg drei Tage später in den Zug. Er hatte die Streichholzschachtel in der Manteltasche. Er wurde nicht aus dem fahrenden Zug geworfen. Er kam in Deutschland an.

Vor der Abreise sagte er: Ich schreibe nie wieder Briefe,

nur Karten. Die erste schrieb er Edgars Eltern: Eine Winterpromenade mit knotigen Bäumen am Fluß. Er bedankte sich, daß er bei Edgars Eltern hatte wohnen dürfen. Die Karte war zwei Monate unterwegs. Als sie am Tor in den Briefkasten fiel, war sie schon eine Hinterlassenschaft.

Zwei Wochen davor hatte der Briefträger an die Tür geklopft. Edgar hatte unterschrieben, daß er das Telegramm erhalten hat.

Georg lag sechs Wochen nach der Ausreise am frühen Morgen in Frankfurt auf dem Pflaster. Im fünften Stock des Übergangsheims stand ein Fenster offen.

Im Telegramm stand: Er war sofort tot.

Als die Karte mit Georgs Schrift in den Briefkasten fiel, hatten Edgar, Kurt und ich schon zweimal eine Todesanzeige zur Redaktion der Zeitung getragen.

Beim ersten Mal nickte der Redakteur und nahm das Blatt in die Hand.

Beim zweiten Mal schrie der Redakteur uns zur Tür hinaus. Wir legten das Blatt, bevor wir gingen, neben seine Brille auf den Tisch.

Beim dritten Mal kamen wir am Pförtner nicht vorbei.

Die Todesanzeige ist nie erschienen.

Die Karte von Georg stand bei Edgars Eltern im Schlafzimmer vor den Gläsern in der Vitrine. Die Winterpromenade sah ins Bett. Wenn Edgars Mutter morgens aufwachte, ging sie barfuß über den Fußboden zur Vitrinenscheibe und sah die Winterpromenade an. Edgars Vater sagte: Ich lege sie in die Schublade. Zieh dich an. Edgars Mutter zog sich an, aber die Karte blieb in der Vitrine stehen.

Edgars Mutter benutzte die Schere, mit der Georg sich das Haar zerschnitten hatte, nicht mehr zum Kleidernähen.

Ich konnte seit Georgs Tod nicht im Dunkeln liegen. Frau Margit sagte: Wenn du schläfst, findet auch seine Seele die Ruhe, wer soll den Strom bezahlen. Auch wenn man nicht schlafen kann, ruht man sich im Dunkeln besser aus.

Ich hörte Frau Margit durch die Zimmertür. Sie stöhnte entweder im Nachdenken oder im Schlaf. Meine Zehen standen am Bettende aus der Decke heraus. Auf meinem Bauch lag die Hühnerqual. Das Kleid auf dem Stuhl verwandelte sich in eine ertrunkene Frau. Ich mußte es wegräumen. Die Strumpfhose hing wie abgeschnittene Beine von der Stuhllehne.

Im Dunkeln hätte ich in einem Sack gelegen. In dem mit dem Gürtel, in dem mit dem Fenster. Und in dem, der nicht meiner wurde mit den Steinen.

Frau Margit sagte: Womöglich hat jemand ihn hinausgestoßen. Ich bilde mir ein, ein Auge für Leute zu haben. Georg sah nicht so aus. Er steht nicht mehr auf. Wenn es Mord war, führt ihn Gott an der Hand. Bei Selbstmord kommt man ins Fegefeuer. Ich bete für ihn.

Kurt fand ganz hinten im Schrank neun Gedichte von Georg. Acht davon hießen: Neuntöter. Und das letzte: Wer kann mit dem Kopf einen Schritt tun.

Edgar träumte oft das gleiche: Kurt und ich lagen in einer Streichholzschachtel. Georg stand am Fußende und sagte: Ihr habt es gut. Er schob den Deckel bis an unsere Hälse zu. Der Baum auf dem Deckel der Streichholzschachtel war im Traum eine Buche. Sie rauschte. Georg sagte: Schlaft, ich schütze den Wald. Nachher seid ihr an der Reihe. Am Fußende der Streichholzschachtel brannte das Feuer.

Kurt fehlte seit Georgs Tod bei der Arbeit. Statt ins Schlachthaus zu gehen, fuhr er in die Stadt.

Die Nachbarin mit den gesprenkelten Augen ging an einem späten Abend durch den Garten und klopfte bei Kurt an die Tür. Bist du krank, fragte sie. Du liegst aber nicht im Bett.

Kurt sagte: Wie du siehst, stehe ich an der Tür.

Die Hunde bellten im Dorf, weil der Wind an die Dachrinnen schlug. Die Nachbarin hatte drüben bei sich das Licht ausgemacht. Ihr Fenster war dunkel. Sie war zu dünn angezogen und wickelte sich in ihre Arme ein. Sie trug gestickte Sommerschlappen mit Korkabsätzen. Wegen der dicken Schafwollsocken waren sie ihr zu klein, ihre Fersen hingen heraus.

Sie wollte von Kurt Georgs Adresse aus Deutschland. Sie wollte ruhig stehen, wackelte aber und knickte um. Das Licht fiel auf ihre Schlappen. In der Dunkelheit standen ihre Beine dünn wie bei weißen Ziegen aus den Socken. Sie hatte keine Strümpfe an.

Kurt fragte: Was willst du mit der Adresse, er hat sich nicht einmal von dir verabschiedet.

Sie zog den Nacken ein: Wir sind doch nicht verstritten, ich bräuchte Medikamente.

Dann geh zum Arzt, sagte Kurt.

Tereza brachte Kurt, damit er nicht entlassen wird, ein ärztliches Zeugnis, auf das Kurt seinen Namen eintragen konnte. Das Zeugnis hatte eine Stange Marlboro gekostet. Als Kurt sie bezahlen wollte, sagte Tereza: Ich habe sie aus dem Schrank meines Vaters gestohlen.

Im Brief der Mutter stand hinter den Kreuzschmerzen: Ich habe die großen Formulare. Der Polizist hat sie für mich und die Großmutter ausgefüllt. Er hat gesagt, jetzt mußt du dich noch eintragen, du kannst gut genug Rumänisch. Ich habe gesagt, daß du wahrscheinlich gar nicht mitwillst. Dann wird sich alles verzögern, meint er. Du wirst dir das schon überlegen, meint der Uhrmachertoni. Er würde gerne mitkommen an deiner Stelle, aber wie.

Der Großmutter habe ich alles erklärt, sie mußte auch unterschreiben. Man kann die Unterschrift nicht lesen, aber es ist ihre Schrift. Schlimmer wäre, man könnte es lesen, denn sie weiß doch nicht mehr, wie sie heißt. Sie hat ein bißchen gesungen. Ich bin froh, daß ich nicht weiß, was ihr durch den Kopf geht, wenn sie mich anschaut wie ein Iltis.

Heute habe ich vorne im Zimmer die Möbel verkauft. Den Teppich wollten sie nicht, er ist von den Motten zerfressen. Ich schicke dir Geld für zweimal die Miete. Danach mußt du selber sehen. Ich möchte nicht, daß du hier bleibst. Du hast noch ein Leben vor dir.

Ich trug mich in die Rubriken der Formulare ein: Geburt und Schulen, Arbeitsplatz und in welcher Armee der Vater war. Ich hörte seine Lieder für den Führer. Ich sah seine Hacke im Garten und seine dümmsten Pflanzen. Ob es in Deutschland auch Milchdisteln gab, wußte ich nicht. Heimgekehrte SS-Soldaten gab es genug.

Der Großvater, der Frisör, der Uhrmachertoni, der Vater, der Pfarrer und Lehrer nannten Deutschland das Mutterland. Obwohl Väter für Deutschland in die Welt marschiert waren, war es das Mutterland.

Georg hatte durch die Ausreise auch für Edgar und mich den Weg getrampelt. Aus der Sackgasse, hatte er damals gesagt. Und sechs Wochen später lag er auf dem Pflaster im Frankfurter Winter.

Die Neuntöter blieben bei Kurt im Schrank, in einem Schuh. An ihrer Stelle war Georg aus der Sackgasse in den Sack mit dem Fenster geflogen. Die Pfütze, in der sein Kopf lag, spiegelte vielleicht den Himmel. Jeder hatte einen Freund in jedem Stückchen Wolke ... und doch reisten Edgar und ich Georg nach. Auch Edgar schrieb den Antrag für die Ausreise. In seiner Jackentasche lag das Telegramm mit Georgs Tod.

Kurt fühlte sich zur Ausreise nicht imstande. Es hat keinen Sinn hierzubleiben, sagte er, aber geht ihr zuerst. Ich komme nach. Er wiegte sich auf dem Stuhl, der Fußboden quietschte im Takt der Aussichtslosigkeit. Niemanden von uns erschreckte sie.

Ich bin ein Komplize der Blutsäufer, sagte Kurt, darum werde ich nicht entlassen. Wenn ihr weg seid, haben sie mich. Seit dem Sommer werden die Häftlinge in Bussen hinter das Schlachthaus auf das Feld gefahren. Sie graben einen Kanal. Wenn sie müde sind, fallen die Hunde sie an. Sie werden in den Bus getragen und liegen dort, bis abends um sechs der Bus zurück in die Stadt fährt. Ich fotografiere aus meinem Büro. Zwei Blutsäufer haben mich überrumpelt, sagte Kurt, sie wußten es zuerst. Vielleicht wissen die anderen es auch. Ich habe die Filme hinten im Schrank liegen. So habe ich auch Georgs Gedichte gefunden. Ich bringe sie Tereza und hole sie ab, bevor ich zu Edgars Vater fahre. Er soll sie euch über den Zöllner schicken.

Vielleicht werde ich doch entlassen, sagte Kurt. Schickt mir zwei Bilder, wenn ihr in Deutschland seid, eines mit dem Fenster und eines mit dem Pflaster. Sie werden ankommen, Pjele weiß ja, daß sie weh tun.

Tereza weinte, als sie hörte, daß ich mich in die Rubriken eingetragen habe. Ihr Freund hatte sie verlassen. Er hatte gesagt: Eine Frau ohne Kinder ist wie ein Baum ohne Früchte. Tereza und er waren zur Straßenbahn gegangen. An der Haltestelle hatte er Tereza die Wartenden gezeigt und gesagt, welche Krankheiten sie haben.

Tereza sagte: Du kennst sie doch nicht. Aber er verteilte Diagnosen: Der hat es an der Leber, die an der Lunge. Wenn ihm nichts mehr einfiel, sagte er: Siehst du, wie der den Kopf hält. Und die hat es am Herzen. Und der im Kehlkopf. Tereza fragte: Und ich. Er antwortete nicht. Die Gefühle, sagte er, sind nicht im Kopf zu Hause. Sie kommen aus den Drüsen.

Die Nuß unter Terezas Arm schmerzte in der letzten Zeit. Sie spannte einen Strang aus der Armbeuge in die Brust.

Ich wollte nicht, daß Tereza allein ist und sagte: Halte dich an Kurt. Tereza nickte. Ich bin sowieso nur noch die Hälfte der Nuß, sagte sie. Ein Stück von mir nimmst du mit. Was hier bleibt, gibst du Kurt. Was nicht mehr ganz ist, kann man leicht teilen.

Jetzt war ich an der Reihe, auf die Türklinke am Birkenstamm zu drücken. Tereza wußte, daß diese Tür zwischen uns zufiel, daß ich nicht zu Besuch kommen durfte ins Land.

Ich weiß, daß wir uns nie mehr sehen, sagte sie.

Auch zu Kurt hatte ich gesagt: Halte dich an Tereza. Eine Freundschaft ist keine Jacke, die ich von dir erben kann, meinte er. Hineinschlüpfen kann ich. Von außen könnte sie passen, aber von innen hält sie nicht warm.

Was immer man sagte, es wurde endgültig. Mit den Worten im Mund soviel zertreten wie mit den Füßen im Gras, so war jeder Abschied.

Wer liebt und verläßt, das waren wir selber. Wir hatten den Fluch eines Liedes auf die Spitze getrieben:

den soll Gott strafen
Gott soll ihn strafen
mit dem Schritt des Käfers
dem Surren des Windes
dem Staub der Erde.

Die Mutter kam mit dem Frühzug in die Stadt. Sie nahm im Zug noch eine Beruhigungspille und ging vom Bahnhof zum Frisör. Zum ersten Mal in ihrem Leben ging sie zum Frisör. Sie ließ sich für die Ausreise den Zopf abschneiden.

Warum, der Zopf gehört doch zu dir, sagte ich.

Zu mir schon, aber nach Deutschland gehört er nicht.

Wer sagt das.

Man wird schlecht behandelt, wenn man mit einem Zopf in Deutschland ankommt, sagte sie. Der Großmutter schneide ich ihn selber ab. Der Frisör ist tot. Ein Stadtfrisör verliert die Geduld mit ihr, sie hält doch nicht still vor dem Spiegel. Ich muß sie an den Stuhl binden.

Mein Herz hat getobt, sagte sie. Der Alte, der mir den Zopf abgeschnitten hat, hatte eine leichte Hand. Der

Junge, der mir nachher die Haare gewaschen hat, hatte eine schwere Hand. Ich habe gezuckt, als die Schere kam. Es war wie beim Arzt.

Die Mutter hatte Dauerwellen. Trotz der Kälte setzte sie ihr Kopftuch nicht auf, um die geringelten Haare zu zeigen. Sie trug den abgeschnittenen Zopf in einer Plastiktüte.

Nimmst du ihn mit, fragte ich.

Sie zuckte die Schultern.

Wir gingen von einem Laden in den anderen. Sie kaufte die Aussteuer für Deutschland: Ein neues Nudelbrett mit Nudelwalker, eine Nußmühle, ein Speise-, ein Wein- , ein Tortenservice. Und ein neues rostfreies Besteck. Neue Wäsche für sich und die Großmutter.

Wie für eine Braut, sagte sie und sah auf ihre tote Armbanduhr. Man kann eine Kiste mit hundertzwanzig Kilo mit der Bahn nach Deutschland schicken. Die tote Uhr an ihrer Hand hatte einen neuen Riemen. Wie spät haben wir es, fragte die Mutter.

Der singenden Großmutter mußte der Zopf nicht mehr abgeschnitten werden. Als die Mutter aus der Stadt kam, lag sie mit einem Stück Apfel im Mund tot auf dem Boden. Sie war aus der Aussteuer wie für eine Braut herausgestorben. Der Bissen steckte zwischen den Lippen. Sie war nicht daran erstickt. Der Bissen hatte eine rote Schale.

Am nächsten Tag fand der Polizist im ganzen Haus keinen Apfel, von dem der Bissen fehlte.

Vielleicht hat sie den Apfel gegessen und den ersten Bissen für zuletzt behalten, sagte der Uhrmachertoni.

Sie muß aus den Formularen gestrichen werden, sagte der Polizist. Die Mutter gab ihm Geld.

So lange ist sie auf der Welt herumgelaufen, sagte die Mutter, jetzt hätte sie noch warten können, bis wir in Deutschland sind. Dort gibt es auch Särge. Aber sie kann mich nicht leiden, darum hat sie jetzt die Augen zugemacht. Das hat sie ausgeheckt, als sie mich wie ein Iltis angesehen hat. Jetzt muß ich mich um die Totengräber und den Pfarrer kümmern. Ihr Grab muß hier liegen. So hat sie es gewollt, daß ich alles hier stehen- und liegenlasse.

Die Leichenstarre war eingetreten. Die Mutter und der Uhrmachertoni schnitten die Kleider der Toten mit der Schere auf und zogen sie herunter von der Haut. Die Mutter brachte eine Schüssel Wasser und ein weißes Tuch. Der Uhrmachertoni sagte: Tote waschen ist nichts für Angehörige. Das müssen Fremde tun, sonst sterben alle. Er wusch der Großmutter das Gesicht, den Hals, die Hände und Füße. Gestern ist sie noch an meinem Fenster vorbeigegangen, sagte er. Wer hätte das gedacht, daß ich sie heute wasche. Ich bin nicht schamhaft, weil sie nackt ist. Er schnitt auch die neue Wäsche mit der Schere auf. Die Mutter nähte die Kleider auf der Toten zu.

Wer sich sauber anzieht, dachte ich mir, kann nicht dreckig in den Himmel kommen. Es geht nicht anders, sagte der Uhrmachertoni, ihr Körper hilft nicht mehr mit, man kann sie nicht mehr biegen. Und zu mir sagte er: Du könntest uns helfen.

Ich nahm den Zwirn aus der Nähschachtel und fädelte eine dickere Nadel ein, ich nahm den Zwirn doppelt. Ich legte die Nadel auf einen Stuhl. Laß den Faden einfach, sagte die Mutter, er ist stark genug. Bis in den Himmel wird er halten. Sie machte große Stiche und dicke Knoten an den Enden. Sie hatte die Schere verlegt und biß den Faden an der Toten mit den Zähnen ab.

Der Mund der Großmutter stand offen, obwohl um das Kinn ein Tuch gebunden war. Ruh dein Herztier aus, sagte ich zu ihr.

Die Mutter wohnte in Augsburg. Sie schickte einen Brief mit ihren Kreuzschmerzen nach Berlin. Sie war sich nicht sicher, daß sie es ist und schrieb als Absender auf den Umschlag den Namen der Witwe, bei der sie wohnte: Helene Schall.

Im Brief der Mutter stand: Frau Schall war auch einmal Flüchtling. Nach dem Krieg stand sie da mit drei Kindern am Hals, ohne Mann. Sie hat ihre Kinder allein ins Trokkene gebracht, nun sitzt sie da. Als Einzelperson kann man hier von der Rente ganz fidel leben. Na ja, ich gönne es ihr.

Frau Schall sagt, daß Landshut kleiner ist als Augsburg. Wieso, dort wohnen doch so viele aus unserem Dorf. Frau Schall hat mir die Landkarte gezeigt. Aber da hängen die Ortsnamen wie in den Auslagen die Kleider, die man sich nicht leisten kann.

Wenn ich in der Stadt lese, was auf den Bussen steht,

habe ich ein Ziehen hinten im Kopf. Ich lese die Straßennamen laut. Wenn der Bus vorbei ist, habe ich sie vergessen. Das Bild von unserem Haus habe ich im Nachtkästchen, damit ich den ganzen Tag nicht drankomme. Aber am Abend, bevor ich das Licht ausmache, schaue ich unser Haus an. Ich muß die Lippen aufeinander beißen und bin froh, daß es im Zimmer gleich dunkel wird.

Hier sind die Straßen gut, aber es ist alles so weit. Ich bin den Asphalt nicht gewöhnt, meine Füße tun weh und mein Hirn. Hier werde ich an einem Tag so müde, wie zu Hause vielleicht in einem Jahr.

Das ist nicht unser Haus, dort wohnen jetzt andere, schrieb ich der Mutter. Zu Hause ist dort, wo du bist.

Auf den Umschlag schrieb ich groß: Frau Helene Schall. Den Namen der Mutter schrieb ich in Klammern darunter viel kleiner. Ich sah die Mutter zwischen den Klammern gehen, essen, schlafen, mich lieben in Angst wie auf dem Umschlag. Fußboden, Tisch, Stuhl und Bett gehörten Frau Schall.

Und die Mutter schrieb mir zurück: Was zu Hause ist, das kannst du nicht wissen. Wo der Uhrmachertoni die Gräber pflegt, das ist sehr wohl zu Hause.

Edgar wohnte in Köln. Wir bekamen die gleichen Briefe mit den überkreuzten Beilen:

Ihr seid zum Tode verurteilt, wir kriegen euch bald.

Der Poststempel war aus Wien.

Edgar und ich telefonierten, zum Reisen reichte uns das Geld nicht. Die Stimme beim Telefonieren reichte auch nicht. Uns fehlte die Gewohnheit, dem Telefon Geheimnisse zu sagen, die Zunge blieb hängen vor Angst.

Die Todesdrohungen erreichten mich auch durch das Telefon, durch den Hörer, den ich an die Wange halten mußte, wenn ich mit Edgar sprach. Mir war es beim Reden, als hätten wir den Hauptmann Pjele mitgebracht.

Edgar lebte noch im Übergangsheim. Ein Greis in den besten Jahren, spöttelte er, ein gescheiterter Lehrer. Wie ich zwei Monate vor ihm, so sollte er jetzt beweisen, daß er in Rumänien aus politischen Gründen entlassen worden war.

Zeugen reichen nicht aus, sagte der Beamte. Nur ein Papier mit Stempel, aus dem das hervorgeht.

Woher.

Der Beamte zuckte die Schultern und lehnte den Kugelschreiber senkrecht an die Blumenvase. Er fiel um.

Wegen der Entlassung bekamen wir kein Arbeitslosengeld. Wir mußten die Scheine dreimal umdrehen in der Hand und konnten uns nicht so oft besuchen, wie wir uns sehen wollten.

Wir fuhren zweimal nach Frankfurt, um die Stelle zu sehen, wo Georg gestorben war. Das erste Mal gab es keine Fotos für Kurt. Das zweite Mal waren wir hart genug, um zu knipsen. Aber da lag Kurt schon auf dem Friedhof.

Wir sahen das Fenster von innen und außen, das Pflaster von oben und unten. Durch den langen Flur des Übergangsheims lief ein Kind und atmete laut. Wir gingen auf Zehenspitzen. Edgar nahm mir den Fotoapparat aus der Hand und sagte: Wir kommen wieder, im Weinen kommt nichts heraus.

Auf dem Waldfriedhof gingen wir den Hauptweg entlang. Die Stille des Efeus war zum Zerreißen. Auf einem Grab stand ein Schild:

Diese Grabstätte befindet sich in einem ungepflegten Zustand. Wir bitten, die Grabstätte innerhalb von einem Monat in Ordnung zu bringen, andernfalls erfolgt Einebnung. Die Friedhofsverwaltung.

An Georgs Grab hatte ich keine Tränen. Edgar steckte die Schuhspitze in den nassen Grabrand. Er sagte: Da ist er drin. Er nahm einen Klumpen Erde und warf ihn in die Luft. Wir hörten ihn fallen. Er nahm noch einen Klumpen und ließ ihn in die Jackentasche fallen. Diesen Klumpen hörten wir nicht. Edgar sah seine Hände innen an. So ein Dreck, sagte er. Ich wußte, daß er nicht nur die Erde meinte. Das Grab lag da wie ein Sack. Und das Fenster, dachte ich mir, muß nur der Schein eines Fensters sein. Ich hatte es angefaßt und nichts an den Händen gespürt, beim Öffnen und Schließen des Fensters nicht mehr gespürt als beim Öffnen und Schließen der Augen. Das wirkliche Fenster mußte da unten im Grab sein.

Was getötet hat, wird mitgenommen, dachte ich mir. Ein Sarg ging mir nicht in den Kopf, nur ein Fenster.

Ich wußte nicht, wie das Wort überendlich hierher auf den Friedhof kam. Aber ich wußte an diesem Grab, was es immer schon bedeutet haben mußte.

Ich vergaß es nicht mehr.

Ich hätte Tereza sagen können: Überendlich ist ein Fenster, das nicht verschwindet, wenn jemand hinausgestürzt ist. In einem Brief wollte ich das nicht schreiben. Es ging den Hauptmann Pjele nichts an, was überendlich ist. Er war zu verrucht, um bei dem Wort an sich selber zu denken. Er machte Friedhöfe sogar an Orten, die er nicht betrat. Er kannte so manches Fenster auf so manchem Flur.

Als Edgar und ich den Friedhof verließen, wehten die Bäume. Der Himmel drückte auf ihre krummen Zweige. Erfrorene Fresien und Tulpen standen auf den Gräbern wie auf Tischen. Edgar putzte sich die Schuhsohlen mit einem kleinen Stock. An den Baumstämmen hätten Türklinken sein müssen. Blind wie ich war, wie damals im Wald, sah ich sie nicht.

Hinter den Kreuzschmerzen der Mutter stand: Diese Woche ist die große Kiste mit meinen Sachen aus Rumänien gekommen. Der Nudelwalker und das Nudelbrett fehlen. Am Samstagnachmittag habe ich in den Manteltaschen zwei Tauben nach Hause gebracht. Für eine gute Suppe, dachte ich mir. Frau Schall hat gesagt, das ist nicht erlaubt, die Tauben gehören der Stadt. Sie hat mich gezwungen, die Tauben zurückzubringen. Ich habe ihr versichert, daß niemand mich gesehen hat. Die Tauben hätten doch wegfliegen können, habe ich gesagt. Wenn Tauben sich fangen lassen, sind sie selber schuld, auch wenn sie der Stadt gehören. Dort im Park sind mehr als genug.

Ich mußte die Tauben wieder in den Mantel stecken und aus dem Haus. Zwei Häuser weiter wollte ich sie fliegen lassen. Wenn sie der Stadt gehören, hab ich mir gedacht, finden sie den Weg allein zurück. Auf der Straße kam gerade niemand. Ich habe sie an den Wegrand ins Gras gesetzt. Glaubst du, die wären geflogen. Ich habe mit den Händen Wind gemacht, aber die rührten sich nicht. Dann ist ein Kind mit dem Fahrrad gekommen und abgestiegen. Es hat gefragt, was da ist. Na, zwei Tauben, habe ich gesagt, die wollen nicht weg von hier. Das Kind hat gesagt: Dann sollen sie sitzen bleiben, was geht Sie das an. Als das Kind weggefahren war, ist ein Mann gekommen und hat gesagt: Die sind aus dem Park, wer hat sie hierher gebracht. Ich habe gesagt: Das Kind da vorne auf dem Rad. Er hat geschrien: Was fällt Ihnen ein, das ist mein Enkel. Das wußte ich nicht, habe ich gesagt. Ich wußte es ja wirklich nicht. Dann habe ich die Tauben in die Manteltaschen gesteckt. Weil der Mann so geschaut hat, habe ich gesagt: Alle bleiben stehen und keiner kümmert sich. Ich bringe die Tauben jetzt zurück in den Park.

Über den Zöllner schickte Kurt einen dicken Brief mit einer Liste von Fluchttoten, den Neuntötergedichten, mit Fotos von den Blutsäufern und Häftlingen. Auf einem Bild war der Hauptmann Pjele.

Tereza ist gestorben, stand in dem Brief. Wenn sie sich mit dem Finger ans Bein faßte, blieb eine Delle in der Haut. Ihre Beine waren wie Schläuche, das Wasser ging nicht mehr weg mit Tabletten, es stieg bis zum Herz. In den letzten Wochen nahm Tereza Bestrahlungen, sie bekam Fieber und kotzte.

Ich habe mich an sie gehalten, bevor sie dich besucht hat. Sie wurde von Pjele zu dir geschickt. Ich wollte nicht, daß sie fährt. Sie sagte: Du bist doch nur neidisch.

Nachdem sie aus Deutschland zurück war, wich sie mir aus. Sie ging berichten. Ich habe sie nur noch zweimal gesehen und alles, was bei ihr lag, zurückverlangt. Sie hat mir alles wiedergegeben. Aber mich würde nicht wundern, wenn Pjele eines Tages alles aus dem Schreibtisch nimmt.

Ich habe die Ausreise beantragt, im Frühjahr sehen wir uns.

Terezas Tod tat mir so weh, als hätte ich zwei Köpfe, die zusammenspringen. In dem einen lag die gemähte Liebe, im anderen der Haß. Ich wollte, daß die Liebe nachwächst. Sie wuchs wie Gras und Stroh durcheinander und wurde die kälteste Beteuerung in meiner Stirn. Sie war meine dümmste Pflanze.

Aber drei Wochen vor dem dicken Brief erhielten Edgar und ich zwei gleiche Telegramme:

Kurt wurde tot in seiner Wohnung gefunden. Er hat sich erhängt mit einem Strick.

Wer hatte die Telegramme geschickt. Ich las mit lauter Stimme, als müßte ich vor Hauptmann Pjele singen. Die Zunge schlug bei diesem Singen durch die Stirn, als sei die Zungenspitze an einem Taktstock festgebunden, den der Hauptmann Pjele führt.

Edgar kam mich besuchen. Wir legten die Telegramme nebeneinander. Edgar schwenkte die Hühnerqual, die Kugel flog, die Schnäbel pickten auf dem Brett. Ich sah den Hühnern ruhig zu. Ich wurde nicht neidisch, nicht geizig. Nur ängstlich. So ängstlich, daß ich Edgar die Hühnerqual nicht aus der Hand reißen wollte.

Die Post schickt man nicht zufällig in Säcken, sagte ich. Die Säcke der Post sind länger unterwegs als die Säcke des Lebens. Das weiße Huhn, das rote, das schwarze, ich wollte sie der Reihe nach ansehen. Der Reihe nach war bei dem schnellen Picken durcheinander. Aber nicht bei den Säcken mit dem Gürtel, mit dem Fenster, mit der Nuß, mit dem Strick.

Du mit deinem schwäbischen Brotsack, sagte Edgar, wenn das jemand hört, hält man dich für verrückt.

Wir legten die Fotos von Kurt auf den Boden. Wir saßen davor wie damals im Buchsbaumgarten. Ich mußte kurz hinauf zur Zimmerdecke sehen, ob das Weiße oben nicht doch der Himmel ist.

Auf dem letzten Foto ging der Hauptmann Pjele über den Trajansplatz. Er trug ein Päckchen aus weißem Papier in einer Hand. An seiner anderen Hand ging ein Kind.

Auf die Rückseite des Fotos hatte Kurt geschrieben:

Der Großvater kauft Kuchen.

Ich wünschte mir, daß der Hauptmann Pjele einen Sack mit allen seinen Toten trägt. Daß sein geschnittenes Haar nach frischgemähtem Friedhof riecht, wenn er beim Frisör sitzt. Daß das Verbrechen stinkt, wenn er sich nach der Arbeit zu seinem Enkel an den Tisch setzt. Daß dieses Kind sich vor den Fingern ekelt, die ihm den Kuchen geben.

Ich spürte, wie mein Mund auf und zu ging:

Kurt hat einmal gesagt, diese Kinder sind schon Komplizen. Die riechen, wenn sie abends geküßt werden, daß ihre Väter im Schlachthaus Blut saufen und wollen dorthin.

Edgar bewegte den Kopf, als würde er mitreden. Aber er schwieg.

Wir saßen vor den Bildern auf dem Boden. Ich nahm das Bild mit dem Großvater in die Hand. Ich sah das Kind von ganz nahe an. Dann das weiße Päckchen des Großvaters.

Wir sagen noch mein Frisör und meine Nagelschere, während andere nie mehr einen Knopf verlieren.

Vom Sitzen waren meine Beine eingeschlafen.

Wenn wir schweigen, werden wir unangenehm, sagte Edgar, wenn wir reden, werden wir lächerlich.

Glossar

S. 83	Kampelsackel (schwäbisch): Ein aus Stoff genähter Beutel für Kämme, der an der Wand über dem Waschtisch hängt.
S. 86	strabanzen (schwäbisch): langes zielloses Gehen
S. 129	Mojics (rumänisch): Grobian, auch als Bezeichnung für Soldaten der Roten Armee
S. 131	a fene (ungarisch): zum Teufel
S. 133	kurva (ungarisch): Hure
	ide – oda (ungarisch): hin und her
	gazember (ungarisch): nichtswürdiger Mensch
S. 150	édes drága istenem (ungarisch): süßer lieber Herrgott
S. 163	nem szép (ungarisch): das ist nicht schön
	kanod (ungarisch): Ficker
S. 182	kicsit (ungarisch): ein wenig
S. 187	nincs lóvé, nincs muzsika (ungarisch): Ohne Geld keine Musik

Wolfgang Hilbig

»ICH«

Roman

Band 12669

Der Schriftsteller und Stasi-Spitzel »Cambert« soll einen mysteriösen Autor beschatten, der »feindlich-negativer« Ziele verdächtigt wird. Da dieser Autor nie den Versuch macht, seine Texte zu veröffentlichen, ist der Verdacht jedoch schwer zu erhärten. »Camberts« Zweifel an der Notwendigkeit seiner Aufgabe, die ihn zu unheimlichen Expeditionen durch Berliner Kellergewölbe zwingt, wachsen mit der Unsicherheit, ob sich das Ministerium für Staatssicherheit für seine Berichte überhaupt interessiert. Immer öfter plagt ihn die Ahnung, nicht einmal seine Person werde ernst genommen. In dem muffigen Zimmer zur Untermiete bei Frau Falbe, die ihm keineswegs nur Kaffee kocht, verschwimmen ihm Dichtung und Spitzelbericht so sehr, daß er bald nichts mehr zu Papier bringen kann. Tief sitzt die Angst, unter dem Deckmantel »Cambert« könnte der lebendige Mensch längst verschwunden sein. Hilbigs Thema in diesem Roman ist die Verwicklung von Geist und Macht. Er untersucht sie am Beispiel eines Literaten, der zu einem Spitzel der Staatsgewalt geworden ist.

Fischer Taschenbuch Verlag

fi 691 / 8

Herta Müller im Carl Hanser Verlag

Atemschaukel
Roman. 304 Seiten. Gebunden

»Das eine Werk, das in dieser Saison alle anderen überragt; eine herzzerreißende, demütig und bescheiden machende Lektüre.«
Felicitas von Lovenberg, Frankfurter Allgemeine Zeitung

»Ihr Werk, dessen Kraft sich aus dem Schrecken speist, ist zugleich reich an Schönheit und für den Leser ein großes Glück.«
Volker Weidermann, Frankfurter Allgemeine Sonntagszeitung

Die blassen Herren mit den Mokkatassen
Gedichte. 112 Seiten. Gebunden

»Buchstaben sind Nomaden. Herta Müller schneidet sie aus ihren erzwungenen Allianzen heraus und gibt ihnen eine anfängliche Fremdheit zurück. So fangen die Worte wieder zu atmen an – betörend und komisch, riskant und verblüffend.«
Andrea Köhler, Neue Zürcher Zeitung

Heute wär ich mir lieber nicht begegnet
Roman. 240 Seiten. Gebunden

»Kunstvoll, lakonisch und sinnlich.«
Uwe Schütte, Der Spiegel